赣南师范大学学术著作出版专项经费资助项目

明前七子的诗文美学

刘 浔◎著

东北师范大学出版社
Northeast Normal University Press

图书在版编目（CIP）数据

明前七子的诗文美学 / 刘浔著. -- 长春：东北师范大学出版社，2024.1
ISBN 978-7-5771-0813-1

Ⅰ.①明… Ⅱ.①刘… Ⅲ.①古典诗歌—诗歌欣赏—中国—明代②古典文学—文学研究—中国—明代 Ⅳ.①I206

中国国家版本馆CIP数据核字（2023）第232489号

□ 责任编辑：于天娇　　□ 封面设计：寒　露
□ 责任校对：卢永康　　□ 责任印制：许　冰

东北师范大学出版社出版发行
长春市净月经济开发区金宝街118号（邮政编码：130117）
销售热线：0431-85690289
网址：http://www.nenup.com
东北师范大学音像出版社制版
定州启航印刷有限公司印装
定州经济开发区大奇连体品小区永康大街东侧
2024年1月第1版　2025年3月第1次印刷
幅画尺寸：170mm×240mm　印张：15.5　字数：215千

定价：88.00元

前　言

　　明代文士众多，他们为后世留下了众多优秀的诗文作品，这些作品虽在思想和艺术方面难以和汉、唐，甚至宋代比肩，但也有其自身的特色。从文学思潮角度来看，明代诗文流派之复杂、文学论争之激烈是中国古代文学史上少见的。

　　明代永乐之后政局稳定，台阁文人渐居文坛，润色鸿业、雍容典雅的诗风一时风靡。直至明代中叶，以李梦阳、何景明为代表的复古派崛起，首倡"文必秦汉，诗必盛唐"的文学主张，意图通过格调和意象规范诗法，进而脱去诗中的理学气，重回汉唐文学盛景。他们高举文学革新的大旗，在文坛迅速崛起。之后，他们的复古主张得到了广大文人士子的响应，很快风行天下，成为文学思想之主流。以李梦阳、何景明二人为首的前七子掀起的这场声势浩大的复古运动，对明代乃至后世都产生了重大影响。

　　在中国古代文学史上，文学复古运动时有发生。其中影响深远的复古运动有盛唐时期的诗歌复古运动，韩愈、柳宗元发起的唐宋古文运动，明代前七子、后七子的诗文复古运动等。虽然不同时期的文学复古现象普遍反映了古代文人学者对文学美学的范式追求，即回归古典、强调理性和规范，但是具体而言，在不同的时代背景下，他们面临着不同的历史困境，需要解决不同的历史问题。因此，他们的文学思想、文学创作实践和言行对后世的影响都呈现出不同的面貌。

　　本书以明代中期弘治年间活跃的前七子文学复古派为研究对象，从其历史背景和文化语境，以及前七子的成长和师承经历出发，追溯其美学渊源，并在此基础上对他们的诗歌文本进行审美鉴赏和分析，从而对前七子文学复古运动的审美价值做出更全面、更科学的判断。基于这样的研究思路，本书从三个维度对前七子的文学复古运动进行了系统考察：首先，从理论维度系统地了解了文学复古运动的基本脉络、主要内容、本质特征和审美思想的一般规律，对中国古代文学复古现象的审美价值及发展演变形成了理性认识；其次，从历史维度全面考察了明代中期前七子作为个体审美品格的起源，以及前七子共同选择复古作为审美价值取向以突破时代文学困境的演变过程；最后，从现实维度深入呈现前七子出现在文坛时所面临的发展困境和挑战，系统分析他们在"文必秦汉，诗必盛唐"口号下的文学创作。笔者认为，考察前七子在文学复古运动中的审美价值，为理解当代文学艺术家如何在新时代语境下重塑"中国精神"提供了历史参考和逻辑线索。

本书共分为六章。

第一章系统地阐述了学术界目前对明前七子文学的研究状况，分为文学研究和文学理论批评；综述了历史上中外文艺复古思潮和运动，并进行了比较；通过挖掘中国古典文学中文道之争的历史渊源，揭示了中国古典文学运动思潮中的文道观与古典文艺美学的建构关系；从文学范式、思想道德、政治权力方面介绍了明前七子诗文复古运动。

第二章以美国著名学者朱利安·斯图尔德提出的"文化生态"视角为指导，致力还原前七子活动时代的政治局势、经济状况、文化状况、社会审美风尚，揭示前七子活动时代的文学活动及其所倡导的诗歌和文学复兴运动所处的语境和历史背景。明朝初年政治巩固，经济繁荣，外交广泛，在这种环境下成长起来的明朝文人产生了一定的心理优越感，而这种优越感在明朝中期社会危机显现时遭到了挫败，这就是"前七子"思想诞生的心理基础。明代科举制度以程朱理学批注的经书为文人教科书，导致文学创作呈现理学倾向，而以"三杨"（杨士奇、杨荣、杨溥）为代表的台阁文风提倡歌舞文学表现和儒家趣味，导致文学创作空洞乏味，缺乏真情实感。所有这些因素导致了以汉唐思想为基础的文学复古派思想的诞生。

第三章根据法国著名文学理论家、史学家伊波利特·阿道尔夫·丹纳的观点，即任何文学艺术都与种族、时代和环境这三个要素密切相关，从前七子的个人生活经历入手，探究他们的家乡所在地域、家庭教育、师徒关系以及他们的官场经历。本章旨在探讨前七子的人格魅力和审美修养与其诗歌审美风格的关系。

第四章是对前七子诗歌的文本分析与鉴赏，试图通过文本分析来总结前七子诗歌的创作风格和审美特点。本章特别运用词频数据的文本分析方法，找出前七子诗歌中出现频率较高的词语，分析其意象运用的模式和特点，探讨其表达的内涵，追溯前七子诗歌的美学意蕴。前七子以汉魏唐诗为主要范本，从中寻找中国古典诗歌优雅的审美特征，在他们的创作中虽然也有模拟的痕迹，但大多蕴含着真情实感、风雅韵味，作品简洁精致，各有意境特点。

第五章探讨了前七子所倡导的文艺理论，分析其内容和差异，总结出了前七子和其他诗人在共同倡导文学复兴下各自不同的审美理想。评论家常常以"文必秦汉，诗必盛唐"来概括前七子的诗歌理论，并批评前七子的诗文复古运动整体上主张通过照搬模仿古诗古文的方式回归古代。事实上，前七子的诗学思想并不完全如此。他们都强调学习古人而不是模仿他们的重要性，以及在诗歌中表达情感的重要性。在总结古代诗歌写作的特点时，他们提出了格调、情感等概念和范畴，特别是王廷相，他对中国诗歌文艺批评史上的重要概念——"意象"一词做了更详细的阐述。

第六章以接受美学理论为指导，分析明代文坛对前七子的评价与审视，指出前七子的文学复古运动是一种典型的召唤式结构。同代人和后世士人为主动填补自己的文学观念，将不同的理解与不同的创作手法结合起来，推动了文学创作实践和文学理论的更新与发展。特别是晚明"公安派""性灵派"等学者的文学思想，与前七子在诗歌和文学中对情感表达的重视是一致的。至此，本书客观地揭示了明前七子这一文学群体给中国古代文学史和美学史带来的进步意义及不足，这也是本书的学术价值所在。

综上所述，本书试图通过跨学科的研究方法，包括数据统计、文本分析和心理社会分析等技术，探索前七子文学思想中的文学、美学和人类学。中国传统的儒家思想和道家思想具有丰富的美学和诗性意义，这些丰富的美学内涵，以各自的方式提出了文明与自然冲突这一古老的人类学命题，并深刻地影响和规范了后世文学美学的理论思维和范式。改革开放以来，我国文艺创作迎来了新的春天，产生了大量脍炙人口的作品。同时，不能否认，在文艺创作方面，也存在着有数量缺质量、有"高原"缺"高峰"的现象，存在着机械化生产、快餐式消费的问题。文艺不能在市场经济大潮中迷失方向，否则文艺就没有生命力。低俗不是通俗，欲望不代表希望，单纯感官娱乐不等于精神快乐。因此，在新的时代背景下，从诗歌美学的角度探讨中国古代诗学和美学史演变的重要组成部分——前七子的文学活动，仍然具有重要的现实意义和学术价值。

刘 浔

2023 年 12 月

目　录

第一章　绪论 / 001

　　第一节　明前七子研究状况概述 / 002
　　第二节　中外文艺复古思潮综述 / 020
　　第三节　中国古典文学中的文道之争 / 025
　　第四节　明前七子的诗文复古运动 / 029

第二章　时代背景与语境 / 035

　　第一节　前七子活动时代的政治局势 / 035
　　第二节　前七子活动时代的经济状况 / 041
　　第三节　前七子活动时代的文化状况 / 047
　　第四节　前七子活动时代的社会审美风尚 / 052

第三章　七子风骨及美学渊源 / 057

　　第一节　李梦阳：一朝为官三落狱 / 058
　　第二节　何景明："经术世务"淡名利 / 071
　　第三节　王九思："况杜甫"而"追渊明" / 075
　　第四节　边贡：交友酬畅效李白 / 088
　　第五节　康海：尽显"秦人"风范 / 093
　　第六节　徐祯卿：江南才子 / 101
　　第七节　王廷相："圣贤"为学一道 / 104

1

第四章　诗文创作风格与审美特点　/　**113**

  第一节　李梦阳开"情文并茂"之风　/　**113**

  第二节　接迹风人《明月篇》——何景明的美学坚持　/　**128**

  第三节　王九思以诗文寄托情怀　/　**137**

  第四节　诗必盛唐——边贡领"神韵"之渐　/　**149**

  第五节　文必秦汉——以"秦腔"创"康王腔"　/　**159**

  第六节　一首《文章烟月》"因情立格"　/　**168**

  第七节　王廷相诗文中的理性之光　/　**175**

第五章　藏于诗文中的美学理想　/　**183**

  第一节　对宋儒理学统一抵制　/　**183**

  第二节　李、何"归""途"之争　/　**188**

  第三节　《中山狼》——前七子杂剧探幽　/　**190**

  第四节　徐、李之辩　/　**193**

第六章　后期的美学反思　/　**201**

  第一节　对台阁体的矫枉过正　/　**202**

  第二节　以个人抒怀为目的的创作反思　/　**217**

  第三节　为复古而缺少艺术感染力　/　**222**

  第四节　审美风格上的南北差异和交融　/　**230**

结　语　/　**235**

参考文献　/　**237**

第一章　绪论

《明史：第5册》有云，"梦阳才思雄骜……与景明、祯卿、贡、海、九思、王廷相号七才子"[①]，"七子"之名由此而来。后人将明代早期弘治、正德年间（1488—1521年）李梦阳、何景明、徐祯卿、边贡、康海、王九思、王廷相七人的诗文流派称为"前七子"，与明晚期嘉靖、隆庆年间（1522—1572年）涌现出来的"后七子"予以区别。

明永乐（1403—1424年）至成化年间（1465—1487年），正值明朝的"太平盛世"，台阁重臣纷纷以雍容典雅却内容贫乏的诗文来歌功颂德、粉饰太平。这种文风因来自台阁或馆阁而被誉为"台阁体"，一时天下文人模仿成风。到弘治、正德年间，前七子率先以诗文复古为口号，掀起了一场文学变革运动。他们主张"文必秦汉，诗必盛唐"，强调文学的主观能动作用，并向台阁体和八股文发难，以拯救萎靡不振的诗风。台阁体诗文最终在前七子、茶陵派等先进文学流派的夹击下，逐渐退出历史舞台。

前七子的诗文对当时的文学流弊正本清源，具有一定的进步意义，且作为一种文学流派影响深远。随着古代文学研究的深入，越来越多的学者开始关注前七子的文学创作。因此，有关前七子的专题论文、硕博论文、专著，以及各版本的文学史、文学批评史、古代文论著等层出不穷。

[①] 张廷玉.明史：第5册[M].长沙：岳麓书社，1996：4166.

目前，关于前七子的诗文和文学流派，就研究内容而言，可分为文学研究和文学理论研究；就研究对象而言，可分为整体共性研究和单个作家个别性研究；就研究时间跨度而言，可分为本体研究和与其他作家、派别、时代诗文的对比研究。综上所述，本章将对前七子这一文学现象所取得的研究成果进行总结。

第一节　明前七子研究状况概述

一、前七子文学研究

文学研究有两种基本方法，即外部研究和内部研究，前者是对作家的个人经历、创作心理、创作过程以及作品所处的社会环境的研究；后者是对文学作品自身形式结构的研究。本书将前七子相关的文学研究成果划分为文献研究、作家研究、作品研究三个方面。其中，文献研究是一切研究的基础，作家研究是文学研究的外因，作品研究是文学研究的本体。

（一）文献研究

文献研究法是一种古老、实用的科学研究方法，是指通过搜集、鉴别、整理文献，以及对文献内容展开研究，从而获得成果的科学研究方法。目前学界针对前七子的文献研究，以何景明的研究成果较为突出，笔者现将已完成点校的版本整理如下。

1. 中州古籍出版社 1989 年出版的《何大复集》

该版本由信阳师范学院（今信阳师范大学）李淑毅等人以明嘉靖年间袁璨刊刻的《大复集》为底本，参照其他版本点校完成。全书共三十八卷，附录一卷。其中诗二十九卷，文九卷，总计五十二万余字。

该版本后又补录两篇逸文和一篇集外赋，分别为傅瑛的《关于何景明的两篇逸文》(《中州学刊》1997年增刊）及踪凡、王海燕的《何景明的一篇集外赋》(《中州学刊》2011年第4期）。

除此之外，有关何景明的文献研究还包括阳海清所写的《何景明著述版刻述略》[《信阳师范学院学报（哲学社会科学版）》1985年第2期]。文章详细记载了何景明著作的各种版本的大致面貌、收藏情况及流传状况，列举了何景明诗文集的八种不同版本、十种诗集单刻本与丛书本和十三种其他著述。

李晓军的《何景明姓名字号考辨[《信阳师范学院学报（哲学社会科学版）》2011年第5期]则围绕何景明的姓名字号产生的一些传说和不同说法进行了讨论。

2. 有关李梦阳的文献研究成果

郝润华的《〈空同子〉成书原因及其理学观探析》(《历史文献研究》2016年第1期），将《空同子》八篇的成因与明代理学、作家与理学家的交集与影响、明代文人的写作习惯关联起来，同时肯定了李梦阳在理学方面的成就。

郝润华的《李梦阳评点〈孟浩然诗集〉及其文献价值》(《文献》2013年第5期）围绕《孟浩然诗集》的生成、版本及文献价值做出了初步探讨。

3. 社会科学文献出版社2016年出版的《对山集》

该版本由金宁芬校点考释。

余春柯的文章《谈古籍校勘中版本的优劣与择取——以点校〈对山集〉为例》[《甘肃联合大学学报（社会科学版）》2013年第5期]经过多方求证，求真务实地指出了各版本的渊源及特征，为《对山集》的校勘做出了卓越的贡献。

穆甲地、张世民的《从〈武功县志〉的编纂义例探究康海的方志学思想》(《人文杂志》1984年第6期)，独树一帜地从地方志方面进行了文献研究。

4. 有关王廷相的文献研究成果

葛荣晋的《王廷相佚文考》(《文献》1983年第3期)内容包括曾刻行于世而后佚失的著作、书简，散见于他人著作中的佚文，以及未收录《王氏家藏集》的佚文。

5. 有关王九思的文献研究成果

贾三强、姜妮的《王九思〈碧山乐府〉现存刊本考述》(《文献》2008年第4期)考述了王九思的散曲，明确了王九思在明代散曲作家中的地位。

6. 有关徐祯卿的文献研究成果

陈红的《徐祯卿的撰述及其版本谈》[《四川师范大学学报（社会科学版）》1991年第1期]对徐祯卿的诗文集、子史杂著及其刊行情况做了较为详尽的考察。

除何景明的《何大复集》和康海的《对山集》外，大多数作家的诗文均无点校本。文献研究是一切研究的基础，关于明前七子的文献研究还有很大的空白。

（二）作家研究

作家处在怎样的时代背景下，生平遭遇了怎样的故事，以何种才情、意志写出了这样一个文本，这些都是本书在此部分所要探讨的内容。

1. 何景明的生平研究

付开沛的《何大复年谱》《何大复年谱（续）》[《信阳师范学院学报（哲

学社会科学版）》1982年第2、3期]，以部分作品编年，后附"何氏世系表略""何大复行迹图""何景明交往录"等。

金荣权的《何景明年谱新编》[《信阳师范学院学报（哲学社会科学版）》1995年第1期]详细记载了何景明的生平经历。

任访秋的《何景明简论》[《信阳师范学院学报（哲学社会科学版）》1986年第1期]研究了何景明的思想来源，即儒家为主，兼取道家与法家所长。

刘国盈的《论何景明的文艺思想》[《信阳师范学院学报（哲学社会科学版）》1986年第2期]论述了何景明主张儒家的传统诗教精神和"文质彬彬"的文艺思想。

2. 李梦阳的生平研究

石麟对李梦阳的生平研究做出了卓越贡献，这体现在他的论文体系中：《从出身寒门到联姻左氏——李梦阳研究之一》[《湖北师范学院学报（哲学社会科学版）》2011年第1期]，《初入仕途与连番下狱——李梦阳研究之二》[《湖北师范学院学报（哲学社会科学版）》2012年第1期]，《在复古浪潮与政治漩涡中的搏击沉浮——李梦阳研究之三》[《湖北师范学院学报（哲学社会科学版）》2013年第1期]，《罢官潜居·被系诏狱·提学江西——李梦阳研究之四》[《湖北师范学院学报（哲学社会科学版）》2015年第1期]，《"广信狱"的前前后后——李梦阳研究之五》[《湖北师范学院学报（哲学社会科学版）》2015年第5期]，《啸傲林泉而心怀魏阙——李梦阳研究之六》[《湖北师范学院学报（哲学社会科学版）》2016年第4期]，《满园桃李·身后是非·时人评说——李梦阳研究之七》[《湖北师范大学学报（哲学社会科学版）》2017年第1期]。

另外，石麟著有《李梦阳三考》[《湖北师范学院学报（哲学社会科学版）》1989年第4期]，其中考证了李梦阳的生卒、家世、仕宦三方面内容。

王新亚在《李梦阳故里考辨》(《兰州学刊》1990年第2期)中,考证了李梦阳的故乡是庆阳府城(今甘肃省庆阳市)。

郝润华在《李梦阳取号"空同山人"考》(《古典文献研究》2014年第1期)中认为,李梦阳取号"空同",这里的空同是指汝州崆峒山,而非平凉崆峒山。

鲍乐在《"二李"恩怨与李梦阳的诗论演变》(《中文自学指导》2007年第4期)中,考察了明代茶陵派代表李东阳与李梦阳之间的关系,以及二人关系对李梦阳诗论演变的影响。

3. 康海的生平研究

焦文彬、张登第的《康海评传》[《陕西师范大学学报(哲学社会科学版)》1980年第3期]认为,康海作为明代前七子领袖之一,自比稷契,抱负宏大,对社会改革有着强烈的愿望。

王公望所写的《李梦阳与康海》(《甘肃社会科学》1997年第4期)、《论〈中山狼传〉和〈中山狼〉杂剧并非讽刺李梦阳——兼论〈中山狼传〉之作者及李梦阳同康海、王九思之关系》(《甘肃社会科学》2004年第1期),从二人相似的文学创作出发,对二人的关系进行了考论。

田守真在其所写的《杂剧〈中山狼〉本事与李梦阳、康海关系考》[《西南师范大学学报(人文社会科学版)》1985年第1期]中,解读了康海的杂剧《中山狼》。

4. 徐祯卿的生平研究

同林、利民在《明代吴中诗人徐祯卿》(《吴中学刊》1994年第4期)中简述了徐祯卿的生平。

5. 王廷相的生平研究

葛荣晋著有《王廷相生平学术编年》(1987年由河南人民出版社出

版），叙述了王廷相的生平活动年谱和学术思想。

梁临川的《〈王廷相年谱〉补正》[《上海大学学报（社会科学版）》1993年第1期]是对《王廷相生平学术编年》进行的补正。

高小慧的《王廷相文学交游考》(《兰台世界》2015年第33期）考证了王廷相的交游对象大多是弘治、正德年间的文人学士，而这些人在一定程度上影响了王廷相诗学思想的形成和发展。

6. 边贡的生平研究

纪锐利的《边贡年谱简编》[《聊城师范学院学报（哲学社会科学版）》2001年第2期]首次整理出了边贡传略、世系表和简谱。在这之前，学界鲜有关于边贡的文献研究。

7. 有关前七子的文献综述

白润德、孙学堂的《"前七子"探实》(《中国诗歌研究》2014年）颇有新意地指出，在弘治、正德年间并无"七子"之称，因为复古运动的参与者不限于这七个人，他们也没有明确的文学口号。

孙学堂的《论明七子的文化人格》(《兰州大学学报》2003年第1期》)肯定了"前七子"开创性地迈开了文人向自我回归的脚步，同时指出理学文化和当代时局限制了他们抵达个性真正自由的境界。

师海军的《明代"前七子"正义之一——以"前七子"诸人聚合、交游及其文学主张为考察中心》(《湖北社会科学》2016年第12期）详细考察了"前七子"成员间的仕宦关系、聚合与交往关系等。

师海军在《明代"前七子"正义之二——以明代"前七子"提法形成为考察中心》(《湖北社会科学》2017年第4期）中通过分析前七子各自的文学主张，认为"文必秦汉，诗必盛唐"这一口号并不能真正概括所有成员的文学主张，且前七子诸人在当时并未有意识地以"前七子"作为文学流派。"前七子"这一提法是清代中期以后，人们为总结明代弘治、正德年间的文学复古运动而提出的。

在以上文献研究的基础上，近年来学界有跨学科研究的趋势，即把作家生平与文学、史学结合起来进行研究。

邓作惠、庄丹在发表的《"得杜之骨"——郑善夫诗歌艺术风格论》（《江苏技术师范学院学报》2011年第1期）中认为郑善夫是前七子文学复古运动阵营的重要成员。这标志着学界对前七子文学流派作家的研究已超出了七人范围。

（三）作品研究

作品研究是文学研究的基本要素，也是文学研究的主要内容，包括作品的体裁、语言、题材、内容、思想、风格等诸多方面。笔者整理的有关前七子的作品研究如下。

1. 有关何景明的作品研究

由人民文学出版社于2002年出版、游国恩等人主编的《中国文学史（修订本）》以及于1962年出版的由中国科学院文学研究所和中国文学史编写组所编写的《中国文学史》等对何景明等人的诗文进行了批评："他们的创作一味以模拟剽窃为能，成为毫无灵魂的假古董。"

范志新在《何景明诗略论》（《苏州大学学报》1991年第1期）中对何景明的诗文内容进行了概括。

丁妍在《论何景明居家时期诗学思想的转变》（《语文学刊》2011年第11期）中，认为从正德二年（1507年）何景明托病归乡休养起，其生命方式和心态就发生了变化，诗歌创作呈现向内收敛的倾向。这成为其诗歌从格调说转向神韵说的关键。

2. 有关李梦阳的作品研究

吉川幸次郎、章培桓在《李梦阳的一个侧面——古文辞的平民性》

(《文艺理论研究》1982年第2期）中指出，李梦阳所提出的"诗必盛唐"与其诗歌创作是相脱离的，他的诗歌仅仅做到了语言上的复古。

陈志明的《李梦阳的为人及其文学事业述评》[《兰州大学学报（社会科学版）》1980年第4期]则认为，李梦阳反对台阁体的萎弱文风，倡言"文必秦汉，诗必盛唐"，骚体赋效仿屈原、贾谊，文章取法《左传》、司马迁，诗歌创作出入汉魏与李、杜之间，同时不失其雄豪的个人特色。

《"塞北江南旧有名"——咏宁夏古诗选注》[《宁夏大学学报（人文社会科学版）》1980年第2期]是李梦阳等歌咏宁夏的作品。

南玉印在《李梦阳古文评价》[《兰州大学学报（社会科学版）》1984年第3期]一文中，对《空同子》进行了研究，认为李梦阳文思想深刻、笔墨洗练、章法讲究，值得重视。该观点和后人对李梦阳"模拟剽窃"的评断大相径庭。

曾良的《李梦阳〈秋望〉"汉宫"考及其它①——兼与裴效维同志商榷》（《内江师范学院学报》1987年第2期）将《秋望》与李梦阳其他有关出塞的诗结合了起来，指出这里的"汉宫"应是甘肃灵武。

汪正章在《李梦阳文学思想简论》（《兰州学刊》1990年第3期）中提出，李梦阳文学思想的积极意义不在于"复古"，而在于主张文体改革的态度，这种态度是对"代圣贤立言"八股文的大胆挑衅。

吴世永的《李梦阳文学主张简论》（《台州师专学报》1996年第5期）指出，在李梦阳的文学主张中，仿古只是手段，实质是革新。

陈卓的《李梦阳〈风雅什〉之我见》（《四川商业高等专科学校学报》1999年第4期）认为，《风雅什》存在着有血有肉的灵魂，故李梦阳的作品不能以食古不化一概论之。

阮国华的《文学的社会参与不能违背自身规律——对李梦阳文学思想的反思》（《文艺理论研究》2005年第5期）认为，李梦阳文学思想的核

---

① 其它：应为"其他"。

心是务实,即通过文学复古起到振奋人心的作用,以此营造盛世氛围,为挽救明王朝之颓势、振兴朝纲服务,具有明显的社会参与性。

杨海波在《论李梦阳诗歌的思想内容与艺术特色[《陇东学院学报(社会科学版)》2007年第2期]中,总结了李梦阳的诗歌或指摘时弊,揭露了社会黑暗,广泛反映了当时社会生活的种种矛盾;或反映战争的惨烈以及徭役和赋税的沉重,及其给人民带来的灾难与痛苦;或流露对封建统治者的失望和人生不如意的感喟与伤怀;或抒发渴望建功立业的政治祈愿和远大抱负。李梦阳诗歌中的内容十分丰富,其中蕴含的现实主义精神在明代无疑独树一帜、难能可贵。李梦阳诗歌的艺术风格也有一定特色:复古诗苍劲凝重,气象开阔;古乐府诗神韵飞动,飘逸洒脱。

杨海波在《李梦阳文学思想本体论》(《甘肃社会科学》2008年第6期)中,认为李梦阳的文学本体论思想具体表现在两方面:第一,强调"法式""格调""比兴"等诗歌形式特征对诗歌诗质的规定性;第二,重申诗歌的抒情功能和情、乐本位等本质属性对诗歌诗性的坚守与维护。

郝润华、邱旭在《试论李梦阳对杜甫七律的追摹及创获》(《甘肃社会科学》2009年第4期)中,认为李梦阳七律诗对杜甫七律诗的继承与学习具体表现在题材、表现手法、艺术风格以及对民歌的态度等方面。

曹春茹的《李梦阳诗文东传朝鲜半岛及对古代朝鲜文学的影响考论》(《甘肃社会科学》2009年4期)认为,朝鲜文人以阅读其诗文、感受其诗韵、刊印其文集等方式接受了李梦阳的作品,同时对他的诗文及理论展开了各种形式的评判。李梦阳诗文东传朝鲜的重要意义在于促进了朝鲜李朝中期的文学革新。

王海燕在《李梦阳的辞赋创作和赋学思想》(《乐山师范学院学报》2011年第2期)中把李梦阳存赋三十五篇划分为忧时赋、吊古赋、写景赋、咏物赋四大类,并分析了其思想内容。

宋伟涛在《李梦阳怀古诗探析》(《重庆广播电视大学学报》2012年第5期)中总结了李梦阳的怀古诗多吟咏历史人物、历史事件和风景故地的特点,反映了作者忧心时政,期待能臣良将为国建功立业的情感。

贺娟的《论李梦阳诗歌的边塞情》[《长安学刊(哲学社会科学版)》2015年第6期]认为,李梦阳边塞诗成就的出现并不是偶然的,而是明代中叶特定政治、学术、环境下的产物,用以咏怀边塞、赞颂英雄、鞭挞战争。

郝润华在《从"效李白体四十七首"看李梦阳对李白的接受》[《首都师范大学学报(社会科学版)》2016年第5期]中分析研究了李梦阳创作的"效李白体四十七首",指出其对李白体古诗的学习主要表现在题材与语言方面。

3. 有关王廷相的作品研究

汪正章在《王廷相文学思想探析》[《南开学报(哲学社会科学版)》1988年第6期]中,认为王廷相文学倡"复古"、重创新,注重情理结合,追求性、道一致,同时存在重"道"轻"文"、无视艺术之美的弊病。

王慧在《浅析王廷相的文学思想》(《洛阳师范学院学报》2009年第6期)中,认为王廷相提出的"无意为文""诗贵意象透莹""感时愤世,忧在天下"等都为人们提供了新的理解思路,让人们看到了复古派的另一面。

4. 有关王九思的作品研究

邢宽在《论王九思弘治间诗风的蜕变》(《长安学刊》2014年第3期)中,探讨了王九思在接触李梦阳后诗风发生明显转变的缘由,并以此窥探了该时代的文学风貌和发展状况。

5. 有关边贡的作品研究

许金榜在《边贡的文学成就》[《济南大学学报(社会科学版)》1993年第3期]中对边贡的诗文做了总体论述,认为其诗歌和散文的内容、风格都具有一定的开拓意义。

泥牛在《"前七子"诗补注三则》[《湖北师范学院学报（哲学社会科学版）》2004年第3期]中，简要论述了何景明、边贡所作的三首古诗的注释。

张兵、徐艳芳在《功名意识与生命意识的嬗递——论前七子之一边贡诗文创作的心路历程》(《求索》2013年第7期)中，认为边贡早期的诗文创作体现了积极参与政治、追求功名、重气节的入世情怀。此后，随着其功名意识的淡薄，边贡的生命意识不断增强，山水隐逸情怀逐渐成为边贡诗文创作的主要特点。

6. 有关康海的作品研究

汪正章在《康海文学思想初探》[《汉中师院学报（哲学社会科学版）》1989年第3期]中，认为康海的文学思想因官场沉浮、仕途坎坷及社会地位的大幅度变动而不乏前后矛盾之处。

田丽萍在《论康海诗歌的情感取向》[《聊城大学学报（社会科学版）》2009年第2期]中指出，康海诗歌的情感取向是多面的，主要有儒家情怀的抒写、老庄思想的宣泄，以及日常情感的表达。因情命思、缘感而发、比物陈兴的风格正是康海诗歌创作的动人之处。

7. 有关徐祯卿的作品研究

于海鹰在《试论徐祯卿诗歌创作的艺术风格[《东南大学学报（哲学社会科学版）》2008年第2期]中指出，徐祯卿诗歌"感情真挚"，擅长自然山水诗，风格由前期的散华流艳、气格纤弱变为后期的格高调雅、自成一家。

从学界对前七子作品的研究来看，有关李梦阳的文学研究明显多于其他六子，这说明李梦阳的文学成就和影响力大于其他六子，同时说明学界对其他六子文学成就的研究有待开拓；从学界对前七子作品的研究内容来看，多是针对前七子的诗歌展开研究，而对于其散文、词、赋、戏曲的研究有待开拓。

二、前七子的文学理论批评研究

我国学者早期出版的一些文学史著作，如1962年出版的《中国文学史》对前七子的文学复古持否定态度，认为他们虽本意是拯救"正统文学"，实际上却将它推向更为深刻的危机。直到20世纪80年代后，我国学者才对前七子的复古重新进行批评研究，主要可归纳为以下几方面。

（一）对前七子的文学核心理论进行批评研究

"文必秦汉，诗必盛唐"是前七子文学理论的核心命题，以下是对其进行批评研究的概括。

李迪南在《近四十年前七子"文必秦汉"说研究综述》（《古籍整理研究学刊》2016年第5期）中梳理了近四十年来（至2016年）学者对明代前七子"文必秦汉"说的研究。目前，学界对于"文必秦汉"的对比研究较弱，对唐文、宋文的态度有待进一步讨论，对于八股文和"文必秦汉"说的互动还有很大的研究空间。

李燕青在《〈唐诗品汇〉与前七子》[《北京工业大学学报（社会科学版）》2009年第6期]指出，《唐诗品汇》是明初唐诗学理论的总结与实践，其对前七子"诗必盛唐"的美学旨趣产生了一定的影响。

蒋旅佳在文章《"从盛唐回到六朝"：杨慎律诗学策略》[《云南民族大学学报（哲学社会科学版）》2013年第2期]中指出了前七子对杨慎诗学的影响，在前七子近体唯学"盛唐"的诗学复古语境之中，将唐近体诗歌源头由初唐上溯至六朝。

任访秋在《何景明简论》[《信阳师范学院学报（哲学社会科学版）》1986年第1期]中指出，何景明、李梦阳的贡献在于打破了当时的八股制及流行于士大夫间的台阁体的束缚，解放了人们的思想，打破了程朱理学的桎梏。

（二）探讨"前七子"的复古思想

郭豫衡在《学风复古与文风复古——再谈何景明》[《信阳师范学院学报（哲学社会科学版）》1988年第2期]中认为前七子之复古表面上是反对"台阁体"，实则是反对"八股文"："景明之主张诗文复古，还有继承古人发愤著书的传统的意思。"

黄果泉认为，李梦阳尚法观的形成离不开理学思想。他的文章包括《论李梦阳诗学思想的理学倾向》[《河南师范大学学报（哲学社会科学版）》1991年第3期]、《李梦阳诗学思想的尚法观》[《河南师范大学学报（哲学社会科学版）》1993年第1期]、《李梦阳诗学思想的格调说》[《河南师范大学学报（哲学社会科学版）》1994年第2期]。

于兴汉在《李梦阳诗学思想辨析》[《山西师范大学学报（社会科学版）》1994年第1期]中指出"梦阳虽有复古模仿的一面，但他的诗歌创作情感论在其诗学思想中也占有十分重要的地位。"比如，李梦阳提出的"诗言志""真诗乃在民间"，都具有重要的思想价值。

陈书录在他的《"因情立格"——徐祯卿在诗歌创作与理论批评上的追求》[《南京师大学报（社会科学版）》1993年第3期]中指出，徐祯卿把情感论与格调说融合为和谐的"因情立格"，为古典美学提供了一个新的理论范畴。

纪锐利在《边贡的诗学理论与创作》（《东岳论丛》2001年第5期）中将边贡的诗歌复古理论总结如下：主张以《三百篇》及汉魏、盛唐之诗歌为宗，提出"守之以正，时出其奇"的创作方法，在强调诗歌真情实感的前提下主张"文以载道"。

党万生在文章《从"筏喻之争"看明代"前七子"复古运动的失败》（《河西学院学报》2003年第3期）中指出，何景明曾借用佛家语以"筏"喻"法"，主张"舍筏登岸"，而李梦阳对"古人之法"的看法不同，史称"筏喻之争"。但李、何二人皆囿于字句音声与修辞结构谈论诗文"法式",使其创作由复古陷入拟古。

杨帆的《从李何文学论争看何景明的文艺思想》(《泰安教育学院学报岱宗学刊》2010年第2期)认为,李、何之争的焦点在于如何对待"法"和诗歌的风格,李、何之争对后世学者认识前七子文学思想的复杂性和何景明的文艺思想具有重要意义。

(三)将前七子与同期其他作家、理论进行对比研究

葛荣晋在《王廷相的"文以阐道"论》(《中州学刊》1985年第5期)中指出,王廷相的"文以阐道"做到了形式与内容的统一,对抨击"台阁体"具有现实意义。

廖可斌在《茶陵派与复古派》(《求索》1991年第2期)中将茶陵派与复古派的主张相比较,认为二者的文学主张基本一致,最大的矛盾点在于政治因素;他在《关于李梦阳的"晚年悔悟"问题——前七子文学理论研究之一》(《文艺理论研究》1991年第2期)中重新解读了李梦阳在《诗集自序》中提出的诗歌"以情为本"和"今真诗乃在民间"的说法,对于前人认为的自悔之论做出了澄清;他还专门研究了李、何之争,在论文《李何之争:复古主张的二律背反——前七子文学理论研究之二》(《中国文学研究》1992年第1期)中,从历史背景进行了分析,认为李、何之争的深刻意义在于揭示了古典诗歌的审美特征、艺术形式,这在当时已经与人们的思想情感相背离。

李德强在《边贡对王士禛诗歌创作的影响》(《柳州师专学报》2009年第3期)中认为,边贡沉稳飘逸的诗风取向对同乡后辈王士禛的诗歌,尤其是他的神韵诗产生了重要的影响。

金荣权的《李梦阳的复古理论与诗文创作》[《信阳师范学院学报(哲学社会科学版)》2001年第3期]总结出李梦阳的复古理论主要体现在提倡真情、强调格调、重视比兴等方面;指出李梦阳的诗文创作内容广泛,

但成就最为突出的还是诗歌创作。李梦阳的诗歌针砭时弊，关注民生，起到了批判现实的作用。

邓新跃在《李梦阳的诗学辨体理论》(《社科纵横》2005年第3期）中，认为李梦阳的诗学理论建立在其对"法"的本体性认定上。李梦阳专重格调、摒弃宋元，见格调而不见性情是其根本缺陷。

徐楠在《试论祝允明的诗歌辨体意识与创作观》(《齐鲁学刊》2007年第2期）中，认为吴中四大才子之一祝允明的创作观综合了前七子和吴门文人两派的优点，因而重视诗歌辨体；肯定了宋以前诗歌的多元化局面，要求诗歌创作有自己的独特性，同时不背离基本的审美规范。

徐慧在《祝允明的古文观》[《苏州大学学报（哲学社会科学版）》2009年第5期]中将祝允明的诗文变化以其55岁罢试为界线进行了划分，认为祝允明早期诗文复古的偏好甚至早于前七子，后由于科举的需要转为务实包容的态度；后期放弃科举仕途后，祝允明开始厌弃诗文，复古思想开始显现，尤其体现在其"文极乎六经而底乎唐"的文统观中。徐慧在《祝允明的诗歌观》(《北方论丛》2009年第5期）中对祝允明的诗歌观进行了总结：祝允明认为诗"各有所至"，在时代、风格、诗体的取向上，表现出通达的开放思维；否定唐后诗风，认为"诗死于宋"；对宋代浮泛学风进行了批判。

（四）探讨前七子在文学史中的地位和影响研究

沈从文在《李梦阳〈诗集自序〉管窥》(《大家》2010年第15期）中认为李梦阳"真诗乃在民间"的观点在文学批评史上具有重要意义。

贺晓艳在《浅论边贡的诗学理论及其对后世的影响》(《楚雄师范学院学报》2009年第11期）中，讨论了边贡诗学理论中复古的"尚奇"色彩及实际创作中的清远风格。

邓雅心在《李梦阳复古理论中的"格调"与"真情"》(《丝绸之路》2009年第14期）中指出，李梦阳的复古理论既对立又统一，差异性源于其理论内部"格调"与"真情"的对立。

魏强的《试论李梦阳诗学思想的尚法观》(《名作欣赏》2011年第32期)总结了李梦阳的尚法观,认为尚法观是李梦阳诗学思想的核心之一,同时认为李梦阳太注重诗文法式的完美性,忽视了创作主体的客观能动性,产生了诗文创作的模拟陋习。

林冬梅在《"格调说"与弘治时期前七子个体意识的觉醒》(《文艺评论》2011年第4期)中将"格调说"的理论与前七子的个体意识觉醒联系起来并进行了探讨。其认为李东阳对弘治时期的诗坛革命起到了先导作用,前七子的"格调说"是建立在李东阳诗论的基础上的。

闫勖、孙敏强在《"文章之道"如何"复归词林"——论明代嘉隆之际的馆阁文学》(《浙江社会科学》2016年第9期)中阐述了复古理论对明代中后期馆阁文学的影响。

王松景在《徐祯卿诗学地位再评价》(《哈尔滨学院学报》2016年第5期)中,通过对比徐祯卿与李梦阳的诗学思想,分析了徐祯卿各文集的复古追求,探究了徐祯卿的诗学宗尚。

王倩在《李梦阳诗论之情与理的统一》(《重庆第二师范学院学报》2018年第3期)中指出,李梦阳的诗学主张对纠正宋元以来文坛重理轻情的弊病具有重要的理论意义。李梦阳认为"理欲同行而异情",一方面主张"诗发乎于情""诗缘情",另一方面主张"情应止乎于理""诗言志"。

葛荣晋在《王廷相的"意象论"》[《山东师大学报(社会科学版)》1988年第5期]中指出,王廷相在《与郭价夫学士论诗书》中系统地阐述了他"诗贵意象"的观点。葛荣晋在这篇文章中认为,意象论是对唐宋诗论的继承和发展。

陈书录在《"宏襟宇而发其才情"——明代前后七子自赎性反思散点的聚焦》(《学术月刊》1989年第9期)中,从程朱理学背景切入,认为明代前七子、后七子以敢于驱散理学阴霾的勇气,亮出了自己理想的旗帜——"气色中兴日月悬",其审美理想寄托在"盛唐气象"中。

汤书昆的《"前后七子"新论》(《学术界》1989年第6期)亦从台阁体和理学背景切入，观点类之。

王承丹在《前七子衰微的内部原因探析》(《南都学坛》1996年第2期)中从内部分析了前七子逐渐衰微的原因，并将其归纳为三点：诗文和理论所体现出的矛盾性、核心人物之间的论战、基于以上原因引发的成员内部间的分化及转向。

史小军在《论明代前七子的关学品性》(《文艺研究》2005年第6期)中，从地域、交游、师承等诸多因素探究了前七子与关学间的深厚渊源；从学风、人格、文学观念及儒学接受等方面，探讨了前七子所具备的关学品性。史小军在《论明代前七子之儒士化》(《文艺评论》2006年第3期)中，探讨了明代前七子在复古运动后期普遍存在的"儒士化"转变现象，而这种转向皆以关学为旨归。这直接说明了前七子的关学品性，也说明了唐宋派的崇儒之路是由前七子的关学品性而来的。

郑利华的《"嘉靖八才子"与明代正、嘉之际文坛的复古取向》[《深圳大学学报（人文社会科学版）》2007年第2期]研究了前七子所宣扬的复古思潮对明代弘治、正德年间的文坛的影响。

高宏洲的《"前七子"复古诗学兴起的历史语境》[《山西大同大学学报（社会科学版）》2010年第1期]以跨学科的研究方式，从历史的角度追溯了"前七子"复古运动兴起的历史语境及学理逻辑。高宏洲另有论文《"前七子"复古运动失败的三重原因》(《孝感学院学报》2011年第2期)承其绪，认为复古运动失败的原因在于：政治之摧残、阳明学之诱惑、复古之迷误。

刘宝强在《"台阁体"非"七子"复古对立考论》(《南阳师范学院学报》2013年第4期)中另辟蹊径，指出明初宋濂等人的台阁体文学是文学复古的先声，而非前七子复古的对立。

陈文新、郭皓政在《从状元文风看明代台阁体的兴衰演变》(《文学遗产》2010年第6期)中认为，弘治年间的状元康海成为前七子的一员，标志着状元文风的转向；正德、嘉靖两朝，馆阁文风受到前七子所代表的郎署文风的显著影响，正是这种转向的必然后果。

司马周、陈书禄的《茶陵派与"前七子"关系考论》(《文艺研究》2012年第9期）考察了两个派别从相互酬唱到关系恶化的交往轨迹，有助于学界研究茶陵派与前七子在诗文影响和诗话理论继承方面的内在关联。

李雁雪的《〈四库全书总目〉的前七子批评研究》(《名作欣赏》2015年第8期）认为，《四库全书总目》肯定了前七子针对台阁体带来的"颂扬之风，首倡复古，开一代风气"的文学地位，也指出了其"万喙一音，陈因生厌"的创作弊端。

薛泉的《馆阁与郎署——文学话语权的争夺与明代文学之流变》[《武汉大学学报（哲学社会科学版）》2016年第2期]认为，郎署文学觉醒使前七子迅速崛起于文坛，明中叶主流文风为之转向，文权开始向郎署分化。"文必秦汉，诗必盛唐"既是郎署文学意识觉醒的重要表征，又是前七子迅速崛起的一个重要因素。

伍美洁、韩云波在《论前七子以复古抵制宋儒理学对文学的侵入》[《重庆师范大学学报（哲学社会科学版）》2017年第3期]中指出，前七子以复古来抵制宋儒理学的侵入。其策略便是通过梳理文道关系来确立"文"的独立，对"文"进行重新认识并还原文学的本质特征，辨析了复古的具体主张。

综上所述，前七子的文学理论批判和影响均胜过其文学创作，学界对其进行的研究成果也是如此。总体说来，学界对于前七子的研究成果由单个范畴研究到文学史影响研究，由文艺学理论到史学、哲学等其他学科思维的切入，由简单的价值论研究到方法论、本体论研究，成果丰硕。遗憾的是，学界对前七子所著文献的梳理较为薄弱，如徐祯卿诗文批评主要见于其专著《谈艺录》及诗文集中的《与李献吉论文书》《答献吉书》等文章，均为散论，其他六子的文艺理论文章大抵如此。

学界对前七子作品的点校整理工作仍有很大空白，有关前七子理论的论文集也无人整理汇编，这让从事有关前七子研究的学者举步维艰。笔者认为，应当加强跨学科的方法研究，从前七子复古理论的美学、人类学思想上进行探讨。其中，儒家与道家的复古思想皆蕴含着丰富的美学、诗学意义。这些丰富的美学内涵以特有的方式提出了文明与自然的冲突这一亘古长存的人类学命题，更深深影响了后世的复古文学理论思维。前七子的复古理论是漫长的中国古代诗学史、美学史演进过程中的重要一环，很有必要从美学角度展开研究。

第二节　中外文艺复古思潮综述

中外文学史上都发生过文学复古运动。

在中国文学史上，从7世纪（唐初）开始，陈子昂就率先举起了"复古"大旗。到了唐朝中期，大规模的复古运动开始，直到宋、元、明、清，甚至是近代的新文化运动，"复古"一直以各种形式出现在文化运动中。

在西方文学史上，14—16世纪发生在欧洲各国的文艺复兴运动最为激烈，它不但推动了整个欧洲的文艺变革，而且在世界范围内掀起了一场文艺"复古"风暴，其波及范围之广、影响之深，实为罕见。下文试图通过历史性回顾，从根源上对比中外文艺复古思潮的异同，从而挖掘前七子复古运动的本质属性。

一、欧洲的文艺复古运动

（一）文艺复兴

发生在欧洲14世纪中期到16世纪末期的文化运动，被笼统地称作文艺复兴运动。事实上，文艺复兴运动发源于意大利的佛罗伦萨，后来才逐渐扩展至欧洲各国。

进入 11 世纪后，随着经济的发展、城市的兴起，人们的生活水平逐渐提高，渐渐地人们开始追求世俗人生的享乐，而这些观念普遍与欧洲天主教的统治思想相违背。到了 14 世纪，城市经济繁盛的意大利各城邦，最先扛起了反对天主教文化的大旗。以世俗知识分子为首的意大利市民，一方面极力抵制天主教的神权和虚伪的禁欲主义，另一方面又苦于没有成熟的文化体系来取代天主教文化，便借助复兴古希腊、古罗马文化的形式来标榜自己的主张。因此，欧洲所发生的文艺复兴运动，是一场以古典为师的新文化运动，也是一场资产阶级反对封建思想的运动。

文艺复兴运动的核心是人文主义精神，即以人为中心而不是以神为中心，肯定人的价值和尊严。在文艺复兴运动中，人们认识到了人的价值，因而主张人生的目的应该是追求个性解放，享受现实生活中的幸福，反对愚昧迷信的神学思想。

（二）古典主义

文艺复兴运动过去不久，法国诞生了一种新的文学思潮，这便是发生于 17 世纪的古典主义运动。古典主义具有以下三个特征：首先，为王权服务；其次，理性至上（主要表现为以理性克制情欲）；最后，奉古希腊、古罗马文学为典范，借古喻今。

古典主义作为特定历史时期的产物，在文艺理论和创作实践上以古希腊、古罗马文学为典范，产生于 17 世纪的 30～40 年代，兴盛于 17 世纪的 60～70 年代。其在欧洲流行了两个世纪，直到 19 世纪初才从一种文艺思潮蜕变为一种单纯的文艺形式。

与文艺复兴运动不同的是，古典主义是诞生于 17 世纪的君主政体体制下的，其政治基础是中央集权的君主专制，是为君主专制政体所创作的，是政治的产物，受到君主专制政体的严格监督。法国的古典主义是法国君主加强中央集权的手段，是反对思想分立主义的工具。

古典主义的哲学基础是笛卡儿的唯理主义理论。古典主义在创作理论上强调模仿古代，主张用民族规范语言，按照规定的创作原则进行创作，从而达到艺术上的完美。这决定了古典主义不能长久。18世纪，古典主义走向衰败，最终被启蒙主义和浪漫主义思潮所取代，而古典主义也成为一种单纯的文艺形式。

（三）新古典主义

新古典主义相较于古典主义，更倾向纯艺术运动。18世纪的罗马艺术家对巴洛克和洛可可艺术烦琐的装饰感到厌恶，于是借古罗马庞贝遗址的发掘，开始追求古希腊、古罗马的艺术理念。

新古典主义以唯理主义观点为核心，认为艺术必须从理性出发，要求艺术家在创作时摒弃主观思想感情，倡导服从理智和法律。新古典主义主要体现在对艺术的追求上，它崇尚古希腊的理想美，注重古典艺术形式的完整，追求典雅、庄重、和谐，同时坚持严格的素描和明朗的轮廓，减弱绘画的色彩要素。

新古典主义的"新"在于借古代英雄主义题材和表现形式，直接描绘现实斗争中的重大事件和英雄人物，紧密配合现实斗争，直接为资产阶级夺取政权和巩固政权服务，具有鲜明的现实主义倾向。

二、中国的文艺复古运动

中国历史上出现过三次复古运动，即盛唐时期的七言古诗歌复古运动，以韩愈为首的唐宋八大家倡导的古文运动，以及明朝前七子、后七子所倡导的文学诗歌复古运动。其中，影响力比较大的是唐宋的古文运动和明朝的文学诗歌复古运动。无论是古文运动还是诗歌复古运动，在表象之下，都隐藏着政治诉求的本质。

中国从春秋末战国初，逐渐摆脱了奴隶制社会，开始了两千多年的

第一章 绪论

封建社会。为了更好地维护封建统治,封建统治者找到了一个良好的武器——儒家思想。从此,中国文化罢黜百家,独尊儒术。在漫长的封建统治时期,随着封建社会的发展和内部结构的调整,统治者会适时地鼓励和发扬除儒家以外的思想,如佛家思想和道家思想。

到了晋朝,佛家、道家思想开始盛行,儒学逐渐衰微,文学艺术走上了浮夸华丽的绮靡之风。直到唐朝结束了四分五裂的局面,建立起了一个大一统的繁华盛世,封建社会才重新步入正轨。这时,正统文人认识到继续放任儒家思想的衰落、崇尚绮靡之风必然不利于封建统治的巩固。

封建君王需要文学的"美刺",只有这样才能"补弊于世",因而,正统文人认为有必要恢复自《诗经》以来形成的文学"美刺"传统,便有了盛唐时期的"七古"诗歌复古,只是这一运动局限于诗歌体制,并没有起到重塑思想的作用。

安史之乱后,唐朝看似"中兴",实际已经开始走向衰落。统治者迷惑于表面的盛世繁华,终日沉溺享乐和追求"长生",这让佛家、道家思想重新占了上风,道士、僧人、尼姑一时间地位很高,从而形成了新的剥削阶级,唐朝正不自觉地走向衰微。唐代古文运动的领导者韩愈率先看到了这种危机,为了挽救颓势,打起"复古"旗帜。他大力主张恢复儒家思想的正统地位,排斥佛家、道家。为了配合思想的革新,他又提出了文字上的复古,即反对骈文,提倡古文,尤其是诗歌当恢复以"美刺"为目的的主张。由于这一运动符合当时人们对佛家、道家思想的厌恶和反感心理,因而很快就形成一股风气。到了北宋初期,欧阳修等人沿袭了这股风气,这便是唐宋八大家的古文运动。

到了明朝,复古运动越来越频繁,有李东阳的"茶陵诗派"、明前七子的复古,以及明晚期张溥、陈子龙"复社""几社"的复古;清朝涌现出了颇具规模的"桐城派";五四运动中,还有刘师培、林纾、章士钊等人倡导复古。

三、中外复古运动的比较

欧洲文学史上的复古运动，集中发生在资产阶级诞生、繁荣的情况下，是资产阶级同封建神权进行殊死搏斗的武器。其目的是彻底冲破封建宗教势力在社会物质生产、精神思想方面的枷锁，是为资本主义服务的，也是具有进步意义的。

中国文学史上的复古运动无一例外地发生在封建统治崩溃的边缘，封建制度越崩溃，复古运动越频繁发生。从中唐开始，封建社会内部就发生了很大变化。例如，行会带动了市民阶层的兴盛，这种资本主义性质的商业发展动摇了封建君主集权，使民众的"民主"意识开始觉醒，主要表现为文学朝世俗方向发展，且有取代正统文学、突破儒家思想的倾向。特别是到了明朝，资本主义萌芽发端，在思想文化领域，出现了一系列反传统的学派，如"左派王学""公安派""童心说"等，这些都动摇着封建统治的根基，预示着封建制度即将崩溃。正统文人正是看到了这一点，才一次次地掀起文化"复古运动"，试图巩固封建统治。虽然中国复古运动与西方复古运动所处的政治立场不同，但两者均为社会的进步做出了积极的贡献。

资本主义的萌芽，市民阶层的壮大，促使明代中后期出现了要求突破封建专制主义统治的民主思想，在文学艺术方面也相应表现出越来越多的反传统倾向，这让封建统治者惶恐不安。于是，统治者希望借形式主义文学来进行思想的控制和引领，如明朝前期歌功颂德、粉饰太平的台阁体，清朝乾隆、嘉庆年间的御用文学等。在文学一次次被政治干预的背景下，文人掀起了一次又一次的复古浪潮，呼吁文学回归正统、强调理智，而不是沦为封建统治者粉饰太平的工具。

虽然中外文学史上的复古运动无论是从背景、目的，还是从性质、内容上来看都不尽相同，但具体到文学本质，它们都毫无例外地呈现出回归古典、强调理智等特点。这说明人们普遍认为文学的起初是美的，只是在它漫长的发展历程中，因着不同的目的、为了适应不同的环境，不可控地发生了扭曲，走上了岔路，这才有了一次次的追求复古，旨在使文学回归它本真的美好。

第三节　中国古典文学中的文道之争

"文"指文字，即字词、语句。"道"指文章的思想内容。在我国古典文学史上，"文"与"道"的关系是一个争论已久但没有得到解决的问题。历史上某些时代的某些人出于某些目的而过于强调"文"，认为诗文仅仅是一种语言表达的工具；某些时代的某些人又特别强调"道"，认为文章最大的作用应当是发挥它的思想教育意义，从而为统治者所用。这便形成了"文"与"道"相争的局面。

一、文道之争的历史渊源

早在夏商奴隶社会时期，我国就有了文字、读书人，以及围绕读书人进行的教育事业。但那时候的读书人仅限极少数的王室贵族子弟。直到东周以后，奴隶社会被封建社会取代，原来享有读书特权的奴隶主贵族逐渐丧失了这一特权，学术下移到诸侯国新贵手中，正所谓"天子失官，学在四夷"，这便诞生了新的阶层——士。

士的出现，打破了原有的"学在官府"的束缚，私学逐渐兴盛，一时间形成了百花齐放、百家争鸣的局面。儒家学派创始人孔子在这时提出了"有教无类"的教学思想，即人人有权接受教育，应当扩大教育范围。为此他特意删定《诗》《书》《礼》《易》《春秋》并将其作为教材，阐述自己的思想，广招门人，亲授子弟。可以看出，早期的教育将传授思想作为主要内容，也就是特别注重"道"。

孔子和儒家学派的文化教育内容奠定了中国古典文学的基础。汉武帝时期，为了进一步巩固封建王权，更是确立了"罢黜百家，独尊儒术"的教育理念，而孔子删定的《诗》《书》《礼》《易》《春秋》等教材被尊为"经"，设立官学，设置五经博士，并以此为标准来进行人才选拔。从此，儒家思想成为中国封建社会文化统治的唯一正统思想，一旦文化趋势有所偏离，便会发生争辩。这便是唐宋古文运动的由来。

汉以后，中国经过近四百年的战乱已是千疮百孔，这使中国文化与外族文化发生碰撞和融合。这在正统文人以及统治者眼里是一种"文化乱象"，于是在唐朝实现大一统后，国家的稳定、经济的繁荣，使文人必须站起来拨乱反正，唐代的韩愈、柳宗元率先掀起了古文运动，明确提出了"文以载道"的政治口号。

所谓"文以载道"，表面意思是说写文章就是要表达思想，但实际上这个思想被限定为儒家思想，特别强调了儒家思想的重要性，也就是"道"的重要性。从隋朝开始实行的官员选拔制度是科举制，科考的内容主要是儒家经典。唐朝明确将其定义为"五经正义"，明清两朝参照"四书"和"五经"来规定文章的格式，即八股文。考试内容决定教学内容，因此儒家经典历来就是中国文化教育的中心，它所突出的是儒家经典中的儒家思想与道德标准。封建统治者以此来进行官员选拔，文人以此来标榜正统文学，或求仕途，或求共鸣，从而与通俗文学划清界限。

鸦片战争之后，资本主义列强汹涌而来，康有为等有识之士于民族危亡之际认识到，要富国强民就必须探求经世致用之学，且必须普及教育。1904年，清政府颁布的《奏定学堂章程》，第一次将国文学作为一门学科从其他经史子集中独立出来，第一次在正统意义上强调了"文"的重要性，即国文教育作为实用交际工具的意义得到了官方认证。

辛亥革命后，以蔡元培为首的教育家针对普及文化教育这一理念进行教育改革，先是取消了读经讲经，接着规定小学国文要以"使儿童学习普通语言文字，养成发表思想之能力，兼以启发其智德"为目的，明确了"文"作为普及交际工具的作用。

新文化运动第一次将"文"的重要性提升到了民主、科学的层面。"文"的教育是"为人生、为生活、为交际"服务，也就是为个人服务，这将文化教育从封建的"为君主、为圣贤、为天下"割裂开来，使文化教育焕然新生。

二、文道观与古典文艺美学的建构关系

在中国文学史上，"文"与"道"在功用上的争执并不影响其在古典文艺美学上的建构作用。事实上，文道关系反而是中国古典文艺美学的核心建构者之一。

《论语·雍也第六》中，孔子首先提出了"文质彬彬，然后君子"的美学观念，认为一个人只有具备正直、仁善的道德品质，才能称为君子。而"文"在孔子眼中，是指博览人文典籍、具备人文教养，也就是人通过圣贤礼乐教化而具备外在的审美素养。孔子将人格品质上的美与礼乐教化上的"尽善尽美"完美衔接——如果把"文"看作形式之美，那么"质"就是内容之美，追求文质兼备、美善合一正是孔子理想的文道观。

"文质彬彬"隐藏着孔子对文道关系最朴素的见解，也奠定了后世历代儒者看待文道关系的基本思路，即都侧重以文辞形式与思想内容来言说文道关系。第一，文与道位于不同层面，一方指形式内容在内的整个文章，一方指形而上之道；第二，文与道为同一层面的结合体，一方指文辞形式，一方指文章内容。这两种形式经常发生混淆，导致后世出现了各种关于文道之争的美学争论，褒贬不一。

（一）"文以载道"而美

唐宋的文道观基本谈论的文辞形式与思想内容上的关系，争论的点在于对"文"的偏重，还是对"道"的偏重，抑或是文辞形式与思想内容的平衡互重。

唐宋文道观以韩愈提倡的"文以明道"和周敦颐提出的"文以载道"

最为突出。韩愈提出的"文以明道"针对的是兴起于魏晋南北朝的形式主义文风,他认为这种文风颓废繁杂、流于表面,失去了思想内容,因此试图通过古文运动来恢复以儒家思想为核心的文学功用。韩愈认为"修其辞以明其道",通过文章形式才能显现这样一种"道",这里的"道"很重要,是一种以仁义道德为名的、具有现实意义的思想内容。而"修辞"并非仅仅靠文章形式,还包括作者的道德意志和行为,将作者的道德气象发为文章,则能够形成文章内在的思想品质。文章写得美不美,在于作者是否具有美善的品行,拥有美善品行、高尚情操的人才能写出具有美好思想内容的文章。

到了宋朝,文学家、理学家在韩愈、柳宗元的理论基础上,进一步探讨了文道观。周敦颐的"文以载道"对后世影响最大。在周敦颐所著《通书·文辞》(第二十八篇)有云:

文,所以载道也。轮辕饰而人弗庸,徒饰也,况虚车乎?文辞,艺也;道德,实也。笃其实,而艺者书之,美则爱,爱则传焉。贤者得以学而至之,是为教。故曰:"言之无文,行之不远。"

这段话代表了周敦颐的文道观,他把文道关系比喻为大车和大车上所载的货物。文辞是车,车上之货则是道德,一辆不能载实物的车即使外表做得再华美也只能是摆设。这个比喻清楚地揭示了周敦颐所认为的"文"与"道"的关系。在探讨文道关系的过程中,周敦颐也表明了自己的美学立场,即文章既要务实又要有艺,既要有文又要有质,这样的文章才能达到美而爱,进而传于后世。这样看,周敦颐的"文以载道"和韩愈的"文以明道"事实上并无区别,二者一脉相承,都表达了唐宋时期诗文的美学观念。

（二）文道合一为正理

事实上，当韩愈、周敦颐等以"文以明道""文以载道"掀起一场古文运动时，宋儒、程朱理学家对此提出了疑问，他们认为文道不可能统一，两者无法兼得。朱熹认为，文道的合一，一定是建立在主次分明的基础上的，即道是主，是根本；文是次，是末节。他对韩愈提出了质疑，认为韩愈的理论只能让他成为古文领导者，而不能成为道统传承人。"文"与"道"的矛盾由此产生，而这一理论也因此流传下来。

南北朝时期刘勰在《文心雕龙·原道》中说："文之为德也大矣，与天地并生者。何哉？夫玄黄色杂，方圆体分，日月叠璧，以垂丽天之象；山川焕绮，以铺理地之形；此盖道之文也。仰观吐曜，俯察含章，高卑定位，故两仪既生矣。惟人参之，性灵所钟，是谓三才。为五行之秀，实天地之心。心生而言立，言立而文明，自然之道也。"

刘勰继承了程朱理学的观念，认为文道关系应建立在儒家思想与天道轮回的融合之上，第一次将儒家之道上升到了宇宙论的高度。理学家眼中的文道观，不仅仅停留在社会、政治的功用性上，更将汉唐以来的儒家哲学转化为一种心性哲学。

如果真正达到了文与道的合一，那么文章就实现了正理，达到了尽善尽美。中国文人的审美精神往往是通过对物象、意象的直观审美而达到一种超越物象、意象本身的形而上的境界，具化在诗文中，就是以诗化的"文"来彰显真理，这便是中国古代形而上学的审美范本。

第四节　明前七子的诗文复古运动

文道观虽然首先表现为儒家实用性哲学的一种观念，但单独用其来观照文学时却显示出文人学士对理想文学范式的一种审美追求。从这方面来说，不论是唐宋的古文运动，还是明前七子的诗文复古运动，它们本身就带有强烈的美学特征。

目前，学术上大多将明前七子的诗文复古运动看作明代中后期的一个文学流派，并将这一流派产生和发起复古运动的原因归结于一种对文学范式的对抗，即不满当时主导文坛的台阁体的诗文风格，甚至将当时的文学流派纷争形象地描述成一幅无解图，从而揭露其相悖和相承的复杂关系。

从分派的主张和口号上来看，这种看法并没有错，但如果从文道观念的角度出发，站在整体社会思想文化层面上加以审视，就不难发现，从前七子开始的一系列文学流派所发生的纷争，无一不体现着在当时的历史条件下人们对正统文学领域被程朱理学进行道学异化的不满，因而纷纷成立流派，为文学寻找新的出路和范式。从本质上来说，明前七子的诗文复古运动所体现出来的门派之争依然是文道之争。

一、对文学范式的复古

宋代以后，程朱理学逐渐强化。明朝建立后，更是确立了理学治国的方针，宋儒理学得到了统治阶级的扶持。它的发展对文学产生了巨大的影响，且这种影响是消极负面的。程朱理学的发展不但使大量文学经典销毁失传，更使文学丧失了传统的汲养，失去了外在的审美范式，使内在沦为说理的工具。理学认为"作文害道"，甚至把文学的创作和摸索当作"玩物丧志"。按照程朱理学的观念，他们所追求的是停止对文章进行范式和审美上的摸索，只注重思想上的表达，这便使文道关系失去了平衡，使文学创作走向世俗化、道学化，呈现空虚、呆板的制式风格。

在这样的文学环境和政治高压下，文人逐渐丧失了人格和理想，不得已对政治做出妥协和让步，于是缺乏真情实意的表达，追求雍容平易、为统治者粉饰太平的制式文章台阁体成为主流。前七子聚拢和发起的诗文复古运动，是对当时文学走向理学的一种反抗，更是对文道关系的矫正。

第一章 绪论

明前七子发起的诗文复古运动，对在当时盛行的台阁体以及在程朱理学影响下形成的迂腐的道学理气诗来说，无疑是一个沉重的打击。无论其成败，单是这种出发点就是进步而合理的，至少它带动了一种基于文体和审美上的改革，宣扬了一种思想的解放。

李梦阳以"夫诗，宣志而道和者也"来表明自己心目中理想的文学范式："高古者格，宛亮者调，沉着雄丽、清峻闲雅者，才之类也，而发于辞。辞之畅者，其气也。中和者，气之最也。"[①] 这是回归儒家最初的文学理想"文质彬彬"，而这种理想需要中和"文"与"道"的关系。诚然，前七子成员间也存在着文学主张的个体差异，且同一个体前后也有变化发生，但他们都对诗文存以恢复秦汉盛唐之繁华的美学理想。汉魏之风体现出来的是质胜于文，六朝则文风浮华，言过其实，而这两者相中和，正是"文质彬彬"最为理想的文学范式，这便是盛唐之诗。

明前七子的诗文复古运动，其目的正是突破理学的压抑，重新实现文与道之间的平衡，从而达到理想的文学范式。

二、对思想道德的纠正

明初以来，统治者为了巩固政权，大力推广程朱理学来加强思想文化的统治，不但明确《性理大全》《四书大全》《五经大全》等理学方面的书为科考范式，更规定科举考试以程朱注疏为准则。这直接导致天下文章失去了美学标准，仅以程朱理学为尊。而李梦阳、何景明等人看到了这一文学弊端，认为文章中的道理太多，使"道"胜于"文"，文道失衡。

道与文是文章的基本范畴，李梦阳等人并非反对文章中的道，而是明确反对馆阁文章中博文泛滥的程朱之道。道就在日常生活中，而非语言著书中。诗文著书中固然也有道，但这种道是寄寓在事物之间的，而非单

---

① 陈志扬，李斌.中国古代文论读本：第四册 明清卷[M].郑州：河南大学出版社，2019：63.

独刻板的说教。可见他们的道更为朴素,而那些在文章中口口声声讲大道理的"道"反而显得更加虚伪。是故,前七子想要摆脱这种虚假的道理,恢复程朱理学以前的诗文范式就成了最好的选择。

三、对政治权力的反抗

明前七子活跃在弘治和正德年间,经历了明孝宗和明武宗两代皇帝的更迭。弘治十一年(1498年),李梦阳任户部主事,进入内阁,开始广泛交友,形成了一个以复古为主张的文学群体。弘治十五年(1502年),康海、何景明、王廷相进士,弘治十八年(1505年),徐祯卿进士,陆续加入以李梦阳为首的这个文学群体。正德二年(1507年),李梦阳因弹劾刘瑾被贬出京,接下来两三年,边贡、王廷相、何景明等人也被陆续免官外放,这个文人集团逐渐散落。尽管正德五年(1510年),刘瑾遭诛,诸子陆续官复原职,但经此劫难,他们已失去了文学激情,更不用说发起复古运动了。

明前七子的文学活动虽然短暂,但无论是在当时的文坛还是后世都产生了相当大的影响。但在当时来看,他们在政治权力上无法与以李东阳为代表的内阁文臣集团相抗衡。

李东阳于弘治七年(1494年)进入内阁,正德七年(1512年)致仕还乡,他活跃的时间与前七子平行,且比前七子更早进入内阁,也更晚致仕,在他的号召下,馆阁文士权倾朝野。而前七子作为新兴的文士群体,自然会受到李东阳等馆阁文士文权的笼罩和打压。事实上,李梦阳等人入仕之初,多投于李东阳门下,但他们终究不是仰人鼻息之辈。刘瑾的崛起,让李梦阳等人看清了李东阳的政治立场,于是伺机向馆阁一派发起挑战。李梦阳等人忠良刚正,不惜以仕途和性命与刘瑾相搏,李东阳则选择隐忍自保。两相对比之下,李梦阳等人的文人气节为他们的文学主张加了分,使他们在政治和道德上成为新风向。

在对抗馆阁权威的过程中,康海是最踊跃和直接的一个。康海父亲去世，按照惯例，应当邀请馆阁文臣来作各类制式仪文，这是对馆阁文臣的尊重，因此当时的文人无一例外，纷纷效仿。康海却是第一个对此持否定态度的人，他拒绝馆阁文臣的执笔，而由自己和友人执笔。从这件事可以看出前七子对馆阁文章的轻视，以及欲取而代之的心迹。

综上所述，以李梦阳、何景明为首的前七子所推动的诗文复古运动，是离不开当时的社会状况和语境背景的。前七子不满当时文坛馆阁盛行的状况以及来自统治阶层的政治打压，更不满明初以来盛行的千篇一律、粉饰太平的文风，因此，他们在思想上对占统治地位的宋明理学进行了强有力的批判。在这些因素的共同作用下，李、何等人发起的诗文复古运动，为追求理想掀起了一场社会新思潮。

第二章 时代背景与语境

著名学者朱利安·斯图尔德（Julian Steward）于 1968 年发表过一篇有关"文化生态学"理论的论文。文中论述了人类群体的文化、生存方式和技能往往与其所处时代的环境息息相关，尤其文化的形成、分布及变迁，在很大限度上受环境因素的制约。研究前七子所处的时代背景和文学语境，可以更好地理解前七子文学活动的发生与发展。

第一节 前七子活动时代的政治局势

明朝自朱元璋开国初始，经过明成祖、明仁宗、明宣宗的励精图治，社会、经济、政治、文化都已稳定，这便有了史书上所记载的"仁宣之治"。张廷玉所著《明史》记载："吏称其职，政得其平，纲纪修明，仓庾充羡，闾阎乐业，岁不能灾。盖明兴至是历年六十，民气渐舒，蒸然有治平之象矣。"如果史书描述无误，那么明朝自是一番太平盛世之祥和气象。

"仁宣之治"并没有维持多久，宣宗九岁即位，先由太皇太后张氏委托杨士奇、杨荣、杨溥（即"三杨"）辅政，还算政清仁和。待到"三杨"先后去世和致仕，宦官王振得势，在朝中呼风唤雨，败坏朝纲，这直接导致"土木堡之变"，英宗被俘，明王朝陷入前所未有的危机。民族英雄于谦挺身而出，力挽狂澜，救英宗于水火。然而，英宗复辟后却发起了"夺门之变"，于谦被杀，而夺门有功的曹吉祥和石亨居功自傲，发动"曹石之变"。英宗以前，明朝是盛世，英宗以后的明朝则纲纪混乱，逐渐走向衰败。

虽然"土木堡之变"没能动摇明朝的根基，但自此以后，明朝的统治者不得不从王朝的盛世梦中清醒过来。这之后便有了明孝宗的"弘治中兴"以及明前七子的诗文复古运动。

一、弘治中兴

明英宗以后，经过短暂的代宗一朝，皇位传到了宪宗。宪宗并非一个励精图治的皇帝，他并没有从前朝吸取教训，反而宠信外戚，又无心政务，于是大权旁落，外戚万安把持朝政。宪宗即位的第十三年，又增设西厂，由太监执掌大权，这便导致宦官弄权。宪宗晚年还沉迷神道，致使梁芳、韦兴乱政。宪宗在位二十又一年，荒业怠政，致使皇权屡次旁落，使本就陷于危机的明朝政权更加岌岌可危了。

宪宗之后，复兴明朝盛世的重任终于落到明孝宗身上。孝宗在位期间，励精图治，颇有些作为，使成化年间奸佞当道的政治局面扭转过来。在孝宗的治理下，明朝呈现短暂的"治世"局面，这便是"弘治中兴"。弘治一朝十八年，虽然短暂，却扭转了明朝腐朽的政治格局。这一中兴局面，也直接促使这一时期的文化气象发生了改变，最有力的证明就是号召诗文复古的明前七子的出现。

（一）弘治时期的政治革新

孝宗即位之初，便大刀阔斧地展开政治革新。他吸取前朝教训，首先整合吏治，打击奸臣、佞臣，鞭笞、裁撤无为怠政的官员，重新调整前朝官员的任事，最终形成了以刘健、李东阳、谢迁为核心的内阁中枢机构。外朝也重新进行人事选拔，尤其是马文升、王恕、刘大夏等人的补入，形成了新一代的人事格局。

最初的人事格局稳定后，孝宗广开言路，广纳贤臣，对于有才之士加以爱护和重用。孝宗还时常与官员交心畅谈，关怀官员的身体健康。在这样政通人和的环境下，朝中文武百官自然敢于直言进谏，有痛陈时弊的，有建言献策的，孝宗择其善者而从之，朝廷内外呈现一片欣欣向荣的景象。

广开言路，便能听到真言、看到真景，因此孝宗能做到体察民情。张廷玉所著《明史》记载，弘治一朝十八年，孝宗对受灾地区多次减免税粮科差：

是月，免江西、湖广被灾税粮。

夏五月庚申，河决开封，入沁河，役五万人治之。秋七月癸亥，以京师霪雨、南京大风雷修省，求直言。戊寅，振畿内水灾，免税粮，给贫民麦种……

孝宗体察民生不易，每逢灾年，便担忧黎民百姓是否有粮吃，各地是否发疫情等，因而以身作则，倡导宫中节俭。在刘大夏等人的建议下，孝宗下令革新，使"织造、斋醮皆停罢，光禄省浮费巨万计，而勇士虚冒之弊亦大减"[①]。

（二）孝宗勤勉，上令下行

明孝宗生于成化六年（1470年），宪宗第三子。明孝宗在治国时之所以能形成一个开明的局面，与他早年经历不无关系。孝宗幼时，前朝政治不明朗，后宫局势复杂，其生长环境异常艰难。因此在即位之初，他便着手改革成化一朝留下的弊病。

---

① 张廷玉.明史：第4册[M].长沙：岳麓书社，1996：2639.

孝宗之所以能扭转颓势，实现"弘治中兴"，与其性格不无关系。孝宗看惯了先帝的奢靡淫乐、倦怠朝政，因而即位之后更加克制自己。为了更好地研习治国之礼，他更是重设早已废除的经筵制度，即重开为帝王讲论经史的制度。

孝宗能理解百姓为生计所困之苦，能因民情而及时反思政策诏令的利弊并做出调整，能虚心接受百官上陈，虚怀纳谏。孝宗为人宽厚，能秉公持法，从不乱惩滥罚。正是孝宗的谦恭仁和，才使朝廷内外政通人和，朝堂上下一心。

孝宗勤勉谦逊，励精图治，上令下行，君臣和睦，这才成就盛世局面。无论是内阁中枢，还是地方机构，这一时期从上到下都不乏敢于直言的贤臣，这些贤臣都围绕孝宗的开明和图治，一心辅佐孝宗实现他的政治理想。因此，弘治一朝多出好学、勤勉的贤臣，且这一局面呈良性循环发展。贤臣总是推举贤才，孝宗爱惜贤才，又任人唯贤，于是贤德之人会聚一堂，共同推动着"弘治中兴"政局的形成。

（三）弘治中兴与明前七子的诗文复古

虽然前七子进行文学活动的时间横跨弘治、正德两朝，但事实上，他们真正进行诗文复古活动是在弘治年间。从弘治六年（1493年）起，自李梦阳登上文坛到正德初年复古派受到刘瑾乱政的迫害打击，这十七八年时间是前七子复古运动的酝酿期和高潮期，他们的主要作品和理论成果也大多诞生于这一时期。正德后期，前七子不同程度地遭受政治迫害，而徐祯卿、何景明、王廷相等人放弃复古，转向理学。因此，"弘治中兴"从文化意义上来说代表着明朝中期的文学复兴。

二、正德朝局

弘治中兴的政治局面在正德初期尚能延续下去，是因为武宗即位时尚年幼，孝宗便将武宗托付给了刘健、谢迁、李东阳这三位顾命大臣。有辅政大臣的扶持，中兴局面在正德初年得以延续，但也正是顾命大臣对前朝政局的过度维护以及对武宗的过度敦促，使武宗对内阁产生了不信任感。武宗年幼，于是对身旁的侍臣宦官产生了极大的心理依赖，引发了正德初年以诸位顾命大臣为首的内阁与以刘瑾为首的宦官间的争斗。

（一）顾命大臣与宦官之争

武宗即位时15岁，正是容易受到外界诱惑而荒废正业的年龄。武宗受亲信宦官刘瑾的教唆，终日沉迷嬉戏玩乐。刘健等顾命大臣认为要想将武宗从宦官的蛊惑中解救出来，还需对其进行传统儒学思想的教导。于是，在武宗即位半年后，几位顾命大臣便研究出一套教授天子的课程，但事与愿违，对于枯燥的讲学制度，武宗更加排斥。刘瑾等宦官更是有机可乘，每天变着花样地为武宗寻找玩乐的时机。武宗越来越宠信、依赖刘瑾，与每日对其谆谆教导的顾命大臣却越来越疏远，也更加肆无忌惮地荒废政务。

正德元年（1506年），刘健、谢迁、李东阳等顾命大臣联合众朝臣，一起上书要求皇帝诛灭以刘瑾为首的宦官"八虎"。武宗迫于朝臣压力，先是妥协让步，而后又不得已将刘瑾等人安置在南京，但依然不能打消众朝臣诛"八虎"的心思。就在众朝臣决定采取进一步行动时，刘瑾得到消息，深感命悬一线，于是连夜率"八虎"向武宗哭诉求情，顺势倒打一耙，状告顾命大臣之所以欺君是因为司礼监无效忠武宗的亲信。于是，武宗命刘瑾入掌司礼监，一夜之间，朝中局势发生了翻天覆地的变化。刘瑾将不与自己为伍的司礼监太监逐出京城，发往南京充军，后又将其秘密杀害，而后设内行官校巡察，将自己的心腹安置在东、西厂官校巡察的位置，分据要地。从此以后，内臣借司礼监和东、西厂为刘瑾所用，用以压制和控制朝臣朝政。

经过此次顾命大臣与宦官的争斗，朝廷格局发生了颠覆性变化。武宗借助宦官之力打击了对他多有威胁的众朝臣，以此来巩固皇权的权威，但也为宦官乱政埋下了伏笔。

（二）司礼监与宦官乱政

自周朝以来，宦官就伴随着封建王室的始末，成为中国历史上一种特殊的政治现象。宦官作为皇帝的近身侍臣，其本职工作本是侍奉皇帝的衣食住行，但随着与皇帝的朝夕相处，在皇帝对朝政进行裁决时，宦官的意见往往能左右皇帝的决定，这便出现了宦官干政甚至乱政的现象。

在中国历史上，宦官乱政最为激烈的要数汉朝、唐朝、明朝三朝。虽然明朝宦官乱政的现象很激烈，但没有像汉、唐两朝出现宦官逼宫、弑君的极端现象。从整体来看，明代宦官的命运始终掌握在统治者手中，只要皇帝认为某位宦官威胁到了自己的皇权，只需一纸诏书就可以将其置于死地。例如，王振、梁芳、刘瑾，虽然手掌朝臣命运，但他们手中的权力是皇权赋予的，是皇权的外延。明代皇帝通过设置宦官二十四衙门来扩张宦官职权，而司礼监就是皇权用来控制这些宦官权力的最高衙门机构。

明朝自废除宰相制度后，皇帝的中央集权达到顶峰，但一人独掌大权又政务繁忙，于是一部分权力便落到了近身侍候的宦官身上。明初时，宦官机构由吏部管辖，到永乐年间，宦官便摆脱了外朝的领导，改由皇帝直辖。

明朝初年，司礼监并没有太大的权力，到了明朝中后期，由于皇帝怠政，或皇帝年幼需要辅政，司礼监才开始代为批红，以至于批红成为司礼监的一项主要职责，这为宦官干政乱政留下了隐患。明代中后期甚至规定政务不分大小等级，均由司礼监和内阁大学士共同商榷决策，这被看作中枢机构正常的运转状态。

正德元年（1506年），辅政大臣不满武宗对刘瑾"八虎"的庇护和提拔，纷纷提出辞官以逼迫武宗，结果却是谢迁、刘健被迫致仕，李东阳继续留任。李东阳一再辞官，武宗不但拒绝，还命李东阳为少师兼太子太师、吏部尚书、华盖殿大学士，试图通过让李东阳加官晋爵来平衡内阁与司礼监的权力。但在刘瑾的弄权下，朝堂大半的儒臣依然遭到阉党的迫害，或下狱，或致仕，或遭贬。明前七子中的李梦阳等人就牵扯其中。

正德五年（1510年），刘瑾一党被诛，紧接着是清算刘瑾党羽，其中又有不少朝臣被诬陷而遭排斥贬谪，明前七子中的康海、何景明就作为刘瑾同党而被罢官。政局的动荡在终结这些文人仕途的同时，也终结了前七子的诗文复古运动。

第二节　前七子活动时代的经济状况

明朝的经济发展大致可以划分为两个阶段。

第一阶段是从明太祖洪武元年（1368年）到明宣宗执政的六七十年。这段时间政局稳定、百废待兴，社会秩序得以重建，农业得到初步的恢复，粮食产量增加，政府税收增多，陆续涌现大批官民共营的手工业。在手工业的带动下，出现了越来越多的商业城市，四方商业流通更为畅快，尤其是明初开创的海外贸易，促进了经济的繁荣。但这短暂的繁荣像幻影一样随着海禁的开始而消失。

第二阶段是从明世宗嘉靖元年（1522年）到明神宗执政后的一百多年时间。这一阶段是明朝经济发展史上尤为重要的一个时期。明穆宗隆庆元年（1567年）废除海禁后，海外贸易进入全盛时期。海外贸易的繁荣促进了内部经济的发展，这一时期的工商业十分繁荣，商品经济全面发展，超过以往任何一个时代。

明前七子活跃于弘治、正德年间。在这以前，明朝已经经过七十余年的休养生息，到明中叶英宗时期，经济已经得到恢复，并进入高度发展阶段。

明朝初年就十分注重农业的恢复和发展，不但进行了大规模的农田水利建设，还大力推广桑麻、棉等种植业，从而带动了手工业的发展。经过仁宣之治，到了英宗一代，农业发展已经逐步稳定。在细节上，无论是农具制造还是农业生产技术都有了新的发展；在农产品种植上，大力推广水稻田，闽浙一带出现了双季稻，岭南出现了三季稻，北方也推广了水稻田。水稻田的大范围推广，使农业产量有了大幅度的增加，稻田亩产量普遍能达到两石和三石，有的地区能达到五石、六石；经济农产品的品种和产量也得到了增加，这在一定程度上推动了桑蚕业等农副业的发展，也推动了手工业和商业的发展。这七十年的时间为孝宗时期形成"弘治中兴"的局面奠定了良好的经济基础。

一、以弘治年间朝廷的收入情况推断整体经济情况

根据《明实录·孝宗实录》记载，从明孝宗时期朝廷每年的收入可以看出弘治年间的经济情况。以弘治九年（1496年）为例，朝廷将各项经济收入划分为三种，分别是实物收入、货币收入和其他收入，其中，实物收入中的农业收入分别为米、麦子、棉花、草料，收入数额如表2-1所示。

表2-1　弘治九年全年朝廷收入一览表

收入类型	明细	数量
实物收入	米	1987万石
	麦子	896万石
	丝	3600斤
	绵	265万斤
	绢	17.8万匹
	布	115万匹
	棉花	13万斤
	草料	3894万束
	盐课	205万引
	茶课	8.9万斤
	水银	229斤
	朱砂	46斤
	屯田粮食	293万石

续表

收入类型	明细	数量
货币收入	白银	52380两
	户口钞	8843万贯
	杂课钞	7392万贯
其他收入	杂课抵税费	1472石
	盐课抵税费	5787石
	布料抵税费	21795匹
全年灾区减免	税粮	874万石
	草料	784万束

二、兑换后朝廷的实际白银收入高于明朝年平均收入

根据《大明会典·卷三十五》记载，弘治六年（1493年）的银两兑换"每钞一贯折银三厘，每钱七文折银一分"[1]，意思是说一贯钞只能换出三厘银子，每七个铜钱兑换一分银子。根据一两白银等于十钱，十钱等于百分，百分等于千厘，得出弘治初期一两银子可以兑换三百三十三贯钞，或七百文铜钱。

这种折算在《明实录·孝宗实录·卷一百一十八》中得到印证，其中有一段这样的记载，明孝宗初期朝廷发放军人冬衣时为图方便结算，"每钞十贯给银三分从之"，即每十贯钞可以换三分银子，那么一两银子可以兑换三百三十三贯钞。

按照此兑换法将弘治九年（1496年）朝廷的货币收入进行白银兑换，即得出白银五万两的收入，再加上原有的白银收入五万两，总收入十万两。以上可得出明孝宗弘治九年朝廷总共的货币收入为白银十万两。

《明实录·孝宗实录》中有记载，弘治四年（1491年）朝廷运往灾区的粮食按照特价粮计算为每石一两的价格。弘治九年（1496年）的粮食收入包括大米一千九百八十七万石、麦子八百九十六万石、屯田产出粮

---

[1] 李东阳. 大明会典·卷三十五[M]. 北京：广陵书社，2007：32.

食二百九十三万石，折算出粮食收入为白银三千一百七十六万两。《明实录·孝宗实录·卷一百一十九》也记载了其他实物收入的价格，如"绢一疋给银五钱，布一疋给银一钱五分"。朝廷收入的十七万八千匹绢和一百一十五万匹布，共计得白银二十六万两。至于棉花、丝、绵等原材料，根据纺织成品绢和布进行粗略估算可得出大概五万两白银的收入。

《明史·食货四》中明确记载了景泰年间茶叶的价格"茶百斤折银五钱"，即一百斤的茶叶大概抵得上五钱白银。以此计算弘治九年朝廷收入的八万九千斤茶叶，可得出白银四万五千两的收入。

盐铁生意历来被古代朝廷官方买断，足见盐业收入的重要性。弘治九年（1496年）盐业收入二百零五万引（盐引，宋以后给予商人运销食盐的专门凭证）。洪武年间，更是将"盐引"划为计量单位，分为大引和小引，一般大引指四百斤，小引指二百斤。明孝宗时期使用的是小引。盐因产地和品质的不同而差价明显，因此不能以统一单价核算盐业收入。按照《明史·食货四》的记载，可将明朝各地的盐场收入进行总和计算，得出弘治年间朝廷盐业年收入约为白银九十五万两。

草料也包括在朝廷收入中。根据《大明会典》记载，弘治七年（1494年），一匹马每季度所消耗的草料约为"料九斗，草三十束"，而草料的价格为2分银子一束，弘治九年（1496年）共收入三千八百九十四万束草，估算白银为七十八万两。

将所有的收入进行白银折算后，可得出弘治年间（1496年）朝廷的收入总账：

货币收入：十万两白银。

农业收入：粮食三千一百七十六万两白银、草料七十八万两白银、茶叶四万五千两白银，共计三千二百五十八万五千两白银。其中灾区八百多万石粮免征，未计入。

盐业收入：九十五万两白银。

纺织业收入：三十一万两白银。

第二章 时代背景与语境

共计：三千三百九十四万五千两。

以上得出的仅仅为弘治年间的收入，并非明朝的全部收入，明朝的藩王尤其多，而藩王的收入并没有计入其中，这些藩王的收入也十分可观。

根据《明史》记载，明朝平均每年的财政收入为白银三百万两，加上不按现银收税的田赋、盐税、工商税、钞关税等，明朝平均每年的财政收入约为二千万两。而弘治年间的收入约为三千四百万两，远远高出明朝年平均收入，说明弘治一朝确实经济富足。

三、弘治年间朝廷收入结构

从弘治九年（1496年）的朝廷收入情况可以看出，朝廷的粮食收入中有一半以上是大米，而小麦收入只占不足三分之一的比例。小麦是北方产物，大米是南方产物，说明当时朝廷的经济收入主要靠江南地区，江南地区的经济发展与北方相比较好。

从弘治年间流通的货币收入来看，金银收入为五万二千三百八十万两，而"钞"的收入达到了一万六千二百三十五万贯。明朝的一贯钞相当于白银一两，这说明在明孝宗时期，市面上主要流通的货币已经被"钞"这种纸币取代。"钞"是洪武年间推行的一种纸币，面额有一贯、五百文、三百文、一百文不等。根据《明史·志·卷五十七》记载，弘治初年京城九门的税收，"钞"和"钱"的比例就已经呈现很大的差距，当时一贯钞等于铜钱一千文或白银一两，二百八十八万文铜钱就是二千八百八十贯钞。弘治初年，京城九门六十六万贯的货币收入中，只有二千八百八十贯的铜钱。

从弘治九年（1496年）的朝廷各项收入中可以看出，明朝的货币收入很少，农业收入为主要收入来源，这说明即使在经过仁宣之治休养生息、发展生产建设后，明朝依然为农业大国，这与海禁政策以及关闭金银矿有很大的关系。明朝洪武初年，就有大臣建议开采山东、陕西的银矿，但被朱元璋训斥。后到永乐年间，明成祖依然认为建议开矿的人都是戕害百姓的贼人，因此，明朝的金银矿业几乎处于停摆状态。明孝宗弘治元年（1488年）就关闭了浦城银坑，弘治十三年（1500年）又关闭了云南银坑、山东银坑。金银矿业的停摆与弘治时期金银货币数量少有直接的关系。

除此之外，"钞"的流通也存在一定的弊端。朝廷无节制地印刷"钞"却不回收导致货币贬值，从一开始的一贯钞等于一两银，逐渐贬值为一贯钞只能抵0.003两白银。

尽管明朝弘治初年的货币收入十分少，但并不意味着贫穷，弘治年间的收入还是十分可观的，从这些收入可以看出当时百姓生活富足，至少是吃穿不愁的。弘治年间，孝宗励精图治，形成了历史上著名的"弘治中兴"局面，这一局面一直延续到了正德初年。

四、经济情况转变带来的世风转变

盛世景象必然带来社会商业化的发展，以及人们的财富积累，这使社会风气越来越趋于奢靡，人们对物质财富的欲望也越来越强烈。由于孝宗向来崇尚节俭，因此这一情况在正德年间得到爆发，最先体现出来的便是宦官对财富的疯狂聚敛。

明朝初年大力推广屯田、兴修水利、奖励开垦都是为了快速地休养生息、恢复农业生产。但是从明朝中期以后，日益增长的赋税与土地兼并情况，使原本安于务农的小民不得不谋求新的出路，于是越来越多的人开始弃农从商。正德年间，武宗也私开皇店，这些皇家私产所得用于支撑内廷的大额开销。至此，明朝从上到下均呈现出一种无利不往的商人气象，改变了以往封建社会视商业为下九流的传统思想。

一个社会的经济基础决定上层建筑。经济情况的转变必然带来从上到下包括政治、文化、社会风气方面的转变。生活在弘治、正德年间的前七子，见证了弘治一朝政治开明、文化欣欣向荣的景象，也窥探到了正德年间政治、文化、人心的江河日下，作为有识之士的他们必然忧国忧民，希望拯救世人于危难。而他们能做的便是高举"复古"的大旗,从文学上号召社会回归传统,重拾理性。

第三节 前七子活动时代的文化状况

每个时代有每个时代的文化特点,这与时代的政治、经济、教育,以及统治者的素养、朝臣的风气都不无关系。时代的文化状况又决定了当时的文学语境,正如美国学者朱利安·斯图尔德在"文化生态学"中所指出的,人类群体的文化、生存方式和技能往往与其所处时代的环境息息相关,即这样的文化环境和时代语境,促使前七子这一文学流派产生。

一、"尚儒"辅政风气的形成和变化

内阁是明成祖于永乐年间为替代宰相制而组织建立的政治枢纽,内阁的形成进一步推动了封建王朝的中央集权。"尚儒"辅政风气正是在内阁士大夫间潜移默化地形成的一种以"辅养君德"为目的的崇尚儒家传统道德的意识形态。

儒学作为明朝统治者钦定的文化风向,内阁在辅政过程中是否坚持恪守"尚儒",且"尚儒"风气是否发生倾斜就显得十分重要。从明朝弘治、正德年间的辅政风气来看,内阁是否恪守"尚儒"与皇帝的自身素养有直接的关系。勤政爱民、励精图治的皇帝往往能知人善任,因此所选出来的内阁成员一般也具有较高的职业素养和辅政能力,自然能形成一种正气凛然的文化风尚,如弘治孝宗一朝。

明孝宗长在深宫,做太子时就饱受宦官和外戚擅权的迫害,又目睹宪宗怠政带来的危害,这让他特别注重君德的养成。孝宗对自身君德的约束正符合儒家传统道德标准:勤政爱民、自律好学、虚心纳谏、亲贤臣远小人。因此,他在位时,政治上做到了整顿朝纲,更是重开"经筵",研

习帝王之策,注重内阁朝臣,抑制外戚和宦官,使"朝中多君子";经济上,他做到了开源节流,自发带动节俭之风,有效解决了宪宗遗留下来的诸多经济问题;文化上,他以明初政局为榜样,"尊孔尚儒",重用儒臣,形成了祥和的文化氛围,这才有了历史上著名的"弘治中兴"。

到了正德武宗一朝,武宗虽然继承了父亲励精图治才形成的"弘治中兴"局面,却因个人素养问题未能将其保持下去。武宗因自小养尊处优,娇宠任性,不但荒废了学业,更荒废了政务。早年登基时,辅政大臣专门为其制订了君德养成计划,但他总借口政事繁忙而不参与。

在执政过程中,武宗荒唐失道,贪图享乐,对文武百官不闻不问,却宠信讨他欢心的宦官刘瑾等人,最终致使宦官乱政。刘瑾擅权长达五年之久,朝中一半以上的朝臣都曾遭到刘瑾的迫害。权力极盛时,刘瑾同时拥有向内阁百官口述谕旨、代替皇帝批阅奏章两种权力,而内阁儒士失去皇权庇护,到了要配合司礼监处理朝政的地步。从弘治一朝形成的"尚儒"正气之风,逐渐演变成攀附贿赂、虚与委蛇的风气,敢于直言进谏的人越来越少,"尚儒"辅政风气几乎消失殆尽。政治风气直接影响文化风向,在这种恶劣的文化风向中,前七子逐渐放弃本来的仕途抱负和文学理想,不是罢官就是致仕,前七子团体也散落了。

二、弘治年间文治对文学发展的影响

从上文可知,前七子文学复古活动的时间主要在弘治年间,到了正德初年,遭受刘瑾乱党的打压,前七子这个团体已经散落。前七子主要的理论成果和代表性作品多形成于这一时期,甚至在正德后,徐祯卿、何景明、王廷相等人放弃文学复古,重新转向理学。而弘治年间的文治或形成的文化风气是有利于文学发展的。

弘治年间所形成的"尚儒"风气,使上至帝王大臣,下至民间百姓都呈现出对文学,尤其是古文辞创作的追捧,一时间,各种文学社团纷纷涌现。孝宗皇帝就是一个不折不扣的诗歌爱好者,他一生节俭克制,尚儒尊道，却唯独在诗歌创作方面不顾百官劝阻，难舍此好。他在繁忙的一生中，留下了五卷诗歌，这足以说明孝宗对文学的追求和喜爱之情。

皇帝的雅趣带动朝臣们形成诗文唱和之风，馆阁大臣经常举办不同内容形式的宴饮活动，以此切磋诗意，以文会友。内阁大学士李东阳是当时的文坛领袖，收录了经常与其酬唱的四十四位友人的诗作。观其酬唱名目，几乎包括生活的方方面面，如送行、贺迁、节庆、祝寿、赏梅、探病。总之，李东阳以各种名义进行集会，凡集会就要进行诗文切磋。

在皇帝和馆阁大臣的带动下，整个朝堂官员纷纷效仿这种诗文宴饮的集会活动。中下层官员的集会除诗文宴饮外，还展开学术讨论或学术交流，明前七子这一派别正是在此情形下形成的。

朝堂的风气也带动了民间文化风气的形成，李东阳就曾为民间诗人的诗集作序。因此，弘治年间也涌现出不少民间诗人和古文辞作家，他们为明朝民间诗文的繁荣和技艺的传播做出了卓越贡献。

弘治年间的文学爱好者并不局限于诗文宴饮等文艺切磋，他们更因相近的文学主张和创作风格而集结成了不同的文学流派。弘治年间所涌现的文学流派包括以李东阳为首的茶陵派、以陈献章为首的白沙学派、以李梦阳为首的七子派、以唐寅为首的吴中四大才子派、以朱应登为首的六朝派等。各派有因相同的政治倾向而集结的，如李东阳的茶陵派，也有像吴中四大才子派一样的民间文学流派。各文学流派通过开展文学活动而吸引、培养志趣相投的新人，交流创作经验，研讨文学理论，在壮大声势的同时，共同创造了一个文化盛况。

三、郎署文学崛起的历史语境

弘治时期，孝宗礼遇士人，君臣关系融洽，朝政兴盛，形成的"弘治中兴"局面大大推动了当时的文化建设，也大大激发了广大士人的文学创作热情。这种开明而宽松的士人政策，使当时的文人学者将弘治朝看成了前无古人、后无来者的太平盛世。

王廷相曾在《李空同集序》中有如下描述：

弘治中，敬皇帝右文上儒，彬彬兴治。于时，君臣恭和，海内熙洽，四夷即叙，兆盹允植，辀轩无靡及之叹，省寺蔑鞅掌之悲。由是，学士大夫职思靡艰，惟文是娱，不荣跃马之勋，各竞操觚之业，可谓太平有象，千载一时矣。

其中无不是对弘治一朝文治蔚兴局面的赞美，虽不乏夸夸之词，但确实能反映出当时士人对当朝政局，以及所形成的文化风气的赞美之情。正是在这样的历史背景下，李梦阳、康海等人进一步振兴了郎署文学，并借此掀起了规模宏大的诗文复古运动。

郎署，汉、唐时指宿卫、侍从官员的公署，还可指皇帝的宿卫、侍从官员。到了明代，郎署既指朝廷各部院分职治事的官署，又指在郎署任职的官员，也就是郎署官。而台阁，汉代时指尚书台，后泛指中央机构。到了明代，所谓的台阁有了狭义、广义之分，狭义即指内阁，广义即为馆阁，也就是除内阁外，还包括翰林院、詹事府、左右春坊、司经局等政治机构。内阁为馆阁的核心机关，馆阁以内阁为中心。

馆阁与郎署的关系体现在职能分工上。大体来说，郎署主要以政事为专职，馆阁则"以道德文字为事"。馆阁除掌管草拟、撰写朝廷文书外，还撰写一些歌功颂德、唱和应酬之类的应制文章，以及替人代写碑、铭、传、记之类的应用文章。

馆阁与郎署明确分工的直接后果就是馆阁在文权上对郎署进行剥夺和操控。明朝初年，古文辞赋多为馆阁所垄断，郎署并没有多少话语权。于是馆阁的翰林院诸官、内阁大臣在文学方面产生了优越感，他们认为只有馆阁才配拥有文学话语权。

馆阁在文权上的垄断、对郎署的压制从明初开始持续了很长一段时间，这让世人形成了这样一个观念，即以得到馆阁大臣撰写的碑、铭、传、记等文章为至高的荣耀。彼时，但凡有身份的人必然会到馆阁请人作文，或为祖先歌功颂德，或为亲人祝寿。

由于受馆阁文学的垄断，成化、弘治以前的郎署官是毫无文学话语权的，甚至他们与文学权力基本是无缘的。成化年间，郎署文学出现了兴起的迹象。这一时期出现了两支较有规模的文学派别，一是以陈献章为代表的白沙学派，二是以李东阳为首、馆阁士人为主体的茶陵派。在两大文学流派较量之余，一些颇具才华的郎署士人在繁忙的公务之余也重新拾起诗文创作，以同僚、友人间的集会宴饮方式进行文艺切磋。但长期以来，郎署官员公务繁忙，工作性质枯燥乏味，能在闲暇之余进行诗文创作已是不易，根本不可能具备与馆阁文学相抗衡的实力和时机。

到了成化末年，随着储瓘等人的入仕，郎署文学创作艰难的局面终于有所改观。在李梦阳等前七子之前，也就是成化末年到弘治前期，储瓘、邵宝等人已经有了振兴郎署文学的意识。彼时郎署文学虽开始兴起，但仍旧处于茶陵派的羽翼之下，就连邵宝最早也是投身李东阳门下的，直到李梦阳成为郎署文学的领袖，明确提出复古主张后，邵宝才真正与李东阳的馆阁文学剥离。

郎署文学的真正兴起以李梦阳于弘治十一年（1498年）守丧期满重返京城为标志。李梦阳早于弘治六年（1493年）就中了进士，但接连遭遇父母丧亡，便一直丁忧在家。弘治九年（1496年），边贡、王九思、熊卓、刘麟等接连中进士，前七子之中，边贡、王九思已在京师，但没有在文坛中打开局面，这使郎署文学仍处于茶陵派的压制之下。

弘治十一年（1498年）李梦阳返京后，与边贡等人接触，开始酝酿文学复古事宜。弘治十五年（1502年），何景明、康海、王廷相中进士并加入前七子，且康海的应试策论得到了孝宗皇帝的当庭赞许，被钦点为状元。值此盛况，孝宗皇帝无疑为当时的文学树立了一个明确的方向，在此之前，孝宗虽然热衷文学，却从未有过任何有关文学发展方向的态度。

康海以文章得皇帝褒奖，以状元进翰林院，一时声名鹊起，连文体领袖李东阳、理学内阁重臣刘健等都对其赞许有加，因此康海的个人文学趋向必然会对其他士人产生示范性影响。李梦阳于是将康海吸纳过来，借他的影响积极倡导诗文复古，从而带动郎署文学的崛起。康海又以状元的身份主动与翰林院剥离，并将王九思从馆阁体一派争取过来，与李梦阳共同倡导诗文复古。李梦阳不畏皇权而鞭打张鹤龄，为官正直而三下诏狱，康海以状元之身为救李梦阳而游说刘瑾，不避身后声名，前七子身上所展现出来的人格魅力也为这个阵营加了分，从而争取到了更多的同盟者，如原本被茶陵派吸收的吴中才子徐祯卿等。

这样，就形成了一个与馆阁文学相抗衡的、由郎署官员组成的新的文学群体——前七子文学流派。这个群体的兴起与弘治时期宽松的政治环境和文化语境是分不开的。这个群体不似馆阁官员会受到教习官员的约束，也没有歌功颂德的义务，更没有以文学为仕进的仕途顾虑，因此他们能保持初心，以更加独立的人格来进行文学创作。这样创作出来的作品没有鼓吹颂扬，没有无病呻吟，而是更加务实，更有内容，更具灵魂，为后来郎署文学创作风格的形成奠定了坚实的基础。

第四节 前七子活动时代的社会审美风尚

明代的社会审美风尚体现在文学、艺术、工艺，以及普通百姓的衣食住行等风俗习惯方面，且从哲学和美学思想上表现出前所未有的新气象。明代以前，文人士大夫的审美情趣与市民的审美情趣呈现完全脱节或各自对立的局面，彼此毫无共同之处，甚至相互排斥。明代以后，尤其伴随"弘治中兴"局面的形成，文人士大夫的审美情趣因馆阁文学和郎署文学的分化而发生分化。

这一结果直接导致明朝的社会审美风尚发生了转变，主要表现为两点：其一，因市民阶层的出现，市民的审美风尚由原来的粗俗、质朴向着典雅、华丽的艺术倾向转变，这一转变在很大限度上是从文人士大夫那里借鉴而来的；其二，文人士大夫的审美风尚随着郎署文学的崛起而发生了新的变化，即文人士大夫开始追求思想解放，冲破理学束缚，在文艺创作上开始突出真情实感，从浮夸华丽的台阁体回归现实世界，这让他们的审美情趣由原来的高不可攀向着世俗的人情事理靠近。

一、全社会审美风尚的雅俗相融

文人士大夫的审美情趣由贵族文艺向着市民文艺靠拢，市民文艺则越来越贴近文人士大夫的思辨、文雅方向，这便形成了两个阶层在审美风尚和趣味上的相互融合和取长补短，使明朝整个社会的审美水平和美学发展进入一个较为高端的阶段，从而造成了明代审美风尚和审美趣味的复杂性局面。更难能可贵的是，明代这种审美文化中的雅俗相融并非局限于某一个文艺领域，而是包括了审美趣味所能涉及的各个领域，包括文学及文学批评、艺术及艺术评判，以及各行各业、衣食住行、社会习俗等方方面面。

这种雅俗上的融合也并非仅仅体现在内容、形式和表现手法的某一方面，而是体现在从内容到形式、从表现手法到审美标准的全面变化上。明朝以前，几乎没有整个社会审美风尚这一说法，因为明朝以前的人，不论是仕宦阶级还是文艺家，抑或手工业者、平民百姓，各个阶层或群体几乎都独立于各自的审美立场，以单一的审美趣味从事某一项艺术创作活动和审美欣赏活动。而从明朝以后，各个阶层或群体在他们各自的审美领域都出现了翻天覆地的变化，且这种变化都朝着更为广阔的方向，即面向整个社会层面进行艺术创作，而不是以单一的手法进行单一的主题表现。这让明朝的社会审美风尚朝着多层次、多侧面反映整个人类生活面貌和人类情感的复杂性方向发展。

明朝的审美艺术达到了一个登峰造极的高度，无论是正统文艺、民间世俗艺术，还是建筑和工艺，人们日常生活中涉及审美欣赏的各个方面所表现出来的艺术成果都趋向成熟。文学上，出现了小说这一崭新的文学形式，且出现了创作出通俗文学的集大成者。中国古典四大名著的其中之三都出自明朝。建筑上，无论是皇家园林紫禁城还是私家园林艺术都得到了空前的发展，且传承至今依然作为无可比拟的艺术宝藏被世人欣赏。居家生活上，明朝也通过家具工艺的蓬勃发展而展现出前所未有的审美风尚。

二、生活审美时尚的普及

在中国传统社会，文人士大夫流连于古董书画、文房四宝等物件的把玩和收藏，但在历史上，没有哪个朝代能像明朝一样，因对"物"的审美欣赏而引发如此广泛的社会反响。这里的"物"是指"物欲""玩物"。从明朝各种诗文集子、笔记杂谈、戏剧、小说中不难看出，明人无论是仕宦还是平民，对"物"的痴迷都是空前而广泛的。他们对钟爱的"物"的欣赏和把玩到了"不厌精细的地步"，成为一种带有审美倾向的生活风气，这就是明朝社会普遍展现出来的日常生活风气。

就文学、艺术的审美活动而言，明朝涌现了一大批以玩物为主题的博物类著作，如《四库全书总目》中收录的高濂的《遵生八笺》、宋诩的《竹屿山房杂部》、袁宏道的《瓶史》、张应文的《清秘藏》、文震亨的《长物志》、慎懋官《华夷花木鸟兽珍玩考》、谷泰《博物要览》，数不胜数。这些著作的主题和内容，无非那些与日常起居相关的"物"的赏玩，如饮食、家具、服饰、书画、山水、园林、鸟兽。这些书对于日常用物玩赏方面的描述可谓面面俱到、细致入微，以至于后人可以完全依据以上著述来复原当时的生活场景。

人们对日常生活、社会生活风气及艺术审美领域的追求，往往是建立在物质经济得到一定程度的发展之上的。尤其明朝中叶"弘治中兴"局面的形成，表明当时的人们已经普遍具备一定的农业种植水平，因而才有了大量的粮食剩余，社会整体供养水平已得到大幅度提高。随着生活水平的普遍提高，人们对于日常生活的要求就不局限于温饱，而是有了更为"奢侈"的精神追求。

当整个社会的人都拥有了对生活审美时尚的追求时，这种需求就会刺激传统造物工艺不断推陈出新，再加上商业资本的推动，一些以精致、娴雅的生活方式来标榜"时尚"的城市相继涌现出来，如苏州、杭州、扬州等地。"时尚"的形成蕴含着崭新的社会群体对社会文明和文化所持有的态度，即将审美倾向商业化和世俗化，雅俗共赏。

三、多元化综合趣味审美倾向

从弘治时期开始，明朝的社会审美风向就并非仅仅向王室或馆阁士大夫看齐，而是呈现多元化的趣味审美倾向，如园林艺术。中国古典园林艺术所特有的审美观得到了古今中外的认可，而明朝正是中国古典园林艺术得到空前发展的朝代。现存的紫禁城就是明朝永乐年间建成的，苏州园林建筑艺术也在明朝时达到全盛。

中国的园林建造艺术所以能取得如此优秀的成果，是因为它的创造遵循的是中国古典诗歌创作所体现出的"意境美"，即借助语言、绘画等色彩线条的不同，通过多种艺术形式的综合使用来实现。所以，苏州园林看起来是一座建筑或一处独立的景观，然而人们一旦身临其境，所感受到的却并非一砖一瓦，而是巨大的审美感染力。它的亭、台、楼、阁、小桥、流水、一花一木、一草一石，都是一场场审美盛宴。置身于此，仿佛融入自然美景，能够获得全身心的放松，更能从这种添加了文化意味的高级审美感受中品味到人生哲理。可以说，明朝园林艺术代表着明朝艺术审美的倾向和各门艺术交叉融合的趋势，即文人艺术和市民艺术越来越倾向审美的多元化融合和统一。

小说的出现，以及其在明朝发展成为一种文人士大夫与市民雅俗共赏的文学样式，也足以说明明朝社会审美风尚的转变。小说的兴起是都市经济发展与社会结构变迁的结果，明中叶"弘治中兴"所带来的宽松文化氛围为小说提供了足够的诞生空间，而经济的飞速发展不断开阔着庶民阶层的眼界，使他们逐渐具备了文化意识。于是，取材于现实生活的、情节曲折离奇的小说一经问世，立刻引起了社会各阶层的共鸣，不论是士大夫还是市民，都被这一新兴文学样式所吸引。明中期以后，小说更发展成为具有生命力的艺术形式，成为当时人们多元化综合艺术审美风尚的核心内容。

多元化综合艺术审美风尚体现出来的是艺术与生活的大融合，艺术可以生活化，生活亦可以追求艺术化，最能体现这一点的就是明朝家具工艺的繁荣。中国古代对于家具的艺术化追求始于明朝，也成就于明朝。

在明朝，享誉中外的"明式家具"出现，匠人们将肉体上追求舒适与精神上追求审美的愿望融入家具设计的理念。明朝家具在用料上相当考究，如更加关注什么木料具有什么特性，更适合打造什么家具等，这让家具的制作工艺流程严格而精细，结构科学而合理。尤其是明朝家具处处体现出来的对"人体工程学"的初步认知，表明明朝社会各阶层都开始追求"体舒神怡"的审美享受。

明朝"弘治中兴"以后，整个社会审美风尚表现出了艺术与生活、艺术与艺术的大融合趋势，这说明明朝人对于生活质量的要求出现了质的飞跃，他们开始认识到享受生活的重要性，即在求得生理上舒适性的同时开始寻求精神上的审美享受。

明朝社会审美风尚发生的这种转变，是文人士大夫审美趣味由文雅、思辨向世俗人情的转变，以及市民阶层的审美趣味摆脱低级庸俗，向典雅、华丽方向转变的结果。明前七子的诗文复古不但处于这一过程，而且在一定程度上推进了这种转变。

第三章　七子风骨及美学渊源

19世纪，文艺理论家伊波利特·阿道尔夫·丹纳（Hippolyte Adolphe Taine）在他的《艺术哲学》一书中，对典型的文学现象进行了深入探讨，提出了广为流传的文学理论观点——文学与文学艺术现象的产生离不开民族、时代、环境这三个要素。本章将根据这一理论来解读前七子的美学思想，并对其形成的时代氛围和民族氛围下的政治经济影响进行描述。从宏观上看，前七子群体形成了一个共同的复古文学观，这与地域文化氛围、家庭出身、师承关系、生活背景有重要关系。

中华地域文化是指中华民族继承下来的历史悠久、独特的，至今仍活跃的文化。中国土地上特定区域的文化也可以称为地域文化，是一种综合性的文化。在不同的地域，文化的表现形式也有很大的不同。梁启超曾在他的《中国地理大势论》中表示，燕赵之地背靠长城，黄河从中间流过，这里的人简单而大胆，稳重慈祥如山，侠义世代相传。与此不同，吴中区域水资源丰富，因为吴中地区有许多湖泊和河流，这里的民风比较精致和优雅。不同的自然和地理特征（地形、水、土壤等）影响着生活在不同地域的人们，这也从侧面突出了地域对文学风格的重要影响。

前七子中有六位来自明代的北方地区，如甘肃、陕西、山东、河南。李梦阳、康海、王九思来自秦人文化区，何景明、王廷相、边贡来自中原地域文化区，只有徐祯卿来自江苏南部，属于吴中地域文化区。其中，秦文化源远流长，对中国传统文化产生的影响极其深远。它奠定了大一统国家形态和大一统国家概念的基础，推动了大一统国家中央集权政治体制的建立。秦文化讲求实效性和实用性，是淳朴而直爽的，不虚妄，追求大而多，不断开拓，有较强的主动性。如此丰富的历史文化底蕴深深镌刻在诗人的基因中，外化为他们为人处世的性格、文学创作的思维方式与审美追求。

上面提到的三个文化区域都是中国历史悠久的地区，有着丰富的历史文化。前七子沉浸其中，从小在这些具有浓厚文学氛围的文化环境中成长，积累了他们的复古意识。在他们长大成年遇到文化发展的困境时，会有意识地从历史根源寻求解决方案。弘治年间，前七子齐聚京师，在中原地域文化的影响下，诗文复古运动应运而生。

第一节　李梦阳：一朝为官三落狱

一、家学渊源

追溯李梦阳家世前三代，其曾祖父李恩曾入赘河南扶沟王家，随岳父王聚至庆阳花马池从军，不久便在军中殉职。身后留下两个男童，改姓王，由王聚家抚养长大。自李梦阳祖父起，李梦阳家开始了寄人篱下、三世姓王的艰苦命运。

李梦阳的祖父名忠，八岁丧父，母亲改嫁，寄人篱下的艰难处境让他早早学会自立。年仅十三岁，李梦阳祖父便东奔西走，学着做生意，如此辛苦十余年后，生意大有起色，不久便成为远近闻名的商人。成年后的李梦阳祖父乐善好施，被邻里乡亲称为"善人"，又因其吃斋念佛，被人称为"佛王忠"。可惜王忠最终遭贪官陷害，死在狱中。王忠彼时已有三子，而这三个儿子中重振家门的正是李梦阳的父亲李正。

第三章　七子风骨及美学渊源

李正,字惟中,虽九岁丧父,日子艰辛,但勤奋好学,悬梁刺股,二十岁时,进入郡州学堂。李正其人待人礼让,当时郡州学堂每年只有一人得以入贡,他先后谦让他人,直到三十五岁才得以入太学。李正为母丁忧后,被起用为明皇室温和王教授,自此得温和王庇护十三载。李正虽有才学,颇得温和王的赏识和重用,却与世无争,自称吏隐公,可见其为官处世之道。

李梦阳出生时,家境尚且贫寒,后得王府庇佑,才稍有起色。在年幼的李梦阳眼里,父亲沉湎于酒,以酒消磨时光,家中即便发生火灾、盗窃之事,父亲也恣意酣睡,从不惊慌担忧。李梦阳母亲高氏,品性忠厚端淑,明敏识事,初嫁李正时,靠贩卖家禽、酒醋等维持家计,还尽力支持丈夫李正求学。高氏教子严厉,时常鞭策家人。她乐善好施,纵然日子过得并不宽裕,却不忘周济邻里。李梦阳的伯父早亡,留下一个两岁的儿子,高氏待其如亲子,将其抚养成人,助其娶妻成家。在很长一段时间,一直是高氏在支撑这个家。

李梦阳出生于明成化八年农历十二月初七。"母之生我日初赫,缺突无烟榻无席。"这是李梦阳在《弘治甲子届我初度追念往事死生骨肉怆然动怀拟杜七歌用抒愤抱云耳(其二)》中描写的自己出生时的家境情况。尽管家境贫寒,但高氏对儿子充满希望,因为在李梦阳出生前,她曾梦见太阳坠落在自己怀中,遂给儿子取名梦阳。李梦阳四岁那年,其父李正时来运转,终于取得贡士功名,授阜平县学训导。李梦阳也告别母亲,随父就学,开始了他童年的家学教育。李梦阳聪敏好学,过目不忘,深得父亲和先生的喜爱。

成化十七年(1481年),李正赴河南封丘,入温和王府(温和王为朱元璋第四代孙)任教授。这年,十岁的李梦阳开始学习四书五经。到了弘治元年(1488年),李梦阳学已大成,《礼》《乐》《诗》《书》《易》《春秋》等古代典籍已烂熟于心。彼时,十七岁的李梦阳已闻名于大梁,被称为李才子。跟随父亲在温和王府的所见所闻、父亲的言传身教拓宽了李梦阳的视野。

李梦阳一面博览群书，一面领略人生、感悟社会，弘治二年（1489年），李梦阳终于得到父亲的首肯，以儒生的身份参加了河南省乡试，结果落榜。些许落寞后，李梦阳父子重整旗鼓，以三年后的乡试为目标开始苦读。

这三年时间，李梦阳的人生发生了翻天覆地的变化。这年，十九岁的李梦阳已是远近闻名的青年才俊，且李正作为府上先生，多与世家公卿来往，李梦阳出入其间，他的聪慧和洒脱深得温和王的喜爱，温和王为李梦阳寻得一门好亲事，女方是开封城里有名的官宦人家左梦鳞的掌上明珠。

左梦鳞的夫人广武郡君贵为皇亲国戚，左家虽不是累世功勋，但在当时已是豪门望族，家赀巨万。李、左两家并非门当户对，但左梦鳞并没有门第观念，他看重李梦阳的才华人品，中间又有温和王的保媒，便欣然答应了这门亲事。这样，十九岁的李梦阳与十六岁的左氏便结为夫妻。第二年，李梦阳得长子李枝，于是携妻带子返回故乡庆阳，在看望母亲的同时准备赴陕西乡试。

从李梦阳的家学渊源看，李梦阳虽然幼年家境微寒，但父亲博学，对他的诗学启蒙起到了积极的作用。后李梦阳随父亲赴河南温和王府授课，这十余年的生活，开阔了他的眼界，为他诗文美学观的形成打下了良好的基础。

李梦阳父子在王府生活的十余年，衣食无忧，还得到了温和王的赏识和尊重。借着温和王，父子二人所接触的人也均为品学兼优的显贵。从温和王操心李梦阳的婚事看，李梦阳也极得温和王的喜爱。李梦阳母亲的善良、勤劳、温和、大度、务实、有担当融入了李梦阳的性情，而父亲的博学、洒脱，对名利的不作为融入了李梦阳的理想和追求。这些都促进了李梦阳诗文创作审美观的形成。

二、师承一清

李梦阳回到庆阳后拜望庆阳知府。庆阳知府得知其欲参加乡试的想法，便将陕西提学杨一清推荐给他，李梦阳遂慕名拜师。杨一清识才、惜才，发现李梦阳博览群书、天资聪颖，顺理成章地将其招揽至门下。

李梦阳一面听先生授学，一面刻苦钻研，为感恩先生而作赋《邃庵辞》，杨一清读后大为惊叹，认为李梦阳当以文章名天下。

弘治五年（1492年），李梦阳夺得乡试桂冠，以"解元"闻名天下。当时的文坛领袖，华盖殿大学士李东阳对其称赞不已，遂将其招至门下，自此，李梦阳成为李东阳门生。

弘治六年（1493年），李梦阳进京赶考，参加三年一次的京城会试。经过三场答试，李梦阳果然登榜进士，自此留京任职。

李梦阳留京后，便派人接母亲高氏和妻子左氏赴京居住，不料高氏乘船途中染疾，数月便卒于京师李梦阳官邸，时年五十四岁。李梦阳悲痛欲绝，匆匆料理完公务便扶灵返回大梁。由于天气炎热，无法返回庆阳，李梦阳便将母亲灵柩埋于开封城北一寺庙中。李梦阳每日痛哭祭奠，朝夕守灵五十天，而后才去拜会并安慰父亲。

李梦阳在开封陪伴父亲守孝时，开始招生授徒，一时弟子盈门。同年，李梦阳过黄河观览，作《吊申徒狄赋》及乐府诗三十二篇。母亲去世的第三年，李梦阳遵母遗命，欲将母亲安葬于故乡。于是，父亲向王府告假，与李梦阳一同护送高氏灵柩返回庆阳。不久，李正因悲痛欲绝，很快也离开了人世，再也没能回到温和王府。

弘治十年（1497年），丁忧在家的李梦阳大病，口鼻大量出血，危及生命。病愈后，教授孟章、内弟左国玑读书。弘治十一年（1498年），二十七岁的李梦阳守孝六年结束丁忧，重返京师就职。

三、宦海生涯

重返京师的李梦阳发现李东阳门生已满朝,他又不喜像朝中其他门人一样朝夕聚居在李东阳府上,因此备受他人排挤。最终,李梦阳被安排为户部山东司主事一职,正六品,从此开始了他的宦海生涯。

李梦阳任职户部主事期间,开始倾心文学革命。他深谙传统文化,又醉心诗学理论的革新,因此身边聚集了不少德才兼备的同道中人。事实上,弘治初年,中国文坛就已经发生了变化。以李东阳为首的阁老借殿试进士、审阅答卷的机会已悄悄倡导古学。到了弘治十年(1497年),李梦阳便继李东阳之后,继续倡导古学之风,形成了以李梦阳为中心的一个志在革新、倡导诗文复古的文人集团。

这些才华横溢的才子名流经常聚在一起谈古论今、说理谈文,这种聚会的形式,为弘治末年、正德初年的诗文复古运动奠定了坚实的基础。

弘治十二年(1499年),李梦阳奉命监管通州储备库,夫人左氏随他一同前往通州赴任。李梦阳由于为人耿直,为官清廉,两年后又奉命监税"三关"。"三关"即明代的京畿之地,指居庸关、倒马关、紫荆关。这三关环绕京畿,是重要的仓储府库之地、商品出入关口,对京城的粮饷供给至关重要。

(一)得罪权贵,一朝入狱

身居要职便容易得罪权贵,李梦阳赴任"三关"要职不久,便发现边备仓储日趋空匮,粮食缺乏,财货空虚,根本无法供给整个京城的花销用度。李梦阳立刻意识到此事的利害关系,因此不敢怠慢,明察暗访后,终于发现漏洞所在。原来,一些位高权重的人,尤其是皇室外戚、宫中宦官在外勾结奸商恶霸,在内笼络关口、仓储的管事,欺上瞒下,侵吞国库粮饷,竟将国库搬空。李梦阳的前任官员便与这些权贵相勾结,坐收渔利。

李梦阳发现这一弊端后,在原有的关税条例基础上,根据这些漏洞补充制定了"三关"关口、仓储运输及榷税的详细管理办法。难能可贵的是，李梦阳依法办事，执法严格，严厉打击了不法之徒。国家的利益得到保护，李梦阳却得罪了那些外戚和宦官。

这些权贵对李梦阳采用威逼利诱的手段，一面送厚礼求网开一面，一面又杀气腾腾地威胁警告，偏偏李梦阳软硬不吃。于是他们又联手捏造罪名，诬陷李梦阳监税"三关"以来，目无法纪，与不法商人勾结，牟取暴利。李梦阳也没想到，他只监税数月，便结束了这一使命，突然一日接到圣旨，被下了大狱。

李梦阳在狱中不屈不挠，言辞激昂，不断地解释和说明监税"三关"的过程，陈述补颁榷关条文法规的缘由和内情，终于真相大白，得以昭雪。

经过这一次磨难，李梦阳依然在户部任职，但他并未一蹶不振，而是更加振奋精神。凭借胆识和经验，他在处理公务上更加公正严明、决断如流。李梦阳在处理繁忙事务之余，增加了与京师文友的密切往来，继续文学研究和创作，推进文学革命。

（二）拜别亲故，感怀而发

这一次的冤狱虽然有惊无险，但李梦阳的一腔热血突逢横祸，难免令其心境低沉。他重回故土，为双亲扫了墓，转而去了开封拜望岳母。拜别亲人后，他写下了这首诗：

辕驹叹

世径互险夷，富贵安所需。
昔为枥中骏，今为辕下驹。
白日仰悲鸣，青云立踟蹰。
未蒙主人顾，何由效驰驱。
朝思碣石津，夕睎流沙隅。

>　　常恐侣凡蹇，弃捐中路衢。

　　弘治十七年（1504年），李梦阳在拜别岳母后，得到了同榜同科进士张凤翔的死讯。弘治五年（1492年），二人同年乡试，同榜考中，第二年张凤翔考中进士，授户部员外郎一职。没想到十二年后，刚刚而立之年的张凤翔便病故于京师。张凤翔与李梦阳一同被称为"奇才"，惺惺相惜，李梦阳为其英年早逝而痛心垂泪。张凤翔死后，身后还有孤儿寡母无人可依，于是李梦阳为其多番奔走，请求各部署同僚多方关照，帮助料理后事。李梦阳还特意上奏孝宗照拂张凤翔老母、妻儿，其文催人泪下，感动了孝宗，孝宗便准了李梦阳的请求。

　　张凤翔的早逝对李梦阳又是一个打击，而张凤翔身后的一贫如洗，更让李梦阳悲怆难耐。李梦阳三十三岁生辰时已没有了往日的开怀，有的只是伤怀过往，于是他仿杜甫七歌体长诗写下七首长诗，以追念逝去的父母、朋友。笔者选取了其中两首：

弘治甲子届我初度追念往事死生骨肉怆然动怀拟杜七歌用抒愤抱云耳（其一）

>　　吁嗟我生三十三，我今十年父不见。
>　　浊泾日寒关塞黑，杳杳松楸隔秦甸。
>　　梁王宾客昔全盛，我父优游谁不羡。
>　　当时携我登朱门，舞嫱歌媵争看面。
>　　二十年前一回首，往事凋零泪如霰。
>　　呜呼一歌兮歌一发，北风为我号冬月。

弘治甲子届我初度追念往事死生骨肉怆然动怀拟杜七歌用抒愤抱云耳（其二）

>　　母之生我日初赫，缺突无烟榻无席。

是时家难金铁鸣,伥皇抱予走且匿。
艾当灼脐无处乞,邻里相引失颜色。
男儿有亲生不封,万钟于我乎何益。
高天苍苍白日冻,今辰何辰夕何夕。
呜呼二歌兮歌思长,吾亲俨在孤儿傍。

(三)上孝宗疏,二下诏狱

弘治十八年(1505年),明孝宗诏告朝堂,言明朝廷要实行政治改革以顺应时代发展,因此广开言路,要求大小官员上折陈述国家兴利除弊的治国良策。

诏书一下,李梦阳激动地流下了热泪,遂奋笔疾书,洋洋洒洒五千言,成就《上孝宗皇帝书稿》,将他对国家前途命运的关注,朝廷政治得失的缘由,以及治国的良策统统倾注其中,如:

夫天下之势,譬之身也。欲身之安,莫如去其病;欲其利,莫如祛其害;欲令终而全安,莫如使渐不可长。今天下之为病者二,而不之去也;为害者三,而不之祛也;为渐者六,而不使不可长也……夫易失者势,难得者时。今睹可畏之势,而遇得言之时,使仍缄默退缩,以为自全苟禄之计,是怀不忠而欺陛下耳。臣今谨据所见,昧死开呈,惟陛下矜察哀怜,俯赐观览焉。

李梦阳秉性刚正朴实,不避忌讳,入仕以来,每每目睹政治黑暗而积愤于心。因此,当皇帝下诏纳言时,长久以来心中所积之忧愤犹如决堤之江水,汹涌而出。这篇奏疏尖锐犀利,直指时弊,言辞无所顾忌。到了奏疏结尾处,更是指名道姓批评朝廷,痛斥皇亲国戚。比如,他揭露当朝国舅爷张鹤龄的罪行,指责张家兄弟倚仗孝宗和张皇后,放纵任性、夺人田产、强掳他人子女、占种盐课等。

当时的李梦阳只是一个官职五品的户部主事，却敢于"逆鳞"而奏，这一行为得到了好友边贡、王阳明的支持。这对李梦阳来说，是一种莫大的鼓励，然而《上孝宗皇帝书稿》呈上之后，李梦阳满心欢喜等来的却是一道晴天霹雳——孝宗皇帝将李梦阳再次下了狱。

弘治十八年（1505年）四月十六，孝宗皇帝降旨李梦阳："李梦阳妄言大臣，姑从轻，罚俸三个月。"孝宗显然是在权衡各方利弊后，对李梦阳做出了最轻的惩罚。但在狱中的短短几日，李梦阳受尽荼毒，心里的委屈与惆怅无法疏解，夜不能寐。

孝宗的下诏突如其来，内心备受煎熬的李梦阳无限感慨，一口气写下了《述愤十七首》。其中第十四首如下：

> 皇矣彼上帝，赫赫敷明威。
> 四序舒以惨，中有玄妙机。
> 烛龙跃天门，一朝景光回。
> 昔为霜下草，今为日中葵。
> 稽首沐罔极，欲报难为词。

李梦阳因《上孝宗皇帝书稿》被皇帝轻罚出狱的事，让朝堂众臣纷纷看清了形势，即孝宗有心改革，且一力保护耿直谏臣，这让李梦阳在朝堂上赢得了刚正无畏的名声。李梦阳出狱后，心中难忘自己所受之辱。一日，他在路上遇到国舅爷寿宁侯张鹤龄，冤家路窄，李梦阳自知正是他从中作祟自己才被下了诏狱，于是提起铁鞭迎上前去，竟将张鹤龄的门牙打下来两颗。一时间，李梦阳鞭打皇亲国戚的事传得纷纷扬扬，他的风骨也震惊了朝堂。这件事之后，都察院所属吏部、户部、礼部、兵部、刑部、工部六科联名上奏，请孝宗皇帝宽大处理。孝宗皇帝本就偏袒李梦阳，遂宽恕了他，教训了张氏兄弟，也警诫了张皇后。

弘治十八年（1505年）五月，刚宽恕李梦阳的孝宗皇帝驾崩，李梦阳悲痛万分，作《大行皇帝挽诗》，共三首，表达他对孝宗皇帝的思慕和怀念之情，表明了他对大明王朝的忠诚之心和对朝野政治的看法：

大行皇帝挽诗（其一）
午门朝遂罢，西殿临真哀。
泪满乾坤暮，日黄风雨来。
虎贲犹宿卫，龙驭几时回。
莫测皇天意，中崩帝业摧。

大行皇帝挽诗（其二）
大训文华践，英谋武范遗。
先朝无顾命，大渐问班师。
上食金舆备，移宫素幔垂。
向来激切疏，优渥小臣知。

大行皇帝挽诗（其三）
元老焖仍在，退朝无昔呼。
闲阶惟玉辂，夕日已金铺。
望幸霓旌远，埋灵山殿孤。
君看霜露节，冠冕灞陵趋。

这几首诗像是预言了张氏的命数。尽管武宗皇帝即位后，张氏兄弟依然骄横放纵，但嘉靖皇帝即位，张太后薨，张家最终以谋反罪被抄，家破人亡，应了李梦阳在《上孝宗皇帝书稿》和《大行皇帝挽诗》中所言。

（四）弹劾宦官，三下诏狱

弘治十八年（1505年）五月初七，孝宗皇帝驾崩，十五岁的武宗即位。孝宗托孤内阁大学士刘健、谢迁等诸大臣，李梦阳也在其中，他已连升两级，跻身内阁。

诸位大臣尽力辅佐幼帝，望他有朝一日成为一代明君，然而武宗的身边却出现了一些鹰犬小人，其中以宦官刘瑾最为狡诈阴损。刘瑾等人利用内官的便利条件，每日与武宗厮混，教唆武宗白天放鹰逐兔、游园观林，晚上赏歌舞、角抵之戏。武宗从此纵情声色，起居无常，心志颓废，精神恍惚，更荒废了朝政。

李梦阳心急如焚，于是在韩文的邀请下，草撰《代劾宦官状疏》，欲讨伐以刘瑾为首的奸佞小人：

近岁朝正日非，号令欠当……皆言太监马永成、谷大用、张永、罗祥、魏彬、丘聚、刘瑾、高凤……造作巧伪，淫荡上心，或击毬走马，或放鹰逐犬……日游不足，继之以夜……若纵而不治，将来益无忌惮，必患在社稷。优望陛下奋朝纲，割私爱，上告两宫，下谕百僚，明正典刑。

然而，在状疏呈给武帝前，刘瑾早已得知此事，便向武帝哭诉，还向武帝进献谗言，说诸位阁老如何污蔑他，又如何藐视皇权，无视司礼监。司礼监本为明朝宦官二十四衙门之中的首席衙门，在政治权力上，司礼监是"无宰相之名，而有宰相之实"的特务机构。刘瑾的意图是掌握司礼监，统领东厂特务机关。在刘瑾的哭诉中，李梦阳等人还不知朝堂一夜之间已变了样。第二日上朝时，刘瑾等宦官已经掌握了实权，并代武宗皇帝问《代劾宦官状疏》之责。

很快，圣旨颁布，刘健、谢迁被迫致仕，李梦阳、韩文虽尚在内阁，却成了刘瑾的眼中钉。

第三章 七子风骨及美学渊源

正德元年（1506年），刘瑾借"假银"事件栽赃韩文、李梦阳，李梦阳被贬谪为山西布政司经历。不久后，群臣于金水桥南听旨，刘瑾列出朝臣五十三人、太监三人，称其为奸党，从大学士刘健到韩文、李梦阳等，被敕书宣称："凡名列奸党而尚未加罪者，皆由吏部勒令致仕。"李梦阳感慨不已，将自己胸中的一腔激愤化作以下长诗：

去妇词

孔雀南飞雁北翔，含颦揽涕下君堂。
绣幕空留并菡萏，罗袪尚带双鸳鸯。
菡萏鸳鸯谁不羡，人生一别何由见。
只解黄金顷刻成，那知碧海须臾变。
贱妾甘为覆地水，郎君忍作离弦箭。
…………
妾悲妾怨凭谁省，君舞君歌空自怜。
郎君岂是会稽守，贱妾宁同会稽妇。
郎乎幸爱千金躯，但愿新人故不如。

《去妇词》以古乐府诗《孔雀东南飞》为典故，以夫妻之情喻君子之义，表明了同僚间别离的伤怀之情，更表达了臣子离别朝堂时对明王朝命运的深切牵挂之情。

正德三年（1508年）五月，李梦阳被缉拿离开开封，刘瑾假借皇帝的名义宣读圣旨，押解李梦阳进京。李梦阳知道刘瑾这是要将自己置于死地，此番进京凶多吉少，因此一步一回头地告别了亲人。

到了京城锦衣卫的监狱，李梦阳写成《述征赋》，记录了他被押解往京途中的悲愤情绪和复杂心情：

凤鸟之不时与燕雀类兮！

> 横海之鲸固不为蝼蚁制兮！
> 诚解三而之网吾宁溘死于道而不悔兮！

正德三年（1508年）八月初八，李梦阳在康海的周旋下得赦，二人从此结下深厚的友谊。正德五年（1510年）八月，刘瑾伏诛，康海为救李梦阳而屈就刘瑾，却落了个刘瑾党羽的罪名，从此得罪了馆阁之臣，与仕途再无关系。然而，本就不热心官场的康海并未因为救李梦阳罢官而感到怨恨。罢官之后的康海与李梦阳经常保持密切的联系和交往。李梦阳听闻康海遭到弹劾后，立即写诗安慰，对其表示了深切的同情和关怀：

寄康修撰海（其一）
晨步城西冈，遥望终南岑。
荆棘高蔽天，白曜翳以阴。
鸡食鸾凤饥，蛾眉谗妒深。
薋菲遗下体，一别成飞沉。
出门眺四郊，莽莽悲风吟。
海水有可测，伤哉谁谅心。

寄康修撰海（其二）
少阴盛霜雪，崎阻鸿雁饥。
荷斧入林谷，日暮谁共归？
林树窈冥冥，径路多虎黑。
北斗横塞岑，邙野风振悲。
欲往河无梁，念子忽如迷。
荣耀在须臾，亡没谁复知。
思附玄鹤翼，从子以高飞。

如果说儿时的经历和家学渊源是影响李梦阳诗文创作的自然因素，那么他成年后在官场上的所见所闻、在仕途上的一波三折，甚至三次下狱的凄凉命运，就是影响他诗文美学的社会环境因素。自然环境决定创作的背景，社会环境影响李梦阳的个人修养，进而反映在他的诗文作品中，形成了他的美学观念。

从李梦阳坎坷的为官经历可以看出，他的创作离不开社会环境的影响。无论是喜怒哀乐，还是忧愤、感激，李梦阳统统将其体现在文学创作中。这些作品代表着他的风骨，他的忠贞，他的刚正执着，他的视死如归。

第二节　何景明："经术世务"淡名利

何景明是明代"文坛四杰"中的重要人物，也是前七子成员之一，与李梦阳并称"文坛领袖"。何景明性情耿直，淡泊名利，对当时的黑暗政治不满，敢于直谏，曾倡导明代文学改革运动，著有辞赋三十二篇，诗一千五百六十首，文章一百三十七篇，另有《大复集》三十八卷。其墓地在今信阳市大复山。

一、家学渊源

何景明于成化十九年（1483年）出生于河南信阳，比李梦阳小十一岁。何景明家境殷实，作为家中幼子，他从小衣食无忧，比起李梦阳，生活要顺遂如意许多。

何景明家中兄长皆为人杰，在他三岁时，其长兄何景韶便中了举人，二哥何景阳也学有所成。何景明深受家学熏陶，再加上天资极佳，六岁便善于对对联，八岁可写文章，博闻强识。

弘治八年（1495年），十二岁的何景明跟随父亲赴渭源县为官。三年后，何景明归家，由大哥景韶负责他的学业。他数月便能将《尚书》烂熟于心，并进行讲解，因此在家乡小有名气。后沁水御史李瀚巡按汝宁，读过何景明的试卷后大叹"奇才"，特意来信阳见何景明。何景明从此声名大噪。

弘治十二年（1499年），十六岁的何景明与次兄同时参加省试中举，何景明以一篇《〈尚书〉经论》夺得第三名。第二年，何景明乘胜参加礼部的春试，本以为能榜上有名，不料因其在试卷中采用过多生僻字而让主考官不悦，名落孙山。

何景明与次兄一起归家，次兄很快被任命为巴陵县令，于是何景明陪同次兄一起前往巴陵。在巴陵蛰伏两年后，十九岁的何景明终于考上进士。本应被授予庶吉士的何景明，因性情耿直，而错失了这次任命。

弘治十七年（1504年），何景明二十一岁，终于被授予官职——中书舍人。中书舍人，从七品，虽然官职不大，却承担起草诏令之职，往往能参与朝廷机密。一般中书舍人的任命条件有两点：其一，文笔要好；其二，品德要佳。这充分证明何景明具有良好的人格性情。

二、宦海沉浮

何景明为官时，已到了正德年间。正德皇帝明武宗彼时只有十五岁，以刘瑾为首的宦官想方设法博取武宗的欢心，从而获得数次升迁，最高官拜司礼监掌印太监。

弘治十八年（1505年），何景明奉命出使云南，一年后回到京城，朝堂已是另一番景象。刘瑾当权，其培植的党羽陷害忠良，朝堂之上大多忠良之臣被贬谪出京。何景明年轻气盛，立刻上书首辅要求制裁刘瑾，奈何朝堂被刘瑾把控，根本上书无门。他在《应诏陈言治安疏》中，大胆直言：义子不当蓄，宦官不当任。然而皇上遭受蒙蔽，何景明的奏疏石沉大海，对朝堂失望至极的何景明很快便请辞还乡。

三、奔走救友

何景明与李梦阳相交最深，李梦阳年长何景明十一岁，科第更是相差九年，但二人因才华横溢、年少成名而惺惺相惜。李梦阳提倡复古，何景明不但积极响应李梦阳提出的复古口号，更将李梦阳视为兄长、密友。

李梦阳遭刘瑾迫害而三次下狱时，何景明奔走四方、出谋划策，找到状元郎康海从中周旋。康海与刘瑾是同乡，刘瑾独揽朝政后，野心勃勃，一直想要培植自己的势力，于是笼络同乡，广结党羽。康海是明代第一个陕西籍状元，刘瑾早就想将其纳入自己麾下，奈何康海在及第后便告假返乡，并没有在京师停留多久，是以康海与刘瑾并无交集。康海返京后，因不与刘瑾密切来往而遭到刘瑾记恨。

康海虽然受何景明所托，应了救李梦阳这一请求，但他心中并没有什么把握。原来刘瑾曾多次使人来见，以锦绣前程相邀，都被康海拒之门外。等到康海登门拜见刘瑾时，刘瑾大喜过望，倒屣相迎。就这样，在康海的左右周旋下，刘瑾答应释放李梦阳。

四、英年早逝

何景明辞官后，回故乡信阳住了四年，这四年时间他每日游山玩水、读书写字。其间，何景明的父母和兄长相继过世，伤怀之余，他更寄情诗文创作。

正德五年（1510年），刘瑾多行不义，遭到其党羽成员，即"八虎"之一张永的揭发，被武宗下令以"反逆"罪凌迟处死。这一年，许多遭到刘瑾及其党羽迫害的官员复职。何景明也官复原职，他除任中书舍人外，还被授以内阁讲经官，每月三次为帝王和大臣讲解儒家经典。

正德十三年（1518年），三十五岁的何景明升为吏部验封司员外郎，从六品，长官为吏部尚书。验封司掌管封爵、世职、恩荫、难荫、请封、捐封等事务，是个有实权的机构。

同年，何景明再次得到升迁，成为陕西提学副使，官至四品。正值事业上升期的何景明本应该迎来大好前程，然而三年后，何景明便因病辞官，回到故乡的第七天便病故。这一年，何景明只有三十九岁。

五、为官清明

何景明性情耿直，一生为人做官有一个原则，即不交权贵、不交宦官。对于一些盛情难却的宴请，他便故意带上马桶，坐在马桶上吃饭，这样一来，便没人再来邀请他。

何景明在陕西为官时，最见不得权贵的家属仗势欺人、为非作歹，只要遇见，定然狠狠制裁。那时，宦官刘瑾当权，许多人慑于奸臣的淫威，敢怒不敢言，何景明却敢直言进谏，上书吏部尚书，直指其罪行。

何景明为官清廉，曾作为皇帝的钦差出使滇南，归来时不取地方官吏贡献的一金一物，实在难得。直到他三十九岁从任上病归故乡时，全部身家只有白银三十两。

在何景明一生创作的作品中，前期作品有明显的模拟痕迹，这说明何景明早期所谓的"复古"不过是流于形式上的拟古，文字贫乏，又无新意。彼时的何景明尚年轻，还没有经历过人心险恶，仕途艰难，因此无法做到真正的复古。他所作的《寡妇赋》，虽然描写的是自己的亲嫂子，本应写出真情实感，但无论是在文章结构形式还是在遣词造句上，这篇文章都有明显的模拟痕迹，而没有真正体现诗人的真情实感。

武宗即位，荒淫无度，导致刘瑾乱政，朝堂日益腐朽。何景明看在眼里，急在心中。这时他所作的《述归赋》便有了这样的真情感叹：

　　　　世淆浊而莫察兮，脩短错而不伦。
　　　　刍桂芝以秣骞兮，吝糠粃以饲人。
　　　　豢罢牛而被以文服兮，良马弃而不陈。
　　　　贱馨烈而不御兮，反逐臭于海滨。

这里将矛头直指武宗，指责世道变了，皇帝好坏不分，是非颠倒。在《蹇赋》中也有"世淆杂而溷揉兮，弃骐骥而不骖。兰芷芎䒷不植于路兮，蒿艾蔽而成林"这样的句子，揭露皇帝昏庸、荒废朝政，从而导致社会黑暗，形成了鞭笞良臣、重用奸佞的局面。

文章风格的变化，代表着本人思想的变化。何景明早期的作品只为复古而复古，所呈现出来的只是形式上的拟古，这是因为彼时的何景明还没有经历人生挫折，阅历尚浅，无法写出有思想、有深度、有见地的作品。他在这个时期的作品，无论词句多么华丽漂亮，格调都是松散而低下的，且失去了表达上的自然诚挚。因此，可以看出，文章风格实质上是作者精神面貌的一种体现。

随着何景明文艺思想的转变，其创作也有了新的起色，这也就有了《述归赋》《蹇赋》《忧旱赋》等反映当时社会生活、直指朝政的作品。何景明短暂的一生大多扑在朝事上，他关心朝政、体察百姓疾苦，是个经营世务、淡泊名利的良臣，因此他的诗文经常能反映百姓的愿望，也正因如此，何景明的风骨得以流芳百世。

第三节　王九思："况杜甫"而"追渊明"

一、家学渊源

成化四年（1468年），王九思出生于陕西鄠县（今西安市鄠邑区）的王家祖宅。王家在当地算得上世家大族，祖上多出读书人，但均官运不济，没有出现过大官。

王九思的祖父有三个儿子，长子王儒正是王九思的父亲。王儒三十岁中举，此后频频考进士却连科不第，最后一次赴京会试，又不第，于是在心灰意冷下，从了副榜（彼时会试除中第正额之外，还会取若干不第者为副榜,这些人不能再参加殿试,却可以补任低级官员)。王儒于是被委任为四川保宁州巴县(今巴中市)教谕(教谕,即县里的教谕长官,掌文庙祭祀,管理县学和所属生员),王九思也随父亲去了巴县。

王儒任巴县教谕后,为当地人才培养做出了很大贡献。在任几年,巴县连举三人,待后来王儒离任,二十余年无中科举者。

弘治二年(1489年),王儒出任河南祥符(大梁)县教谕。在任七年,王儒兢兢业业,尽管薪俸低微、生活清贫,但他仍然趁空暇教授学生而分文不取,遇到贫困的学生还会予以资助。凭借教人的功绩,王儒得任南阳府教授。离任之时,学生纷纷送别,哭泣一宿,不舍他离开。

南阳民风彪悍,且南阳府教法废弛已久,王儒治学严厉,因此嫉恨怨谤者越来越多。在王儒的耐心教化下,学生终于有所悔悟,风气有所好转。在南阳任教授期间,王儒之父去世,彼时王儒也已经是六十一岁的老人了。其长子王九思在任官考绩期间,王儒得诏封翰林院检讨、阶徵仕郎。王儒于正德八年(1513年)卒,享年75岁。

王儒一生虽然没能连科中第,无缘殿试,但他治学严谨,对待本职工作兢兢业业,教化民风、培养人才。王儒为人更是谦和有礼、受人爱戴,即使离任,教诲过的学生也多来探望。

王儒的生平功绩对王九思思想的形成是有一定影响的。王九思四岁时,正是其父王儒中举之时。初记人事的王九思将父亲中举过程的种种铭记于心。官衙报书、乡绅恭贺、亲友颂扬,家中更是连日设宴,这给王九思留下了深刻的印象,使其对功名仕途充满向往。

王九思父亲的中举、受人爱戴等都被王九思看在眼里,形成了他最初的世界观,功名在他幼小的内心世界扎下了理想之根。这些理想日后形成了他的美学观,并逐步渗透在他的诗文里。

弘治二年(1489年),二十二岁的王九思参加陕西乡试一举中第。陕西提学副使马中锡对其考卷十分赏识,于是招其前来会谈,才知九思诗文俱佳,认为他日后"必做天下名士"。马中锡作为一代名臣,对王九思的赏识和教化，也为其日后成为一代名家产生了颇为微妙的影响。

王九思中举之后，恰逢王儒巴县教谕任满，举家返乡，王儒为王九思筹办了婚事。双喜临门，这在当时的小县城可谓荣耀至极，王九思终于圆了儿时的梦。

二、游学京师

在中国封建社会，读书这件事的权力掌握在少数人手里，且读书与仕途是一脉相承的。在这一过程中，"游学"起到了关键作用。这一特殊现象的形成并非毫无缘由。

古代的读书人除官宦世家外，大多来自经济条件优越的地主阶级，他们有条件从小饱读诗书，熟读经典，但这往往还不够。所谓"读万卷书，行万里路"，读书小有所成后，他们往往会游览名山大川，千里迢迢求教于名师，或找一处僻静书院苦读，或在贵族学校深造，在深造的同时也建立起广泛的社会关系。而后，通过科举和这些社会关系被选拔为朝廷官员。

王九思游学到大梁，受到河南提学副使燕山车先生的赏识，于是拜其为师。河南按察司佥事李善之子李守经同在车先生门下，王九思于是接触到河南按察司佥事。不久，李善升迁为南京工部尚书，其独子李守经却不肯举进士入仕途，而是选择经商，于是父子俩一心资助王九思入仕途。

弘治三年（1490年），王九思拜别车先生和李善父子，赴京会试不第，又返回大梁继续从读车先生。第二年，踌躇满志的王九思想进一步扩大交友圈，便向父亲寻求官学弟子中的佼佼者。父亲于是推荐了陆汝清和李虔辅，三人相互督促，模拟考试。同年秋天，李虔辅中举，陆汝清落榜。

明代中期，太学已经不再直接选拔官员，但太学作为国家最高学府，其地位仍然崇高。这里所聚集的均是官宦世家和贵族子弟，他们互相结识、援引，打通仕途的关节门路。弘治六年（1493年）春会试，王九思依然名落孙山，但从这次落榜中他清醒地认识到，必须在太学博得些诗文名气，才有望中进士，于是他北上京师，游历太学，以图再举。这一年，李梦阳已经以关中举子中进士。

弘治七年（1494年），信心满满的王九思再次落第，众人无不感叹，也许这是大匠不示人以璞，大器晚成。弘治九年（1496年），王九思蓄势待发，再一次赴京参加会试。中举以来的七年磨砺让他学业精进，在太学的三年历练更是让他在学界积攒了一些名声。

果然，这一年二月初九，王九思同李虔辅同中进士。接下来便是直接决定仕途命运的殿试。王九思取胜心切，在策论上不够严密，因而下场有些懊悔，本以为无缘三甲，更难进翰林院，事情却有所转机。当日出题《端阳赐扇》，王九思所作诗句有"谁剪巴江一片秋，天风吹落凤池头"，与李东阳之作非常相似，于是得到李东阳的欣赏。就这样，王九思进入翰林院，成为庶吉士。

三、初涉官场

王九思起于下层官吏之家，父亲王儒久考不中的悲苦，自己十年寒窗的惨淡，其中辛酸自不必说。从曾祖父起王家代代梦寐以求的高中进士，终于在王九思身上实现，他又进入翰林院为官，这般荣耀让初涉官场的他不得不谨慎行事，生怕错过这种机遇。王九思的这种为官处世之道与李梦阳和何景明均不相同。这可以从他所题的一首诗中窥见一二：

篱成呈李编修王主事

堂下篱成似水滨，青蒲翠竹自鲜新。

隔篱燕子还寻主，点水蜻蜓不避人。

翰苑公曹俱贵客，王维李白是吾邻。

酒杯稍待秋风后，百遍相邀未厌频。

第三章 七子风骨及美学渊源

王九思将自己比喻成"隔篱燕子",将翰林院的李编修、王主事比喻为"王维、李白"一样的邻居。"酒杯稍待秋风后"更是借谐音指"打秋风",幽默地指出,我如果因二位有所精进,就是邀二位吃酒百遍也不嫌烦。全诗充满恭维奉承的意味,但也能从中看出王九思同李编修、王主事二人的关系亲密,不用避讳。

王九思本不是阿谀奉承之流,他骨子里对前程的渴望、对来之不易的官运的珍惜让他不得不压抑自己"狂妄不羁"的本性,蓄势以待。因此,一旦场合适宜,他便会暴露真性情,如下面这首七律,便能见其心志:

出左掖喜雪

春空瑞雪舞萦回,八表彤云曙色开。
明月犹悬驰道直,银河疑泻御沟来。
上林入夜花如霰,广内平明玉作台。
无羡郢人歌独步,愿调商鼎和盐梅。

仲春,也就是农历二月。仲春下雪原本是一种异常现象,王九思却在诗中特写雪景映月之美,这样的奇幻景色显然是源于诗人喜悦的心境和激动的情绪。入夜的皇家宫苑雪花纷飞,皇宫内明如白昼,台阶如白玉做成。在美如仙境的氛围中,王九思表明了心志,他不羡慕独步善歌的郢人,而要做调和鼎鼐的人。鼎是食器,也是祭祀用的礼器,在这里指朝廷;调鼎,是指替皇帝协调国事、管理国家,即宰辅之职。从这首诗足见王九思志向高远。

王九思入翰林院庶吉士三年,兢兢业业,得任翰林院检讨,是一个闲职,离他的"调鼎之志"还很远。为显示其才华,得到皇帝的赏识,他曾委曲求全作了不少应制诗。所谓应制诗,即应制作诗,是在陪祀大典、侍帝优游时,对朝廷歌功颂德的诗。

这些应制诗不论是在诗体的起承转合、诗意的回环往复，还是在音韵和谐、对仗工稳方面都无可挑剔，却迎合了台阁体歌功颂德、粉饰太平的流弊。彼时，虽然李梦阳已进京，但在诗文改革上还未成气候，因此，王九思为了功名而追随李东阳也是情理之中的事情。

在弘治十五年（1502年）的会试上，王九思任殿试堂卷管，康海登进士第一，授翰林院修撰。康海以《廷对策》备受孝宗皇帝与众考官赞赏，其中也不乏王九思的推荐，这才有了孝宗皇帝的亲览，赐进士及第第一。此科同中进士的还有何景明、王廷相。很快，王九思援引康海、何景明、王廷相等入大学士李东阳茶陵诗派。

四、罢官返乡

正德元年（1506年）武宗即位，以宦官刘瑾为首的"八虎"蒙蔽圣听，陷害忠良，大批官员或被罢或被廷杖或被下狱，李梦阳、王廷相均在其中。王九思和康海因未参与弹劾刘瑾而免遭迫害。

王九思利用为皇帝进讲的机会，时常进行规劝，但随着武宗荒淫无道，信任刘瑾等"八虎"，他的进讲从规劝逐步演变为"刺美"，即直接指责武宗养"虎"为患、用佞臣而失良臣。幸运的是，王九思并未触怒武宗，招来杀身之祸。

正德四年（1509年），王九思任吏部文选司主事，正六品。事实上，以王九思在翰林院九年无过的经历，理应升为从五品，或是因为进讲而有所牵连。不管怎样，王九思的才能还是有目共睹的，于是在正德五年（1510年）初，王九思便经顾命大臣刘健的提拔，升为文选司郎中，正五品。这是王九思为官十载获得的最高官衔。

当时吏部实权被刘瑾党羽所把持，王九思作为文选郎中，一味地以翰林的清高和名士的疏狂与之抗衡自然是无益的。为了仕途前程，王九思不得不虚与委蛇，但也正是这虚与委蛇，斩断了他的仕途之路。

正德五年，刘瑾案发被诛，朝中掀起一场清理刘瑾党羽的血雨腥风。

第三章 七子风骨及美学渊源

这一事件震动朝野，影响了明中后期数十年的政治，借此事件，朝中各种政治力量此消彼长，皇权与各派别权力相互争斗。这一场风雨下来，被直接诛杀、流放、削籍、贬官者达六十多人。王九思、康海同刘瑾是陕西关中同乡，也被列为刘瑾党，受到牵连，王九思被贬为寿州同知。

虽然王九思与刘瑾的关系有微妙之处，但他并没有依附刘瑾，也没有从刘瑾身上取得半分好处，更不用说结党营私、助纣为虐了，相反，他还屡次触怒刘瑾。尽管这样，王九思依然受到无辜牵连，实际上无辜牵连者并不在少数，康海也是其中之一。只是二人对待这一事件的态度有所不同：康海不堪其辱，潇洒地转身离去，从此告别官场；而王九思即便在遭受这样的污垢后依然对仕途存有一丝幻想，立刻动身前往寿州任职。南下途中，王九思乘船到彭城时，每日夜不能寐，百感交集，洋洋洒洒地写下了长篇叙事诗，其题序为"彭城别段德光追曾圣初侯景德黄仲实不及夜泊宿迁县南独坐无寐万感俱集述六百一十字"。其诗曰：

> 王子谪寿州，暮秋发京国。是时偕我行，彭衡侯景德。
> 德光下词林，气象颇匍匐。圣初瑞安令，夙昔重交识。
> 六日候河浒，买舟宁计直。行行及清源，仲实来孔亟。
> 我生自北土，舟航借冯翊。白昼或差池，清夜必相即。
> 或开一樽酒，或陈数簋食。身世忘沉浮，谈笑露胸臆。
> 有时激醉乡，高歌破幽墨。有时掷蒲樗，大叫呼采色。
> 群谑何呶呶，孤坐或默默。踪迹若殊轨，指趋竟同域。
> 连宵烛屡更，达旦寐乃得。不独畅怀抱，兼以防盗贼。
> 徘徊晦朔周，前路彭城逼。咫尺未能到，风起天气黑。
> 德光及我舟，朴大不雕饰。其中无何有，簸荡难致力。
> 篙工舍篙坐，系之境山侧。缅想大风歌，千古一伤矗。
> 三子驾轻舸，乘风无少息。将谓憩彭城，感慨吊苏轼。
> 因之别德光，携我清河汩。奈何夜渡洪，停留无顷刻。

"不独畅怀抱,兼以防盗贼"。由此可见,王九思虽然为京官十余载,最高官拜五品,却仍是一贫如洗。

被贬的屈辱、怨恨,王九思难以释怀,但到了寿州敕下,大病一场后,他开始回顾入仕以来的遭遇,思考人生的真谛。忽然他大彻大悟,待病症痊愈,心情豁然开朗。比起同被牵连的人,他算是较好的下场,至少还能继续为朝廷效力,只要还在朝为官,就有望冤情大白。想到这里,王九思终于坦然了,于是作了一首轻松愉快的诗:

病起
四顶山前新水生,寿春城上野云晴。
狂夫病起梳头坐,好鸟风来隔树鸣。
相印漫诗苏季子,仙人难遇董双成。
请看前夜登天梦,已属西堂爱日情。

从诗中可以看出,此时的王九思,即使是六国相苏秦他也不再羡慕了,那就像仙人遇到董双成一样都是可遇不可求之事。昔日渴求建功立业的"登天梦"已经不再,眼前只有一个热爱生活的同知王九思。

同知,没有具体的职责,是以知州为中心的辅佐之职,相当于知州的助理。在寿州任同知期间,王九思依然兢兢业业,克己奉公。他处理诉讼、防备盗患、修城防和阳河渠、治理洪涝等,想要做出些政绩。但事情往往并没有他想象得那么简单,腐败的官场,从上到下都弥漫着不作为的风气。官员间奉行的是彼此相安无事,但至少比贪赃枉法、鱼肉百姓要好。

面对这种情形,王九思不免心灰意冷,于是在政务之余,醉心学问,常与士人学者讲古文、整学风,以诗唱酬。下面这首诗便是他当时的心态:

夏日楼居漫兴（其三）
一榻高楼上，萧然野性存。
雀喧邻树晚，雨暗寺钟昏。
问字儿能读，耽诗客共论。
吾生真可乐，俯仰任乾坤。

他终于明白，贬官的真实意思，并非朝廷让他继续做事，为朝廷效力，而是将他暂时"软禁"于此。这不是官职太闲，而是朝廷就是要让他做个"闲官"。想到这里，他心中的一线光明也消失了，只能自娱自乐。

正德六年（1511年）初，王九思广交当地士子诸生，醉心舞文弄墨，正在他逐渐忘却贬谪之痛，融入寿州政务时，一道圣旨如晴天霹雳，王九思再次以刘瑾党羽根除未尽之由被致仕返乡。

这年，王九思四十三岁，正是中年有为之时，却不得不割舍下对功名仕途的所有执念。

五、追陶渊明

正德七年（1512年）秋，王九思过潼关入陕西，走过八百里秦川，耳中传来浓浓的乡音，顿觉分外亲切，他忘却了一路上的舟车劳顿，也放下了心中的委屈和执念。近乡情更怯，于是他加快了脚步，日夜兼程。

当王九思的驿车抵达故乡县城北门外时，他发现父兄、亲朋、乡党已等候多时。看到这一幕，王九思潸然泪下，这些全部体现在他所作的诗中：

至家三首（其一）
西风吹雨丝，游子归故里。
亲朋知我至，候我城东趾。
下马拜亲朋，相见悲复喜。
盗贼满淮南，居民半凋毁。

怪我羽翼短，何为遽脱此。
行行入城闉，问对未能已。
大雨忽沾湿，分携各远迩。

父亲并没有因为他铩羽而归而责问，反而前来接自己。拜见过父老乡亲后，大家悲喜交加，王九思没有说什么客套话，而是以淮南战乱、民生凋敝才离开京城为由，来掩饰胸中的委屈和羞愧。人们簇拥着他进入城中，仿佛有着说不完的话，无奈雨越来越大，人们只好纷纷告别，各自回家了。

王九思回家后，人们散尽，家中只留下叔父几个，于是留下一起用晚饭。晚饭是自家产的香稻米，青菜是自家园地里摘来的，酒是春天酿下的。至亲在身边，互相劝慰着，这样的家人团聚，亲人呵护，让王九思倍感久违的温暖，不禁泪水涟涟。人生半载，宦海沉浮，经历这一遭，此刻王九思只愿老死在家乡，除此之外，别无他求。

至家三首（其三）

雨稀众客散，诸父仍淹留。
晚炊香稻熟，园蔬青且柔。
春酒浮满缸，相劝洗我忧。
对此团圆夜，谁能辞巨瓯。
新词自述作，高唱激清秋。
语及阻贼中，潸然还涕流。
愿老南山下，此外安将求。

王九思的《至家三首》已大有陶渊明古朴简洁的气象，语气平淡而意境深远，平凡中见风范，达到了言有尽而意无穷的境界。王九思这时的审美风格与他十年前意气风发的审美风格完全不同。

自然环境影响人们的性格和文学作品，具体到王九思所处环境的变化,也自然理解了他文风和审美的变化。当时身处朝堂的王九思,谨小慎微,所作溢美之词是为了求得功名仕途;如今致仕返乡的王九思,斩断仕途路,身边均是关心自己的邻里乡亲,这种放松的环境令他的创作有了陶渊明般的归隐风格,他审美风格的变化代表着其心境的变化。

六、自况杜甫

正德八年(1513年)中秋,王九思致仕罢归已满一年。远离官场是非,亲友劝慰所带来的安稳感已经淡漠,再加上得知内阁大学士李东阳也已告归,他不免苦涩从胸中来。于是就有了千古绝唱——《杜甫游春》。《杜甫游春》是一部"四折一楔子"的杂剧,在中国杂剧史上是一部划时代的作品。《杜甫游春》的大意为唐代诗圣杜甫怀才不遇,到曲江游春买醉而流连忘返。

杜甫目睹安史之乱后,唐朝社会从繁荣昌盛变为民不聊生,不由得对宰相李林甫妒能嫉贤、荒废社稷而悲愤交集。然而再看自己,穷困潦倒,连酒钱都付不出来,只得典当朝服来换酒。这时,友人岑参邀他游渼陂,才暂时得到些许慰藉,于是杜甫作《渼陂行》。新任宰相房琯请杜甫返京任翰林院学士,然而杜甫已对仕途失望,再无做官的兴趣。

王九思的《杜甫游春》看似写杜甫,实则写自己。王九思崇拜杜甫,又居住在渼陂附近,因此自号渼陂子,表明了他自况杜甫的心志。

七、闲散余年

帝王专制时代,通过科举步入仕途者,往往是其整个家族或家庭数代人做出无数牺牲和含辛茹苦的结果。所以,一旦有子侄成功步入仕途,就意味着要担负起整个家族振兴的责任,而父慈子孝、兄友弟恭,则是这种责任体现的基础。步入仕途的人除了要给家族成员以社会地位和经济帮扶,更要在伦理道德上做出表率,在教育上做出贡献,使整个家族在君主专制社会体系中运转起来,这就是士大夫所追求的"齐家"。

王家在当地算得上世家大族，几辈人才培养出王九思这么一个家族荣耀，因此，就算致仕归家后，王九思依然明白自己对家族的责任。但作为一个被罢黜的仕宦者，要想实现所谓的责任和义务并非易事。尽管如此，王九思还是不遗余力地扮演着振兴家族的角色。每逢清明节，他需要率领家族子弟共同祭祖，并作祭祖诗文，激励后生奋发图强；平时还要肩负起子侄读书做人的教育、科考责任等。

除此之外，王九思还带领乡亲治涝修桥，他也会周济穷人、施舍医药，闲暇之余，更是把精力集中在文学创作和戏曲创作方面，也算是悠然自得。能体现其晚年时闲情逸致方面的诗、文、曲，在王九思的著作中占很大的比例，尤其晚年成集的《渼陂续集》，更是佳作连篇，大有陶渊明的风范。从《周守寄谷雨茶及大扇谢答》二首中，便可以窥见一二：

周守寄谷雨茶及大扇谢答二首（其一）

山中谷雨后，采采碧瑶枝。
露叶香犹湿，筠笼寄不迟。
一瓢还自煮，七碗是吾师。
却笑相如渴，金茎浪尔思。

诗中描写山中谷雨后，长出茂盛的碧瑶枝，这里指茶叶枝。茶叶新鲜，飘香四溢，即便是寄到千里之外依然不失其鲜。王九思效法先辈文人的做法，进入饮茶的"七碗"境界。

周守寄谷雨茶及大扇谢答二首（其二）

酷暑愁衰叟，清风来故人。
汉江云一片，鄠杜月如轮。
力借山童健，凉生草阁新。
此时仍啜茗，潇洒绝嚣尘。

这首是说炎热酷暑的天气使王九思发愁，恰逢周守送来清风。"云一片"，指的就是大扇。古时人们认为月亮与太阳一样会发热，因此月亮越大天气越热。王九思坐在草阁里，借助山童之力挥动大扇，才有了阵阵凉风。凉风下，他品着热茶，发着轻汗，逐渐进入古人饮"七碗"的境界，仿佛与世隔绝，幻化成了神仙。

王九思晚期的作品，多以饮茶、咏菊、琴棋书画等为主题，字里行间无不展现闲情逸致，好不洒脱。闲情逸致之于晚年的王九思，则是一种对自己怀才不遇、愤世嫉俗的自我平复。当年岁渐长、复出无望时，他终于闲下心来走向平淡，在日常生活中找寻情趣。他对茶道、种菊、琴棋书画的追求，以及这些追求在诗、曲、文中的体现，无不带有一种淡淡的苦涩和忧伤。

嘉靖三十年（1551年），王九思因病卒于家，享年八十四岁。

第四节　边贡：交友酣畅效李白

一、家学渊源

成化十二年（1476年），边贡出生在山东济南历城县（今济南市历城区）。边贡祖上本是江苏淮阴人，元朝末年兵荒马乱，边贡先祖边朝因避乱而逃亡至济南历城，为了讨生活，入赘到王家，改姓王，过了三世，到了边贡祖父这一代才改回边姓。

边贡的祖父边宁是个具有雄心壮志的人，他认识到了读书的重要性，自己考取了功名，官至应天府治中。他认为兴家要靠读书，于是建造了"万卷楼"用来藏书，十分注重子孙的学业。

边贡的父亲边杰仕途不顺，多次考试不第，年近中年，才得到山西代州知州这一官职，然而为官三年，就致仕归乡了。

边贡出生时，祖父名望正盛。作为一个官僚世家子弟，边贡自幼便接受了传统的儒学教育。边贡天资聪颖，少时，祖母将他怀抱至膝上教他章句，他一遍就能背诵下来。祖父很看重他，时时将他带在身边，督促他的学业。

边贡六岁到十四岁是跟随祖父在南京度过的。九岁时，边贡还曾随父游学金陵，在游学的诸生中，边贡最为年少。这些经历，都为他日后成为一位诗文大家做好了铺垫。

二、登科入仕

弘治九年（1496年），年方二十的边贡一举中进士，很快又进士及第，轰动朝野。一开始他便被授予太常博士之职，后又升迁为兵科给事中。明代六科给事中掌管钞发章疏和稽查违误，职权颇重。

边贡任兵科给事中期间，正值李梦阳任户部主事，也正是在这时，边贡结识了李梦阳。此后，何景明、徐祯卿、王九思、康海、王廷相先后进士及第，进入内阁任职。

边贡热衷国事、直言敢谏，从来不惧权贵、不计利害。明代朝政自明英宗后，阶级矛盾越来越严重。弘治以来，涌现了一些正直有为之士想要改革朝政、讨伐宦官阉党，以挽救日渐衰颓的王朝。像边贡这样的有为青年很自然地就与率先扛起文学改革大旗的李梦阳走到了一起。

弘治年间，边贡还算仕途得意，做官做到了太常寺丞的位置，太常寺是掌管明代礼乐的最高行政机关。弘治帝病逝后，即位的正德帝年仅十五岁，他受奸人刘瑾蛊惑，整日不问朝政、耽于游乐，朝政大权逐渐被以刘瑾为首的宦官"八虎"把持。边贡本就耿直，不善逢迎，且作为一个仕途顺遂、意气风发的青年才俊，他对官场腐败和大多数朝臣的苟且偷生极为不满。李廷相在其作品《资政大夫南京户部尚书华泉边公神道碑》中这样评价边贡：

公性峻直，又练习国章，通晓时务，抵掌谈天下事，率凿凿副名实，虽重忤时贵，弗畏避。敬皇帝登遐，公劾太监张瑜与太医刘泰、高廷和用药之误；又劾太监苗逵与保国公朱晖、都御史史琳用兵之失，词义剀切，闻者凛然。

与大多数性情耿直、不肯与奸臣为伍的朝臣一样，边贡被贬出京。很快，边贡被外放为河南卫辉知府，后又改授湖北荆州知府。边贡本来可以有大好的仕途前程，突逢变故、遭遇外放，对他无疑是一个巨大的打击。此后，边贡再也没能返京复职。这样的变故，对他的政治生涯来说是一大转折，对他的人生际遇来说亦是一种挫折，他的性情和文风都因此发生了变化。

三、人生变故

边贡到荆州赴任不久，刘瑾伏诛，很快受其迫害的大臣先后官复原职，边贡自然也盼着自己回京的那一天。但时间一天天地过去，一年后，正德六年（1511年），边贡等到的却是被提拔为山西提学副使的任命。边贡同时收到的还有父亲的死讯，于是他还未曾赴任便赶往家中丁忧，那一年边贡已经三十六岁。

正德九年（1514年），边贡被任命为河南提学副使，仍被外放，没有得到返京的诏令。其间边贡得到的全是坏消息：李梦阳被免官居家，王九思致仕返乡，三十三岁的徐祯卿去世，等等。因此尽管这次是擢升，也不能令边贡产生丝毫开怀之情。

尽管边贡满腹委屈，但他并没有将负面情绪发泄在为官的职责上。边贡到任，恪尽职守，别人宴请相托，他从不应承，而是秉公执法。他不以亲疏为条件，亲朋好友也不例外，而是以文才取舍，择优选拔考校生员，赢得了清正廉明的美誉。

为了视察府州县学，边贡走遍河南全域，这让他第一次感受到了民间疾苦，因而写下了《筑桥怨》《牵夫谣》等对贫苦农民饱含深切同情的诗篇。边贡八岁到十四岁这段时间在南京度过，四十六岁后一直在南方为官，因此，他虽是北方人，却养成了南方人的性情：柔弱、洒脱而又不拘礼仪。这样的个性决定了其诗歌创作也具有清丽、洒脱、飘逸的风格特点，再加上在南方为官期间，边贡结交了一些南方文人，彼此交游间互相学习，逐渐受到了南方文风的影响。但边贡毕竟不是地道的南方人，在他洒脱、风流的个性中，尚保存了北方人的稳健和质朴，这让他的诗文风格呈现沉稳中见流丽、秀逸中不失古朴的特质。

正德十二年（1517年），边贡身体每况愈下，回京复职的消息遥遥无期，于是他心生退意，上书请求致仕返乡，谁料还没得到回复，母亲便病死在他的任所。于是边贡扶棺回归故里，居丧守制，一直到嘉靖元年（1522年）才起复任职。居家五年，边贡读书授徒、与友人喝酒唱酬，将更多的时间寄情家乡的湖光山色，这让他写下了大量吟诵故乡山川美景的诗作，其中也不乏一些关心农事的诗篇。

四、隐逸山水

正德十六年（1521年），武宗朱厚照病逝，身后未留下子嗣，于是其堂弟朱厚熜即位，边贡蒙召起复为南京太常寺少卿，提督四夷馆。嘉靖七年（1528年），边贡擢升为刑部右侍郎。虽然升迁了，但边贡隐退的念头与日俱增。这年冬天，边贡借赴京述职的时机上书请辞未准，很快又拜太仆卿，升迁为户部尚书。

自嘉靖以来，七年时间，边贡屡次升迁，按理说他已经实现了胸中抱负，本应该安于朝政、勤勉国事，但事实上，边贡对于朝政却是牢骚满腹，一日也不想在京中待下去，一再恳请致仕返乡，常人看了都难以理解。这是因为边贡并非贪图功名利禄之徒，更非沽名钓誉之辈，他是真正想干实事的人，心怀百姓，欲有为而不得，因此才不甘心尸位素餐，求退之心愈烈。

就在这种"欲有为而不得,欲隐退而不准"的情况下,边贡逐渐接受了李白的思想,并效仿李白,在公暇时游玩山水。边贡在这期间创作的大量诗篇中,不乏寄情山水之作,以及潇洒恣意、看淡一切的开怀之作。

边贡晚年把大量时间用在交友和游玩上,只要有余闲,他便游览山水,且每到一地,都要"登临山水,购古书、金石文字,累数万卷",后被都御史弹劾,认为他每日纵酒享乐,荒废职责,终于在嘉靖十年(1531年),边贡遭受弹劾,罢官回乡,遂了心愿。

边贡一生喜欢收集古书,积累书籍万余卷,罢官回乡后,他把这些书带回家,并在济南大明湖畔筑"万卷楼",将一生的藏书置于其中。令人遗憾的是,第二年"万卷楼"便遭受火灾,所有藏书毁于一炬。边贡仰面大哭,痛苦异常,从此一病不起,就这样去世了,终年五十七岁。

在明前七子中,边贡的一生是较为顺遂的,尤其是在仕途方面,晚年更是官显事闲,可谓求仁得仁。整体来看,边贡所创作的诗歌多呈现调子平淡、内容贫乏的特点,即使是能表现他风格的五言律诗,也由于取材狭窄,如大多围绕赠、送、简、和、答、酬之词,而被认为在明前七子中创作成就较差。即使有一些诗歌吐露了他人生中的淡淡哀愁,也难免有"无病呻吟"之嫌。当然,边贡晚年寄情山水,效法李白交游酣畅,也创作了一些好诗:

谒文山祠

丞相英灵迥未消,绛帷灯火飒寒飙。
乾坤浩荡身难寄,道路间关梦且遥。
花外子规燕市月,水边精卫浙江潮。
祠堂亦有西湖树,不遣南枝向北朝。

此诗整体风格俊朗飘逸,语言清明圆润,又不乏诗人对民族英雄的崇敬之情。但边贡在诗文创作中的表现,整体不如同在弘治、正德年间的李梦阳、何景明、徐祯卿。

第五节　康海：尽显"秦人"风范

一、家学渊源

康海的家族在明前七子各家族中称得上名门望族。康海七世祖康政出生于宋末乱世之年，因此举家迁往关中，在陕西武功县长宁镇安家落户。康政善于经商，在关中地区算得上是首富，而他的慷慨仗义也闻名关中。其子康廷瑞，字子安，少年博学，后收弟子数百人，关中学士大夫都尊称他为"西原先生"。他曾在元朝为官，任兴化训导之职。

康廷瑞有六个儿子，其中第三子世睦，一生无仕，有两个儿子。次子子琪，通学问，善讲文义，依然不入仕途。子琪的儿子康汝楫，正是康海的高祖父，也是康海祖先中名望最高、在朝廷有功勋的人。

康汝楫曾为太子师，后被燕王征为相。永乐初年，他被封为刑部左侍郎，留辅皇太子，凡北平事务皆由其处理。太宗屡次要封他为侯，他都推辞不受。他辞世后，被追封为资善大夫、工部尚书。

康汝楫去世六年后，明成祖仍感念他的功德，于是召见他的三个儿子。当时康汝楫的次子康年经商在外，只有长子康爵和幼子康禩应召赴京。康爵被封为上林苑左监正，康禩为左监副；在外经商的康年则被赐予千金，并被敕命关津吏往来不得诘察。封赏完尚不够，成祖还嘱托廷臣："二子初仕，或未谙悉法禁。锦衣卫可记名，有过勿刺。"这是在特意嘱咐群臣，要善待两人，即便他们犯了什么错，也让锦衣卫关照一二，足见成祖皇帝对康汝楫及其子孙的厚爱。

康爵生子康健，即康海的祖父。康健自出生起就备受成祖关照，不仅赐马匹、钞币，更许诺康健长大后赐以官位。英宗复位后，寻到康汝楫子孙，碍于成祖遗命，赐予其通政司知事职位，一个八品小官，食半禄，终身奉祠他的祖父康汝楫。

康健本胸怀大志，但因得罪了吏部尚书而未能实现，于是日日督促膝下五子，希望他们能中进士，入仕途。

康健的长子康镛，即康海的父亲，八九岁时已显露其才华，更难能可贵的是，他年少时便识时务，知进退，博学多识，而有文名，曾任平阳（治今山西临汾）知事。

成化十一年（1475年），康海出生，那时康镛已经四十五岁。康海自牙牙学语的时候，父亲康镛便施教于他。六岁时，康海对父亲教给的诗文已朗朗上口，父亲认为他有才能，便为其遍访名师。

康海童年时拜邑人冯寅为启蒙师，冯寅在众多学子中发现康海是一奇才，因此特别用心教导。然而仅三年，冯寅便卧于病榻。彼时康海已经十二岁，正是贪玩的年纪。父亲教导不力，于是又为他寻求名师，从此康海拜在东原先生牛经门下。严师在前，康海从此收心，受教颇深。

弘治五年（1492年），康海十八岁，父亲康镛病故。"

二、状元之路

父亲病故这年，康海入县学为弟子员。康海在读书方面深受其父影响，认为读书是为了明大义，不必流连于寻章摘句，因此他喜欢唐宋时期韩愈、苏洵的作品。彼时，杨一清正督学陕西，见康海不凡，非常欣赏他，认为他日后一定能高中状元，康海因此颇为自负。

弘治十一年（1498年），康海举乡试第七名，第二年参加会试不第，于是与同年举人马理等游学国子监。弘治十五年（1502年），再试，以《廷对策》获得读卷官大学士刘健等人的青睐，得孝宗皇帝亲览，龙心大悦，于是钦点康海进士及第第一，入翰林院修撰。康海是陕西籍状元第一人，被誉为"天下惊传得真状元矣"。

康海中状元一举成名，受天下人敬仰，上至公卿大夫，下至亲朋好

第三章 七子风骨及美学渊源

友,无不争先与其来往。但康海中状元时只有二十八岁,朝廷上下的尊崇,天下士人的仰慕,使其愈加地忘我,在与人交往中更不知设防,说话不知忌讳,得罪了不少同僚和上司却又不自知。康海受父亲以及师学的影响,认为名节为重,这让他又不屑于阿谀谄媚、趋奉权贵。在他得罪的人中,尤以大学士李东阳为最。

李东阳作为文坛之首,身居内阁高位,向来以茶陵派自居正统,倡导歌功颂德、粉饰太平、华而不实的台阁体,康海则极力反对这种明初以来奢靡、萎弱的文风,更是与李梦阳一起倡导诗文复古,欲振兴质朴浑厚、针砭时弊的秦汉古风。康海还曾将一篇颇有秦汉之风的《康长公世行叙述》送至馆阁诸公,惹恼了不少馆阁成员。可见康海性格无所顾忌,与那些在官场中谨小慎微、处处看人脸色行事的人迥然不同。

康海的诗篇文章,少有文过饰非之处,大多忠于事实,且叙中有议,饱含爱恨情仇、是非观念,是其真思想、真性情的写照。其中就有一些被馆阁者认为的率直之作,如下面这首五言古诗:

潼关早发

早发潼关道,微风动林木。
长峡百里去,我行正仆仆。
大风变顷刻,万里惨以逐。
树杪闻过沙,何须问平陆。
我口不可开,我身只匍匐。
挽车两少年,行行亦长哭。
云是"阌乡人,先世有官禄。
县官急边粮,十户九逃伏。
里长利赂钱,我故苦独速。
太平做男儿,庸调天亦福。
所恨身不长,筋力易羸蹙。

母寡已十年，萧条但空楼。
有田不得耕，有事在忽倏。
近岁严转输，使者日三复。
迢迢百里途，如历经纬轴。
我喉亢如火，我行迅如鹔。
吏来督我行，跃马恨不骛。
使者讨押钱，鞭挞褫我服。
我冤向欷陈，我泪向天瀑。"
语终心益伤，声舌色犹恧。
我感少年语，涕泪泫如滩。
　　…………
尔居见尔难，不见九边族。
一夫八人管，剥削尽膏肉。
往者禁军出，人家无完畜。
膂力代出役，瘁敝内供谷。
土炕亦见夺，何况妻与仆。
此本无赖子，亡命入军牍。
三帅皆诡随，安知有钤束。
　　…………

　　诗中借少年诉说自家如何受到官吏的剥削、逼迫，通过少年的遭遇反映民间疾苦，揭露社会的黑暗，表达了康海对劳苦大众的同情。诗中对风沙滚滚恶劣环境的描写真实而具体，朴素而有力，动人心弦之余，更是将当地人的贫穷和困苦一览无遗地呈现出来。

三、秦人风骨

　　康海疾恶如仇，藐视权贵，爱憎分明，刚正不阿，颇有秦人风范。对于他所尊敬的前辈和朋友，他爱之至深、以诚相待，甚至可以无视个人

第三章　七子风骨及美学渊源

安危，救人于危难。

正德元年（1506年）冬，左都御史张敷华因上书言时政之弊而得罪刘瑾，刘瑾彼时已把持朝政，于是打算次年春借其他罪名栽赃于他。张敷华曾做过陕西巡抚，因多造福于百姓而受人爱戴。康海尤以其为尊，于是不顾个人安危主动拜见刘瑾，劝刘瑾宽待张敷华。张敷华虽被刘瑾判为奸党，却因此保住性命。

正德元年（1506年），李梦阳因代户部尚书韩文弹劾乱政内臣"八虎"而被降职外调。正德三年（1508年），刘瑾又以其他罪名让李梦阳下了诏狱，欲置其于死地。这时，又是康海出面周旋，拜访刘瑾，才救了李梦阳。当时康海因为多次拒绝刘瑾的拉拢而得罪于他，其恐怕此次再见刘瑾，会遭遇不测，连累家中至亲。但最后思虑二三，康海还是赴约，说动刘瑾释放了李梦阳。

康海之所以能两次成功劝说刘瑾宽待他所深恨之人还能全身而退，究其原因不外乎两点：其一，刘瑾把持朝政，必然要拉拢和培植一些有权势、有名望的人，以此壮大自己的势力，巩固自己的政治地位。康海是他的同乡，更是陕西第一位状元，康海身后的家族背景也为刘瑾所看中，因而多次要将康海收为麾下。其二，康海其人仗义，疾恶如仇，他能公然对抗朝中馆阁大臣，又能为了友人挺身而出，其人格魅力为刘瑾所欣赏。

正德五年（1510年），刘瑾伏诛，朝中开始清算刘瑾党羽，康海名列其中。康海之所以被定为刘瑾党羽，是因为言官认为康海能从刘瑾虎口救下李梦阳，一定与其交往甚密，否则绝无可能；再有，康海曾于正德三年（1508年）冬扶柩西归时被盗贼窃财，而这些财物后来却能获赔，如果不是仗刘瑾之势，失财不可能复得。

这两点原因看似有道理，实际上经不起推敲，明眼人都知道这定是嫉恨康海之人欲加之罪。尽管同在朝堂者均知其冤，但因康海平日得罪者众多，无人施救。此次冤屈后，三十六岁的康海再也无心仕途，结束了短暂的官宦生涯。之后，康海游山玩水，钻研诗文，拜会友人，尤其与同乡王九思志趣相投，于是经常在王九思家乡鄠县（今西安市鄠邑区）一带携歌姬舞女畅饮，创乐曲诗词，又自比乐舞杂耍技艺之人，以此寄托苦闷的心情。

康海归乡后的三十年，也并非全然潇洒度日，事实上，他的晚年屡遭亲人亡故之痛。嘉靖五年（1510年），他的爱婿张之矩于年三十二卒。康海得知，"哀痛彻五内，欲哭声还吞"。

丧婿的悲痛还未抚平，二十二岁的儿子康栗又病故了，这个打击如晴天霹雳，为此他作了一首七言古诗：

九月十九日步过浒西

二十年来百志违，山妻谢去儿复夭。

遗我伶仃乐思无，此身虽存骨肉疏。

....

今日荼毒结我肠，万事讨眼俱草草。

尸骨未寒，悲痛未消，转眼到了十月十日康栗的生日，白发人心如刀绞，于是康海又作五言古诗以悼念自己的骨肉：

十月十日

此日是儿生，今年儿已死。

往昔具酒筵，欢庆溢闾里。

素帷当中庭，凄风荡旌帜。

我泪倏若推，儿音恍在耳。

仿佛六旬人，何意复丁此。

庄生逍遥篇，亦具生死理。

哀哉桥梓心，千古讵能毁。

含痛卧茅茨，不知昼移晷。

这首诗如实地记述了康海此时、此景内心所承受的伤痛和凄苦，诗文本质去雕，返璞归真，但也正是这份真挚才更能打动人。

康海痛失亲人，这让他更加珍惜眼前人、眼前事。在官场时，康海便同王九思交好，二人又一同受刘瑾牵连，相同的命运让两个人走得更近了。罢官返乡后，二人常常一起探讨诗文，更是一道对戏曲音乐进行了大胆改革。

四、醉心散曲

明朝初期，曾有一大批由元入明的散曲家，他们秉持着元代散曲的风格，多崇尚骈俪、风雅，擅长书写一些关于春怨悲秋情怀的散曲。但随着时间的推移，台阁体逐渐兴盛，到成化年间，散曲创作已十分萧条。

到了正德年间，刘瑾擅权，遭受戕害的文人不得已借品竹弹丝抒怀，这反而促进了散曲的复兴。从成化到嘉靖的百年间，散曲作者大批涌现，北派以康海、王九思为中心，会聚了王廷相、何瑭、彭泽、李开先等作曲家，南派则有王磐、陈铎、徐霖、金銮、唐寅、祝允明、沈仕，以及杨慎黄峨夫妇。北派散曲家多曾贵为显宦，后或蒙受冤屈被罢，或经历仕途艰难自请归田。北派散曲与元散曲一脉相承，豪放而质朴。南派成员多为江南才子，他们虽然才华横溢，却无意入仕，因此曲风清俊淡雅、温婉细腻，富有情调。

康海在最初被诬为"瑾党"而返乡后所作的散曲多呈现为反思自己受祸的缘由，常把自己比作历代刚正不阿的典范，如李膺、范滂；后又以阮籍、嵇康等放荡不羁、愤世嫉俗的建安风骨来自比，由此不难看出其本意是借散曲来抒发胸中的怨愤难平。从以下散曲节选便可以看出一二：

[双调·雁儿落带得胜令]
饮中闲咏

数年前也放狂，这几日全无况。闲中件件思，暗里般般量。真个是不精不细丑行藏，怪不得没头没脑受灾殃。从今后花底朝朝醉，人间事事忘。刚方，冥落了膺和滂；荒唐，周全了籍与康。

[仙侣·寄生草]
读史有感

天应醉，地岂迷？青霄白日风雷厉。昌时盛世奸谀蔽，忠臣孝子难存立。朱云未斩佞人头，祢衡休使英雄气。

[北双调·水仙子]
酌酒

论疏狂端的是我疏狂，论智量还谁如我智量。细寻思往事皆虚诳，险些儿落后我醉春风五柳庄。汉日英雄、唐时豪杰，问他每今在何方？好的歹的一个个尽撺入渔歌樵唱，强的弱的乱纷纷都埋在西郊北邙，歌的舞的受用者休负了水色山光。

[北双调·落梅风]
四时行乐词

烧银烛，泛紫霞，沉醉在海棠亭下。想人生好如亭下花，怎支吾雨狂风乍？

从"花底朝朝醉，人间事事忘"，可见作者心中的怨愤之气难以平复；《读史有感》中展现了康海的青云之志，即除尽天下佞人，但其志还未实现便遭到奸臣迫害，只能借此曲来控诉奸佞当道的黑暗社会和天地之不公；《酌酒》中"强的弱的乱纷纷都埋在西郊北邙，歌的舞的受用者休负了水色山光"好似看破了红尘，看淡了名利，感叹有生之年不如尽享人生美好风光，但这只不过是他万般无奈下的聊以自慰；《四时行乐词》中的一句反问，则道破了作者的心境：虽然沉醉芬芳，却难忘前尘过往。这些无一不是在表明康海归乡后的生活看似寄情山水之乐，实则难掩其胸中的意难平、愤难消。

总体来说，在康海罢官之后的三十年中，创作散曲占据了他的大半时间。这个举世闻名的才子，曾经的状元郎，开始在家中自制乐曲，召集演员，改写剧本，改革声乐唱腔脸谱，自操琵琶，有声有色地创建了自家戏班子，人称"康家班社"。

王九思配合他的康家班社，创作出了"慷慨悲壮、喉啭音声、有阳刚之美、有阴柔之情"的"康王腔"。康海的继室张氏出身乐户，能唱能舞，在秦地声名远扬。在她的培养下，康家班社还出了双蛾、小蛮、春娥、端端、雪儿、燕燕等名角。康家班演出自创的戏曲，唱腔舞姿皆受人喜爱，对秦腔发展影响很大。

康海不但进行散曲创作，更精通音律，善弹琵琶，被称为"琵琶圣手"。康海在康家班的基础上还扶持了以张于朋和王兰卿为主的"张家班"，亦称"华庆班"，从那时起，"张家班"代代相传，一直流传至20世纪50年代。可以说，康海为秦腔艺术的发展做出了很大贡献。

第六节　徐祯卿：江南才子

一、屡试不捷

徐祯卿，字昌谷，一字昌国，号"东海散人"。他天性聪颖，擅长文理，人称"家不蓄一书，而无所不通"[1]，早年学文于吴宽，学书法于李应祯。徐祯卿于明成化十五年（1479年）出生于吴县（今江苏苏州）的一个军户家庭，其祖先原籍河南洛阳，明初迁至苏州，至徐祯卿父亲时，又

---

[1] 张廷玉.明史：第5册[M].长沙：岳麓书社，1996：1168.

迁籍太仓。徐祯卿家境贫寒，未见祖父辈有高官厚禄之记载。少时与唐寅、祝允明、文徵明齐名，并称"吴中四才子"。与其他三人相比，徐祯卿相貌一般，行事低调，精于诗歌。在前七子中，徐祯卿是唯一一位南方诗人，他的诗文风格清朗，不仅具有鲜明的吴中风采，还富有强烈的情感色彩，开辟了"因情立格"的古典美学新范畴。

明孝宗弘治三年（1490年），徐祯卿十二岁，因母徐氏卒，作有《与孙生夜话》《先母讳日》等许多追忆母亲的诗文，以表悲痛之情。

虽然徐祯卿在少年时期便展露出过人的才华，因"文章江左家家玉，烟月扬州树树花"之绝句为人称誉，但他早年屡试不第，屡遭父亲责骂，读《离骚》有感，乃写诗《叹叹集》以抒发其怀才不遇之情。

明孝宗弘治十年（1497年），徐祯卿年十九，家居习学，与唐寅、文徵明等吴中名士交往甚密。文徵明在《钱孔周墓志铭》中记录了当时的情景："见辄文酒宴笑，评骘古今。"[1]

明孝宗弘治十四年（1501年），徐祯卿作《江行记》，文中记载他买舟自京口南下，途见金、焦二山，道经仪真（今仪征）横舟渡支硎山，至唐家栖息。岁冬，徐祯卿辞别朱叔英入京，参加第二年春之会试。

明孝宗弘治十五年（1502年），徐祯卿应试不中，返乡。是年，唐寅染病，徐祯卿作《怀伯虎》《简伯虎》《赠唐居士》等诗。

明孝宗弘治十六年（1503年），徐祯卿游太湖西湖洞庭山，作《游洞庭西山诗八首》组诗，并寄于文徵明，徵明一一和之。癸亥冬十月，文徵明游洞庭山东山，作《游洞庭东山诗七首》，寄于徐祯卿，祯卿亦一一和之，二人唱和，后集为《太湖新录》。

二、初入官场

明孝宗弘治十八年（1505年），徐祯卿进士及第。《明史·卷

---

[1] 文徵明.文徵明集[M].上海：上海古籍出版社，1987：756.

二百八十六》有载:"举弘治十八年进士。孝宗遣中使问祯卿与华亭陆深名,深遂得馆选,而祯卿以貌寝不与。授大理左寺副。"是年,徐祯卿与李梦阳结识,切磋诗艺,写下《与李献吉论文书》。徐祯卿听闻鞑靼入侵,官兵抗战不力而败,作长诗《榆台行》,倾泻自己的满腔愤懑与同情。

明武宗正德元年(1506年),新皇祭祀太庙、天地,徐祯卿作《恭阅太庙祭器》《人日柬李员外出陪郊祀》《郊祀礼成退而有作》等诗记录此事。时朝政日非,灾异迭见。徐祯卿不满武宗的昏庸荒诞,作《拟古宫词》(七首),借古讽今。徐祯卿奉命赴湖湘编纂外史,途经汉江之波,沅湘之流,洞庭之湖,云梦之泽,写下《入沛》《彭蠡》《在武昌作》《将发夏口》《与江夏尹钱于舍人于黄鹤楼》《夜泊浔阳》《晓下庐山》《嘉禾道中》《桐庐濑中》《浙江驿下作》《汉阳逢故人》《于武昌怀献吉五十韵》等诗篇。与吴中时期的山水诗相比,这些记游诗篇丝毫不减凄苦幽怨之风,但此时的"幽怨"已带有浓郁的家国情愁。

三、惨遭贬官

明武宗正德三年(1508年),徐祯卿自湖南归京,自选定《迪功集》六卷。毛先舒《诗辩坻》曰:"《迪功集》外复有《徐迪功外集》,皇甫子安为序而刻之者。又有《徐氏别稿》五集,曰《鹦鹉编》《焦桐集》《花间集》《野兴集》《自惭集》。又曰《迪功集》,是所自选,风骨最高。"[①]

明武宗正德四年(1509年),徐祯卿入京,作有《调太学博士》《与太学诸僚宴集》等诗。文徵明《祭徐昌谷文》有云:"用失其才,遂为物忤。太学之迁,寔行其私。人皆君惜,君自谓宜。"[②]

明武宗正德五年(1510年),徐祯卿疾病缠身,时息绝尘机,转志学道,研习养生。

---

① 毛先舒.诗辩坻[M]//永瑢,等.四库家藏:集部典籍概览2.济南:山东画报出版社,2014:526.

② 文徵明.甫田集[M].杭州:西泠印社出版社,2012:325.

四、溘然辞世

明武宗正德六年（1511年），徐祯卿卒于京师，年仅三十三岁。其生前亲友纷纷致哀，文徵明作《祭徐昌谷文》，王阳明作《徐昌国墓志》。

第七节　王廷相："圣贤"为学一道

一、家学渊源

王廷相生于明宪宗成化十年（1474年），开封府仪封县（今河南省兰考县仪封乡）人，祖籍潞州（今山西省长治市）。王廷相祖上长居山西潞州，王廷相的曾祖父王思义仅有一子，也就是王廷相的祖父王实一。王实一与妻子刘氏又仅有一子，即王廷相的父亲王增。

王增于英宗天顺年间，举家迁往河南仪封崇化。在王增之前，王家世世代代为平常人家，自从迁往河南仪封后，世代人才辈出。

王廷相出生时，王家已经搬迁至河南仪封。王廷相虽不是嫡母所出，却是王增的长子，另外有一个兄弟王廷梧。

王廷相幼时天资聪颖，敏而好学，读过之书，皆能了解其中大义。七八岁时，王廷相入私塾学习四书五经，彼时，其启蒙老师李珍对他后来的发展产生了深远的影响。王廷相后来即使官至荣禄大夫、太子太保、兵部尚书兼都察院左都御史掌院事，也对这位启蒙老师念念不忘。

李珍于嘉靖元年（1522年）去世，王廷相正在山东提学副使任上，特为李珍撰写墓志铭：

> 吾师李先生，少笃于学，博览群籍。为举子业，累弗售于有司……退而教授生徒，渺然有终焉之志。……廷相为童子时，曾游先生门下。先

生生无爵,死无谥,恐来者之无述也,乃嘘唏而为之铭。

彼时已贵为山东提学的王廷相仍感念布衣蒙师,为老师的终生潦倒而鸣不平,并亲自为老师树碑立传,可见李珍高尚的品格和渊博的学识在王廷相的脑海中留下了深刻的烙印,也可见王廷相本人是一个品德高尚的人。

王廷相十三岁时,告别李珍,补了弟子员,这时的他已颇具才华。弘治八年(1495年),二十二岁的王廷相参加河南省乡试,中举。第二年,王廷相欲乘胜追击,便参加了会试,结果不第。此番会试失利,让王廷相静下心来,开始反思自己。他先回了老家山西潞州祭祖扫墓,接着拜访族亲、会师访友、聚众讲学,一年后才返回河南仪封家中。

经过几年的沉淀,王廷相于弘治十五年(1502年)进士及第,被选为翰林院庶吉士,步入仕途,这一年,王廷相二十九岁。

二、两次遭贬

弘治十七年(1504年),鞑靼进犯大同等地,边关告急。王廷相针对边关形势,立刻拟了一篇《拟经略边关事宜疏》呈上,他认为备边御戎应该深计远筹,不应该等火烧眉毛了才想着去救火。在这篇上疏中,他提出两大措施:一是"当先馈饷",二是要有"振刷奋激之术"。文曰:

臣以为振刷奋激之术有五:择将才以立兵本,公荐举以杜侥幸,明赏罚以励军士,罢专制以责专统,务攻战以挫虏志。……馈饷足而言兵,则治兵也有本;兵事理而备敌,则御戎也为不疏。

正是此奏章,显示出了王廷相治理军政的才能,于是他受到朝廷器重,被授予兵科给事中一职,然而这个职位他只任了一年。武宗即位,宦官刘瑾一方面提督十二营,提拔亲信,无限制地扩大自己的权力范围,另一方面蒙蔽圣听，使武宗荒淫度日，不理朝政，很快刘瑾独揽大权。

刘瑾排斥异己，罢户部尚书韩文、兵部主事王守仁、工部尚书杨守随、左都御史张敷华等。他当庭杖打给事中艾洪等二十一人，将其贬谪为庶人；将尚宝卿崔璇、湖广按察副使姚祥、工部郎中张炜于下了诏狱；污蔑大学士刘健、谢迁及其他朝廷大臣共五十三人为奸党，并将其赶出京城。

这还不够，正德三年（1508年），刘瑾又下令京官告假违限及病满一年的人统统致仕返乡，共计一百四十六名文武官员受到惩处。同年，他又因一封状告他的匿名信而矫旨令百官跪于奉天门下，借此将五品以下官员共三百多人投入狱中。一时间，宦官专权愈演愈烈，朝廷上下人心惶惶，朝廷内外动荡不安。

在这种形势下，王廷相必然遭受刘瑾的排挤和迫害。正德三年（1508年），刘瑾以王廷相在孝宗弘治十八年间曾因父病逝归家守制为借口，将王廷相贬谪为亳州判官。第二年，刘瑾势力削弱，王廷相才又升为高淳知县，不久又改任监察御史。正德五年（1510年），刘瑾被诛，王廷相升迁陕西巡按。这一年，王廷相对陕西地方的军政事务进行了督察，整治了一大批贪官污吏，对地方行政的建设做出了卓越的贡献，受到了当地官民的爱戴。当时河北刘六、刘七在霸州起义，起义军一度逼近陕西边境。王廷相采取了一系列的戒备措施，发布戒严令，要求各路官员就地驻扎，整措兵粮，还通知陕西各地加紧修筑城垣，临门建吊桥，挑选精装卫士待命上城墙作战。这一连串的军事措施，使陕西境内原本紧张的局势得到缓和。

王廷相很有军事才能，尤其在军事理论方面。从他上书的《论剿流贼用将及将权疏》和《复论诸将剿贼兵略事宜疏》可以看出他的用兵之道既有大致方略，又有特殊灵活的具体方法。

王廷相除在军事方面显露才华，在任人上也不拘一格。正德六年（1511年），巡视山西时王廷相曾提出对"筹策绝人，胆略出众"的下层人士予以提拔。他在颁布整治地方各级官员条约的同时，还严格督促执行，对违纪官吏予以严惩。

正德七年（1512年），王廷相巡视陕西各州县，特别针对"淹禁狱囚"一事进行清查，查处司法官员在受理案件之后，对嫌疑人长期监禁而不判决，或已判决而不执行等贪赃枉法、以权谋私行为。

正德八年（1513年），王廷相任督学北畿，治学严明，其间得罪了一些宵小之辈，于是被人诬告在巡视陕西期间有不法行为，而被捕入狱。后因查无事实，又因吏部尚书杨一清等大臣为其抗疏论救，王廷相于正德九年（1514年）被贬谪为赣榆县丞。

三、圣贤为学

王廷相为官十几载，两次无端受诬遭贬，这对他的打击很大，一时心灰意冷，悲观失望之情无以言表。他在赣榆任县丞期间，写过一首诗，用以抒发当时悲观绝望的心境：

登赣榆城
海气秋偏郁，西风拍岛寒。
古今同逝水，天地此凭栏。
云起连蓬阙，霞归伴彩鸾。
烟波迷万里，何处是长安。

从诗中不难看出王廷相悲观失望的心情，对于一个想做一番事业的人来说，屡遭挫折、两次被人诬告下狱，所遭受的精神打击和人格上的侮辱是令人难以接受的。但王廷相是个有理想有抱负的人，他也是个现实主义者，他很快便从苦恼中解脱出来，积极投身繁忙的政事。

武宗正德十一年（1516年），王廷相升迁为宁国知县；次年，又升迁为松江府同知，同年再次擢升为四川按察司提学金事。连连擢升，这对于王廷相来说是个极大的鼓舞。这一年，他写下《苦旅赋》，在序中言及自己对往事的不堪回首和对未来的踌躇满志。

王廷相经过两次蒙冤入狱后，开始偏重督学兴教。事实上，从王廷相初入仕起，就一直热衷学校教育和人才培养。早在武宗正德元年（1506年）任兵科给事中时，他就曾应邀为山阴县教谕张纶作墓志铭，对忠于教育事业、为人师表的教师予以褒扬。

在被贬谪亳州期间，他还创办国书院学堂，亲自教授生员，培养出了一批有才华的学生。后来即使被贬至赣榆县丞，他也仍努力振兴教育、培养人才，最终改变了自明朝建立以来赣榆无科第的状况。

他在连连擢升、踌躇满志之时，开始反思当时教育制度的弊病。明朝的学校教育受科举制影响极大，科举考试是朝廷选拔官吏的主要途径，而学校教育围绕科举考试展开。

正德十二年（1517年），王廷相任四川按察司提学佥事，对当时四川的学校教育进行了一定程度的改革，还颁布了《督学四川条约》（以下简称《条约》），该《条约》能全面反映王廷相的教育思想。条约写道：

近岁以来，为之士者，专尚弥文，罔崇实学；求之伦理，昧于躬行；稽诸圣谟，疏于体验；古之儒术，一切尽废；文士之藻翰，远迩大同。已愧于明经行修之科，安望有内圣外王之业？

王廷相认为，学校办学的目的应该是"求有用之才，赞无为之治"，因此他制定出了要求学校师生"协心勉力，一体遵守"的教学戒条，该《条约》总共二十余条，涉及教学目的、教学内容、学习方法、师生守则、品行修养等。为了将来能经国济世治天下，学生必须"为有用之学"，做到学以致用。

为了做到学以致用，王廷相特别提出"治己之学"，并认为学生若能在学习上做到"有用"和"治己"，将来必能成就大业。《条约》写道：

今后诸生立心，务期以忠信诚敬为本；言一言，必在于是；行一事，必在于是。久久涵养之深，必致德性淳厚；以之处己，必无过差；以之处人，无不感格。更能度之义，处之公，行之恕，济之谦和，则行无不得，而圣贤同归矣。故治己之学，诸生各宜勉之。

《条约》中还明确规定了具体的学习内容和方法，对于学生学什么和怎么学做了详尽的规定。该《条约》不但有力地改善了当时的学风，而且对后世产生了一定的影响。之后很长一段时间，人们都将此《条约》当成教学规范，且它的意义甚至超出教育范围，成为人们的行为道德规范。

王廷相任四川督学满四年，便被升任为山东提学副使。在山东督学期间，依然致力振兴当地学校教育，成绩斐然，深受人们爱戴。明世宗嘉靖二年（1523年），王廷相升湖广按察使，这一年，王廷相五十岁。

四、功成名就

五十岁的年纪，正值事业上升期，王廷相对将来的仕途信心满满，更把这次升迁当作自己从政生涯的重要转机。为此，他感慨万千，遂写了一首诗：

五十赴官

一官将白首，名字落人间。
直道晚成宦，劳生多苦颜。
兹游方浩荡，何日遂高闲？
素业黄河曲，云松久闭关。

对于王廷相而言，他的仕途之路尚算顺遂，相较于明前七子的其他人，他没有遭受太大的挫折，因此他相信人间尚有正气，自己也生出了一身凛然正气。这样的心理暗示，让他对前途充满了信心，对社会、对朝廷充满了希望，而这种心理暗示也让他的前途一片光明。

嘉靖三年（1524年），五十一岁的王廷相再次得到升迁，成为山东布政司右布政；嘉靖六年（1527年），擢升为四川巡抚右副都御史。其间，四川发生暴动，王廷相奉命征讨，不久便平息了暴动，因而他再次获得升迁。嘉靖七年（1528年），王廷相升任兵部右侍郎，后又转任兵部左侍郎。

王廷相任兵部侍郎时，发现御马监勇士多系无籍游食、冒名顶替之徒，导致人员增加、开销增大，管事人员对此却视若无睹，于是王廷相开始大力清算核查勇士名额，并奏上。

另外，任职期间，王廷相看到各地灾荒不断，百姓流离失所，甚至饿殍遍野、易子而食，于是总结历代赈灾经验，提出"义仓之法"，规定如下：

如一村社居民，大约二三十家，定为一会。每月二次举行，各以人户上中下等则出米，收贮一处。积以岁月，所蓄必富。遇有荒歉之年，百姓自相计议而散。

"义仓之法"既能免去官府的烦恼，又能切实让百姓得到实惠，即使遇到水旱之灾，也不致使百姓流亡、饿殍遍野。于是，朝廷很快采纳了王廷相的建议，下令在各地按照"义仓之法"建立乡社义仓，大大增强了百姓自身抵御自然灾害的能力。

嘉靖九年（1530年），王廷相升任南京兵部尚书。任职期间，他"申号令，省冗费，清占役，宿弊尽除"，为保一方平安，做了不少实事，受到当地军民的高度赞扬。

嘉靖十二年（1533年），王廷相升任都察院左都御史掌院事。到任不久，他便对御史出巡的职责做出了明确规定，并以此作为考察差回御史的依据。他提出御史出巡的职责有六项：其一，除奸革弊；其二，申冤理枉；其三，扬清激浊；其四，及时勘合公事，依期完报；其五，清修简约，镇静不扰；其六，与其他官员相互和谐。

王廷相的做法深得嘉靖皇帝的赞许。随后，王廷相又在此基础上增列三事，将巡视仓库、巡察盗贼、抚恤军事增列其中，这便是有名的《遵宪纲考察御史疏》，遂使台政改观，朝野肃然。

嘉靖十三年（1534年），王廷相升任兵部尚书，提督团营，任理都察院事务。嘉靖十五年（1536年）加太子少保。针对"团营废坠，兵制侵驰"之弊，呈《修养团营事宜疏》，提出选军、惜马、训练等改革措施。至嘉靖十八年（1539年），王廷相又加太子太保，多次充任殿试读卷官，任职期间揭发严嵩、张瓒等人专权误国之举和"奔竞之风"。

嘉靖后期，嘉靖皇帝开始沉迷方术、懈怠朝政，满朝惶恐却不敢言，只有王廷相冒死相谏，虽然嘉靖皇帝收回成命，却也对王廷相心生不悦。嘉靖二十年（1541年），王廷相受郭勋案牵连，被免官还乡，这一年他已是六十七岁的老人。或许他对自己这一生已无憾，于是闭门著书，名为《归田稿》。

嘉靖二十三年（1544年），王廷相病逝，享年七十岁，葬于仪封城东，谥号"肃敏"。

第四章　诗文创作风格与审美特点

明弘治、正德年间，以李梦阳为代表的文人掀起了"文必秦汉，诗必盛唐"的复古浪潮。明前七子以汉魏盛唐诗文为主要参照，探求古典诗歌中的高雅审美特质。尽管他们的作品中有模仿的痕迹，但大部分作品都蕴含着真挚的情感、高雅的韵味和博大的精神境界。

第一节　李梦阳开"情文并茂"之风

明前七子中，李梦阳以卓然的才华、刚正不阿的品行和铮铮的气节，被誉为"前七子之领袖"。他大力弘扬传统儒家的教化精神，以复古号召变新，试图通过诗文运动来提振士人精神；他的诗歌和文章崇尚真性情，坚决抵制华而不实的台阁体，开"情文并茂"之风。

一、直指现实，辛辣讽刺

李梦阳一生创作的诗歌有千余首，这些诗歌不仅形式多样，且内容丰富，然无论是七言五言、律诗绝句，还是咏古感今、描摹风情，无不以情动人，且诗文间总能流露出浓厚而粗犷的秦人豪放之风格。

君马黄

君马黄，臣四骊，飞轩驶骏交路逵，锦衣有曜都且驰。前径狭以斜，曲巷不容车。攘臂叱前兵，掉头麾后驱：毁彼之庐行我舆！大兵拆屋梁，中兵摇楣栌，小兵无所为。张势骂蛮奴：尔慎勿言谍者来，幸非君马汝不夷！

李梦阳擅长模拟《诗经》汉乐府的现实主义传统，尤其借《诗经·秦风》来抒怀个人遭遇，借乐府指摘时弊，揭露社会黑暗。《君马黄》就是一首乐府诗，描写的是锦衣卫前呼后拥的嚣张场面。锦衣卫主子高坐马车之上，大兵、中兵、小兵则前呼后拥，一行人浩浩荡荡、不可一世。他们遇墙拆墙、见屋拆屋，气焰如此嚣张，行人见了不得不闪避，老百姓敢怒不敢言。这篇乐府诗将明代中叶宦官特务机构霸权的横行街市、扰民生事的丑恶行径以辛辣的讽刺手法表现出来。

对《君马黄》进行字频分析可以看出，"兵"字共计出现 4 次，"君""马""不""前"各出现 2 次，其他字各出现 1 次。"兵"字在诗文中之所以多次出现，不仅是作者刻画现实的需要，还是悲剧性审美范畴的重要体现。从美学视角来看，悲剧是通过社会上新旧力量的矛盾冲突而产生的，显示新生力量与旧势力的抗争，在一定时期内，经常表现为丑对美、恶对善的暂时性压倒，而诗文中"兵"的飞扬跋扈与百姓的敢怒不敢言形成了鲜明的冲突。可以看出，李梦阳将这一情感状态描写得十分具体且直接。

叫天歌

弯弓兮带刀，彼谁者子逍遥。牵我妻放火，我言官府怒我。彼逍遥者谁子，出门杀人，骑马城市。汝何人，谁教汝骑马？持刃来，持刃来！彼杀我父兄，我今遇之，必杀此伧。彼答言：奉黄榜招安。嗟嗟！奈何奈何！彼不有官：饥官赈之，出有马骑。我有租有徭有役，苦楚胡

第四章 诗文创作风格与审美特点

不彼而？

《叫天歌》将打着赈灾和安民旗号实则杀人放火、无恶不作的官员罪行暴露无遗，通过简单的对话无情揭露其嚣张的气焰。这些官员打着抚民的幌子却干着扰民、伤民的事情，地方官员不但不加以劝诫，反而助纣为虐，使得百姓苦不堪言，生活雪上加霜。

以上两首诗李梦阳作于正德初年，彼时武宗皇帝不思朝政，导致宦官专权、政治腐败、社会黑暗。官场上刚正不阿的良臣屡屡遭受迫害，奸佞小人当道，一时间人们敢怒不敢言，唯独李梦阳身处黑暗，却敢于真实反映社会现实，这是当时包括李东阳为首的馆阁朝臣在内的所有文学流派想做而不敢去做的。李梦阳这种勇于直面现实、敢于指摘时政的精神，也反映在他的诗文创作中，因而他的诗歌往往能表现出秦人粗犷豪放的真性情和雄浑之美。

二、开秦风，反映战争残酷

秦风的形成是有其历史根源的。秦地近边陲，常年饱受西方游牧民族的侵扰。这种危急境况，使秦人养成了"尚武德""尚气概"的风范。但直到明代中期以后，秦陇地域的诗风才正式形成，借李梦阳、康海、王九思等秦陇人士以"文必秦汉，诗必盛唐"为号召才得以发扬并产生广泛影响。

李梦阳有大量反映战争、徭役和赋税致使人民苦不堪言的诗文，这使得李梦阳的诗歌由宦官乱政、朝政黑暗逐渐扩展到家国天下、黎民百姓身上。李梦阳的这种诗歌填补了明代诗歌创作的一大空白，无论是他之前还是之后，明代都鲜有这类诗文创作。

从军四首（其一）

汉虏互胜负，边塞无休兵。

壮丁战尽死，次选中男行。
白日隐碛戍，尘沙惨不惊。
交加白骨堆，年年青草生。
月黑夜鬼哭，铁马声铮铮。
月黑夜鬼哭，铁马声铮铮。
开疆愁未已，召募何多名？
萧萧千里烟，狼虎莽纵横。
哀哉良家子，行者常吞声。

《从军四首（其一）》从严格意义上说也是模仿汉乐府民歌而作。明朝自永乐帝开始，帝王好大喜功、一味开疆拓土导致连年征战，无数良家少壮子弟战死沙场，白骨交加，其场面惨绝人寰。

屯田二首（其二）

日落苍天昏，奔驰吏下屯。
扬言科打使，论丁不论门。
老军出听卯，老妇吞声言。
边城寡机杼，耕种育儿孙。
诛求余粒尽，竭力拳孤豚。
昨当统管来，宰剥充盘飧。
言既复长号，吏去收他村。

这首诗真实地再现了租税的苛重、屯吏的贪婪致使屯垦的老军人因负担不起苛税而被锁入狱的悲惨现实。

野战

盗贼乾坤满，纵横野战悲。

第四章 诗文创作风格与审美特点

随城严戍鼓,平地有旌旗。
树燕闲相逐,垣花寂自垂。
诸君大河北,捷报几时知?

《野战》生动地描述了一场人民起义军奋起反抗的局面。这首诗胜在没有描写正面征战,而是将起义军一方的赫赫军威及其对官府形成的震慑着力刻画出来,侧面反映明朝正德年间的政局动荡、社会不安定。

朝饮马送陈子出塞

朝饮马,夕饮马。
水咸草枯马不食,行人痛哭长城下。
城边白骨借问谁,云是今年筑城者。
但道辞家别六亲,宁知九死无还身。
不惜身为城下土,所恨功成赏别人。
去年贼掠开城县,黑山血迸单于箭。
万里黄尘哭震天,城门昼闭无人战。
今年下令修筑边,丁夫半死长城前。
城南城北秋草白,愁云日暮闻鸣鞭。

《朝饮马送陈子出塞》是一首描写现实的长篇歌行,讲述了在连年征战的背景下,百姓饱受徭役之苦、征战之灾的故事。诗人不但赋予这首长诗以外在的复古形式,而且为诗歌注入了内在的复古精神,这种觉悟在整个明朝诗歌中都具有很强的思想性。

除此之外,李梦阳的一些具有边塞风情的诗作也大多寄托了诗人对永无休止的战争的厌倦,以及对长期戍边、有家不能回的将士们的同情,如:

环县道中

西人习鞍马，而我惮孤征。
水抱琵琶寨，山衔木钵城。
裹疮新罢战，插羽又征兵。
不到穷边处，那知远戍情。

这首诗并没有描写战争给百姓带来的灾难，而是以情动人，以自身体会表现了诗人对战争的忧患之情。

除此之外，李梦阳还有一些诗篇具有强烈的现实性和针对性，如《悯灾歌》《苦旱歌》，均真实地记录了他在江西的所见所闻，无情地揭露了士兵行径之残暴，百姓处境之艰难，具有深刻的批判意义。

三、直抒胸臆，感喟人生失意

李梦阳入仕十几载，为官清廉耿直，个性倔强执拗，因此常常得罪权贵，一生三下诏狱，最后免官返乡，他是抱有满腹冤屈和人生遗憾的。因此，他一生所作的千余首诗歌中，有很大一部分是用来抒发他对封建统治者的失望和对人生失意的伤怀的。这类诗往往更能体现李梦阳的创作风格，即直抒胸臆，涌动着强烈的感情色彩。

自从行

自从天倾西北头，天下之水皆东流。
若言世事无颠倒，窃钩者诛窃国侯。
君不见奸雄恶少椎肥牛，董生著书翻见收。
鸿鹄不如黄雀啅，盗跖之徒笑孔丘。
我今何言君且休！

《自从行》是一首七言歌行，以庄子曾言"窃钩者诛，窃国者侯"来

第四章 诗文创作风格与审美特点

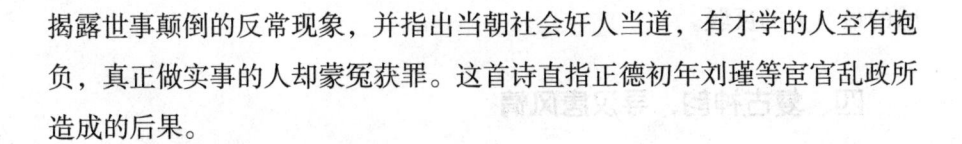

揭露世事颠倒的反常现象,并指出当朝社会奸人当道,有才学的人空有抱负,真正做实事的人却蒙冤获罪。这首诗直指正德初年刘瑾等宦官乱政所造成的后果。

君不见赠郑庄

君不见,江上雁,嗷嗷唤俦侣。
劲羽轻毛常趁风,往来漂泊如羁旅。
男儿落地既有身,谁能龊龊犹妇人。
怀中有剑亦不贫,吴下阿蒙君莫嗔。

这首《君不见赠郑庄》大有杜甫歌行体的韵味,寄托了诗人满腹才华不得施展,壮志难酬的愤恨之情。

朱迁镇

水庙飞沙白日阴,古墩残树浊河深。
金牌痛哭班师地,铁马驱驰报主心。
入夜松杉双鹭宿,有时风雨一龙吟。
经行墨客还词赋,南北凄凉自古今。

《朱迁镇》可以作为李梦阳这类诗的代表。这首借景抒情的七言诗,曲折地借岳飞的遭遇流露出自己对当朝的不满,无论是政治局势还是社会风气,都让诗人的人生充满坎坷。这首诗切实触及了诗人内心深处对人生无以言表的苦闷和迷惘。

在李梦阳一生所作的千余篇诗作中,虽然用以痛斥时弊、直抒抱负的诗作并不算多,但难能可贵的是,这样流露真性情、能够反映社会现实、触及政治腐朽本质的诗作在整个明朝都鲜少见。正因为这样,它们才更能体现李梦阳诗歌创作的价值,也是对当时诗歌创作只重辞藻而忽略情感的最有力的反驳。

四、复古神韵，寻汉唐风情

在李梦阳的诗文中，不难看出《诗经·秦风》和古乐府的痕迹，亦能从其散发出来的气韵中找寻到李梦阳对杜甫、韩琦、范仲淹等人的崇敬之情，这让他的诗气象开阔。

李梦阳除主张"文必秦汉，诗必盛唐"外，还推崇杜甫诗歌的"史诗"精神和忧国忧民的济世情怀。杜甫的诗因敢于直面人间疮痍、揭露黑暗时弊、抒写民生疾苦而充满爱国的热情和真挚的性情，这种美大气雄浑、波澜壮阔。李梦阳承其风韵，所作诗歌在整个明朝也难能可贵，体现出了别具一格的气象美。

李梦阳在一首《韩范祠》中表达了他对韩琦、范仲淹的敬仰之情。韩琦、范仲淹是宋代著名政治家，因都有过驻防庆阳（梦阳祖籍地），抗击西夏、守卫边防的经历，备受秦陇之地人民的爱戴，陇民更是为其立祠堂以表纪念。李梦阳则为该祠堂作诗一首，即《韩范祠》。

韩范祠

范公人物当三代，韩相元勋定两朝。
延庆曾连唐节度，生平不数汉嫖姚。
一封攻守安边策，千岁威名破胆谣。
郡府城南双庙貌，异时追慕此情遥。

另外，从李梦阳的诗中能明显感到他对秦陇之地的偏爱，如他的诗中总是充满了对秦陇之地的意向描写，如关山、华岳、陇坂、塞外、孤烟、大漠、朱圉山、积石山、鸟鼠山等具有鲜明的秦陇特征的意象；对古往今来秦地著名的人物也多有歌咏，如扶苏、傅介子等。对秦陇地区和历史人物的感怀，既体现了他忧国忧民的大家情怀，又令诗歌充满秦风之朴

第四章　诗文创作风格与审美特点

素雄浑之美。李梦阳总能用寥寥数笔便勾勒出秦陇地域辽阔、雄浑苍茫的气象，让人读之心生向往。

李梦阳作为明前七子的领袖，其诗文代表着一种有别于馆阁盛行的诗文创作风潮，又因他性格和人格所体现出的魅力，其诗文又不同于明代中原、江南士人的诗文风范。他的创作情文并重，他的诗歌气象开阔，诗文中所隐藏的思想深度更超越当时的社会文化语境所赋予的内容，因而其呈现出来的美学特点自然也别有一番风味。

此外，李梦阳还主张向唐诗学习，并创作有"效李白体四十七首"。这不仅是由于李梦阳与李白有着相似的性格特征，如恃才傲物、不畏权贵，还因为李梦阳有着对汉魏文学传统的尊崇和对李白古诗的热爱之情。李梦阳在其生前即编成的诗文集《空同集》中明确标有"效李白体"的地方有两处：一是卷十六的五言古体四十七首，二是卷十八的七言古体十七首。这些诗中有与李白诗歌题材相同的同题之作，如《怨歌行》《少年行》《长干行》《邯郸才人嫁为厮养卒妇》《野田黄雀行》等，也有注重学习李白诗艺术风格的不同题作品，如送别酬答之作等。李梦阳的《空同集》卷十六"五言古体"中的"效李白体四十七首"有普通古体、乐府及送别酬赠之作，其具体篇目、题材内容和创作时间，如表 4-1 所示。

表 4-1　李梦阳"效李白体四十七首"[①]

诗题（体裁）	题材	写作时间
沐浴子（旧题乐府）	咏物	不详，疑为正德九年（1514年）后闲居开封时作
怨歌行（旧题乐府）	宫怨	不详，疑为正德九年（1514年）后作
少年行（旧题乐府）	游侠	不详，疑为正德九年（1514年）后作

[①] 郝润华.从"效李白体四十七首"看李梦阳对李白的接受[J].首都师范大学学报（社会科学版），2016（5）：109-121.

续表

诗题（体裁）	题材	写作时间
长干行（旧题乐府）	闺怨	不详，疑为正德九年（1514年）后作
宋中诗（五言古体）	咏物（六鹝）	不详，疑为正德九年（1514年）后作
河上公（五言古体）	怀古	不详，疑为正德九年（1514年）后作
邯郸才人嫁为厮养卒妇（旧题乐府）	宫怨	不详，疑为正德九年（1514年）后作
送友人入关（五言古体）	送别	疑作于正德十三年（1518年），友人或为何景明
送李生京试歌（五言古体）	送别	疑作于正德十二年（1517年），李生疑为李士允
送友人之京三首（五言古体）	送别	疑作于正德十二年（1517年），李生疑为李士允
春日柬王相国（五言古体）	赠答	疑作于正德九年（1514年）至嘉靖初期闲居开封时
避暑（五言古体）	闲情	疑为正德九年（1514年）后作
畲园夏集赠鲍氏（五言古体）	赠答	作于嘉靖元年（1522年）闲居开封时
赠鲍演二首（五言古体）	赠答	作于嘉靖元年（1522年）
把酒（五言古体）	闲情、思乡	疑为正德九年（1514年）后作
赠张生二首（五言古体）	赠答	作于正德五年（1510年），张生即张含
别田进士（五言古体）	酬赠、抒怀	正德三年（1508年）作于京都，田进士即田汝籽
岁暮夜怀寄友二首（五言古体）	酬赠、怀人	疑为正德九年（1514年）后作
冬日夷门旅怀（五言古体）	纪行、思归	疑为正德九年（1514年）后作
行歌古泽中二首（五言古体）	纪行、咏怀	疑正德末年闲居开封时作
结客行席上赠洪生（旧题乐府）	赠答	作于嘉靖初年闲居开封时

续表

诗题（体裁）	题材	写作时间
故人殷进士特使自寿张来兼致怀作仆离群远遁颇有游陟之志酬美订约遂有此寄（五言古体）	赠答、怀人、咏怀	正德十年（1515年）冬闲居开封时作，殷进士即殷云霄
纪梦（五言古体）	写景、怀人	疑作于正德九年（1514年）后闲居开封时
大雾翟左二子来访（五言古体）	写景、咏怀	嘉靖二年（1523年）作于开封
翟生苦节尚志人也迹从余河之上余嘉敬焉作诗以赠（五言古体）	赠答、咏怀	嘉靖二年（1523年）作于开封，翟即翟缵
晋州留别州守及束鹿令用李白崔秋浦韵（五言古体）	酬赠、写景	疑为正德九年（1514年）后作
客过属骤雨过（五言古体）	闲适、写景	正德后期作于开封
程生游华山归也夸我以观动我以灵篇爰赠此章抒我夙愫（五言古体）	赠答、写景	正德后期作于开封，程生即程诰
怀湘曲（自创诗题，五言古体）	怀人	疑作于正德九年（1514年）后闲居开封时
猎雪曲二首（自创诗题，五言古体）	闲适、写景	正德后期作于开封时
浉溪吟（自创诗题，五言古体）	写景	疑作于正德九年（1514年）后闲居开封时
送藩幕张君入朝（五言古体）	送别	疑作于正德九年（1514年）后
赠程生之南海（五言古体）	送别	疑作于正德九年（1514年）后
近竹吟（自创诗题，五言古体）	咏物	疑为正德九年（1514年）后作
水司陶君种桃柳成各有诗予和二首（五言古体）	唱和、写景	嘉靖三年（1524年）作于开封，陶君即陶谐
赠谢子二首（五言古体）	赠答、友情	疑为正德九年（1514年）后作
相逢行赠袁永之（五言古体）	赠答、友情	嘉靖七年（1528年）作于开封

李梦阳创作"效李白体四十七首"的实践，虽不能一一被详细考证，但据各诗的大意推测，大多创作于明武宗正德后期至明世宗嘉靖初年，他在江西遭解职后闲居开封时。这一时期，李梦阳生活较为安逸、自由，是他创作力较为旺盛的时期。"效李白体四十七首"虽在李梦阳现存的诗中所占的比重微乎其微，但从时间上来看，却反映了李梦阳晚年的诗歌创作情况。

从表4-1中可以看出，"效李白体四十七首"中收录的乐府诗大部分是旧题乐府，通过描写男女情感来隐喻自己的坎坷遭际，如：

岂念蓬首女，含情怨朝阳。(《沐浴子》)
忧来抱团扇，扬鞶望丹阙。(《怨歌行》)
生憎汉相如，白首文园里。(《少年行》)
一朝意相迕，弃掷如秋蓬。(《邯郸才人嫁为厮养卒妇》)
川原望不极，愁思满归谋。[《行歌古泽中二首（其二）》]

送别酬赠诗的字里行间则体现了诗人豁达的性格和珍重友情的心绪，如：

万动纷华里，一杯聊自持。(《近竹吟》)
罗浮绿发人，思之我心忉。[《赠谢子二首（其二）》]
道同心乃冥，神投谊难乖。(《相逢行赠袁永之》)
安能振衣去，共尔追群仙。(《程生游华山归也夸我以观动我以灵篇爰赠此章抒我夙愫》)

李梦阳在个人创作中践行着宗唐复古的创作理念，但他并没有一味地进行"拟古"与"摹古"的形式主义创作，而是在前人创作的基础上进行了革新。"效李白体四十七首"便是这一思想的直接体现。李白擅长古

第四章 诗文创作风格与审美特点

体诗创作,其诗歌也常常以宫怨、闺怨、游侠、友情、送别、怀人等为主要题材,但李梦阳的"效李白体四十七首"与李白的诗文还是有一些不同的,如表 4-2 所示。

表 4-2 "效李白体四十七首"与李白诗文的对比 ①

诗题(体裁)	与李白诗的关系	题材同异
沐浴子(旧题乐府)	李白有《沐浴子》,表现归隐的思想	咏物(异)
怨歌行(旧题乐府)	李白有《怨歌行》,表现宫女失宠	宫怨(同)
少年行(旧题乐府)	李白有《少年行二首》,歌咏少年豪侠	游侠(同)
长干行(旧题乐府)	李白有《长干行二首》,写女子之痴情,其二宋人以为李益作	闺怨(同)
宋中诗(五言古体)	白李咏物诗中有"中流漾彩鹢,列岸丛金羁"之句	咏物(同)
河上公(五言古体)	李白有《赠卢征君昆弟》,此诗盖仿作	怀古(同)
邯郸才人嫁为厮养卒妇(旧题乐府)	李白有《邯郸才人嫁为厮养卒妇》,咏宫女怨情	宫怨(同)
送友人入关(五言古体)	仿李白《送友人》	送别(同)
送李生京试歌(五言古体)	效李白以乐府赠别,如《送赵云卿》	送别(同)
送友人之京三首(五言古体)	"与君何处别,汴州金梁桥"化用李白《送韩准裴政孔巢父还山》中的"今晨鲁东门,帐饮与君别"	送别(同)
春日柬王相国(五言古体)	效李白古体赠答	赠答(同)
避暑(五言古体)	"避暑空林酌,行歌采绿薇"化用李白《春日游罗敷潭》中的"行歌入谷口,路尽无人跻"	闲情(同)

---

① 郝润华.从"效李白体四十七首"看李梦阳对李白的接受[J].首都师范大学学报(社会科学版),2016(5):109-121.

续表

诗题（体裁）	与李白诗的关系	题材同异
畚园夏集赠鲍氏（五言古体）	"得意时自笑，冥哉尘外情"化用李白《赠丹阳横山周处士惟长》中的"当其得意时，心与天壤俱"	赠答（同）
赠鲍演二首（五言古体）	"纵酒见天真"来自李白《笑歌行》中的"君爱身后名，我爱眼前酒"，以及《赠清漳明府侄聿》中的"心和得天真"	赠答（同）
把酒（五言古体）	"把酒望天地，邈然无可亲"来自李白《春日独酌二首（其二）》"横琴倚高松，把酒望远山"	闲情、思乡（异）
赠张生二首（五言古体）	具有李白赠答诗的一般特征	赠答（同）
别田进士（五言古体）	具有李白赠答诗的一般特征，其中"不共眼前酒"化用李白《笑歌行》中的"君爱身后名，我爱眼前酒"	酬赠、抒怀（同）
岁暮夜怀寄友二首（五言古体）	具有李白赠答诗的一般特征，其中的"虽持一杯酒"，化用李白《送赵云卿》（一作《赠钱徵君少阳》）中的"白玉一杯酒，绿杨三月时"	酬赠、怀人（同）
冬日夷门旅怀（五言古体）	"行子念归旋，朔风莽悲吟"模仿李白《秋夕旅怀》中的"凉风度秋海，吹我乡思飞"	纪行、思归（同）
行歌古泽中二首（五言古体）	与李白古体风格相似，"行歌入雾林"化用李白《春日游罗敷潭》中的"行歌入谷口"	纪行、咏怀（同）
结客行席上赠洪生（旧题乐府）	"翩翩紫骝马，灿灿云花袍。结客梁州市，倾心赠宝刀"化用李白《结客少年场行》中的"紫燕黄金瞳，啾啾摇绿鬃。平明相驰逐，结客洛门东"	赠答（异）
故人殷进士特使自寿张来兼致怀作仆离群远遁颇有游陟之志酬美订约遂有此寄（五言古体）	具有李白赠答诗的一般特征	赠答、怀人、咏怀（同）

第四章　诗文创作风格与审美特点

续表

诗题（体裁）	与李白诗的关系	题材同异
纪梦（五言古体）	与李白古体诗风格类似	写景、怀人（同）
大雾翟左二子来访（五言古体）	与李白《古风》相类似，其中"白日堕空冥，天地安在哉"化用李白的《古风(其五十八)》"神女去已久，襄王安在哉"	写景、咏怀（同）
翟生苦节尚志人也迩从余河之上余嘉敬焉作诗以赠（五言古体）	具有李白赠答诗的一般特征	赠答、咏怀（同）
晋州留别州守及束鹿令用李白崔秋浦韵（五言古体）	李白有《赠崔秋浦三首》	酬赠、写景（同）
客过属骤雨过（五言古体）	与李白古体风格相类似	闲适、写景（同）
程生游华山归也夸我以观动我以灵篇爰赠此章抒我夙愫（五言古体）	具有李白赠答诗的一般特征	赠答、写景（同）
怀湘曲（自创诗题，五言古体）	以美人喻友，委婉表情，正得李白诗之宗旨	怀人（同）
猎雪曲二首（自创诗题，五言古体）	有李白游侠诗的风格	闲适、写景（同）
浉溪吟（自创诗题，五言古体）	与李白古体风格相类似	写景（同）
送藩幕张君入朝（五言古体）	具有李白送别诗的特征	送别（同）
赠程生之南海（五言古体）	具有李白送别诗的特征	送别（同）
近竹吟（自创诗题，五言古体）	与李白古体诗风格相类似	咏物（同）
水司陶君种桃柳成各有诗予和二首（五言古体）	与李白古体诗风格相类似	唱和、写景（同）
赠谢子二首（五言古体）	与李白赠别诗相类似	赠答、友情（同）
相逢行赠袁永之（五言古体）	李白有两首《相逢行》，皆咏男女爱情	赠答、友情（异）

可见，在李梦阳的诗文理论中也能看到其借复古求创新，以达到诗文革新的目的。

第二节　接迹风人《明月篇》——何景明的美学坚持

明月篇

长安月，离离出海峤。
遥见层城隐半轮，渐看阿阁衔初照。
激滟黄金波，团圆白玉盘。
青天流景披红蕊，白露含辉泛紫兰。
紫兰红蕊西风起，九衢夹道秋如水。
锦幌高褰香雾浓，珂闹斜映轻霞举。
雾沉霞落天宇开，万户千门月明里。
月明皎皎陌东西，柏寝岩峣望不迷。
侯家台榭光先满，戚里笙歌影乍低。
濯濯芙蓉生玉沼，娟娟杨柳覆金堤。
凤凰楼上吹箫女，蟋蟀堂中织锦妻。
别有深宫闭深院，年年岁岁愁相见。
金屋萤流长信阶，绮栊燕入昭阳殿。
赵女通宵侍御床，班姬此夕悲团扇。
秋来明月照金微，榆黄沙白路逶迤。
征夫塞上怜行影，少妇窗前想画眉。
上林鸿雁书中恨，北地关山笛里悲。
书中笛里空相忆，几见盈亏泪沾臆。
红闺貌减落春华，玉门肠断逢秋色。

春华秋色递如流,东家怨女上妆楼。
流苏帐卷初安镜,翡翠帘开自上钩。
河边织女期七夕,天上嫦娥奈九秋。
七夕风涛还可渡,九秋霜露迥生愁。
九秋七夕须臾易,盛年一去真堪惜。
可怜扬彩入罗帏,可怜流素凝瑶席。
未作当垆卖酒人,难邀隔座援琴客。
客心对此叹蹉跎,乌鹊南飞可奈何?
江头商妇移船待,湖上佳人挟瑟歌。
此时凭阑垂玉箸,此时灭烛敛青蛾。
玉箸青蛾苦缄怨,缄怨含情不能吐。
丽色春妍桃李蹊,迟辉晚媚菖蒲浦。
与君相思在二八,与君相期在三五。
空持夜被贴鸳鸯,空持暖玉擎鹦鹉。
青衫泣掩琵琶弦,银屏忍对箜篌语。
箜篌再弹月已微,穿廊入闼霭斜辉。
归心日远大刀折,极目天涯破镜飞。

何景明作为明前七子之一,与李梦阳并称"文坛领袖"。他的诗取法自汉唐,尤其此《明月篇》颇具初唐四杰的创作风格,因此其被视为学习初唐四杰的典型代表。

何景明早期曾追随李梦阳倡导"文必秦汉,诗必盛唐",二人也因此主张和其创作成果先后成为当时的文坛领袖。但随后何景明在此基础上提出不同的论调,认为诗文创作不必完全模仿李白、杜甫,更应该注重革新,由此李梦阳、何景明二人发生分歧。《明月篇·序》和《明月篇》的创作代表着这一分歧的开始,是何景明诗文风格的转折点。

一、通过《明月篇·序》指摘杜甫歌行体

虽然《明月篇》历来被视为何景明学习初唐四杰的典型,但是《明月篇·序》在当时的文坛和后来诗评史上的影响更甚过前者。对于杜甫的歌行体,何景明在《明月篇·序》中明确提出了批评,并将其归类为"变体"。

(一)《明月篇·序》歌行体的创作思想

何景明在早期同李梦阳一起主张"文必秦汉,诗必盛唐",这本身就是对宋朝以来所盛行的重说理、轻情思的诗文进行的尖锐批判。何景明赞扬李梦阳提出的"高古者格,宛亮者调",认为诗文创作应当强调法度格调。因此,古体诗歌和歌行体诗歌一度受到何景明的青睐。

何景明之所以选择乐府歌行体,主要有两方面的原因:一是歌行体本就源于汉魏乐府歌行,十分符合何景明、李梦阳所提倡的"秦汉"之风;二是较其他诗体而言,歌行体由于句式铺排、转韵灵活,更有利于情感的畅快表达,有利于他们所提倡的"重情反理"的主张。

在《明月篇·序》中,何景明认为杜甫的诗"风人之义或缺""反在四子之下",如此批判杜甫,又如此推崇初唐四子,这在当时文坛和诗史上都不常见,因而《明月篇·序》在当时引起的反响之大可见一斑。这篇序也为《明月篇》的创作提供了灵感与启发。在《明月篇》中,何景明对于韵、意象的运用甚至篇名拟定等方面也都表现出尊崇更具"古意"的初唐四杰,以及对其"节奏可歌"的致敬。

(二)杜甫歌行"变体"观

何景明从"诗本性情之发"的观念出发,认为杜甫歌行乃"诗歌之变体",尖锐地指出杜甫歌行"致兼雅颂,而风人之义或缺"。有学者认为,这里的"风人之义"是对杜甫歌行内容的批判,但纵观全序的表达可

以发现，它实际指的是诗歌的表达方式。何景明认为，《诗经》中的风诗部分居于六艺首位，对于情感的抒发较为含蓄，结构形式错落有致。而杜甫歌行诗主要抒发对社会现实的感悟，在个性化情感的表达方面较为缺失，这明显与诗歌的抒情性质相悖。何景明性格含蓄内敛，因而他认为杜甫情感浓烈、意境深沉、不以含蓄悠长见长的诗风是一种诗歌的"变体"，也就不足为奇。

何景明对于杜甫歌行"变体"一说，还有另外一种解释，即"辞固沉著，而调失流转"。这表明何景明对于"调"在诗体中的表现是更为在意的。这里的"流转"主要是指诗篇的转韵和可歌性，这也是歌行遵循音乐性的重要体现，杜甫歌行却有意打破这一节奏定式，大都采用统一声韵，没有节奏上的变化，从而淡化了"可歌"的属性。何景明对此持怀疑态度，更偏爱隔句押韵、婉转可歌的初唐四杰歌行。

二、《明月篇》中的美学理想

（一）《明月篇》的特色书写

《明月篇》从诗文体裁上看，属于长篇七言歌行。全文共计四百九十四字，意象妍丽、场景丰富，描绘出一幅独具特色的美学画卷。诗文首先通过对长安夜空一轮皎洁月色的描绘，营造出一种清幽雅静的氛围，随后镜头由远及近，将视线拉近至笼罩在绚丽月色之中的万家灯火，它们仿佛也如月光般安静祥和。"青天流景披红蕊，白露含辉泛紫兰""雾沉霞落天宇开，万户千门月明里"这几句便是美学形式中自然美的直接体现。何景明通过对自然景观与社会环境的描写，营造出具有鲜明生动形象感和较高审美价值的意境，为下文抒发人的悲欢离合做了铺垫和对比。诗人运用从天空到地上再到城中阁的空间移动手法，使得情感流露也呼之欲出。

随后，场景定格在闺阁中，何景明将历史上的著名女性故事按时间顺序串联起来，进而发出感叹——无论是富贵人家还是普通百姓人家，不同女性都抒发着各自不同的思念之情。其中，"凤凰楼上吹箫女，蟋蟀堂中织锦妻"与"赵女通宵侍御床，班姬此夕悲团扇"主要表达了官宦权贵中女性的思想情感。前两句出自箫史教秦穆公之女吹箫作凤鸣，随夫乘龙凤而去的典故及前秦钦州刺史窦滔之妻在锦布上织绣回文诗以表达对丈夫思念之情的故事；后两句引用昭阳殿中受汉成帝宠爱的赵飞燕和受冷落的班婕妤的故事。而"未作当垆卖酒人，难邀隔座援琴客"与"江头商妇移船待，湖上佳人挟瑟歌"则是对普通女性倾诉相思哀怨的真实写照。不仅如此，诗中对于牛郎织女典故的引用更使思念之情增添了些许哀愁。这种不可言状、含有缺憾感的美，应该就是悲剧美。这种悲剧性的情境能够给人们带来强烈的震撼和共鸣，让人们在心灵上产生一种别有韵味、凄怨空寂的艺术美感受。

何景明在《明月篇》中不仅塑造出各种具有思念之情的女性形象，而且对身处异乡的游子、戍边战士形象有着深入刻画。"上林鸿雁书中恨，北地关山笛里悲"，鸿雁来寄，戍边战士在明月下倍感思乡，却只能吹起玉笛以纾解自己心中的离愁别恨。

《明月篇》无论在时间维度上，还是在空间维度上，都有着较大的跨度。何景明以"思"为创作主线，塑造出各种立体化的人物影像和场景要素，使得全篇渗透出秀气俊亮的美学风格。

（二）清俊风格的理性抒情

《明月篇》虽是何景明崇慕四子的抒情之作，不但在风格形式上尽力向四子靠拢，而且在表现内容上采用了四子常用的宏观叙事绘景方式，但他吸取前人创作精神而"不仿形迹"，着眼于创新的理性抒情，这也是大多数人评其"不善言情"的主要原因之一。受李白诗风的影响，何景明同样希望能够在创作上体现出一种革新精神，以求得在创作上的突破，因而何景明论诗主张可以"不守章句"以达到"宏伟之观"的目的。

从《明月篇》的内容上看，何景明一方面通过景物的细致描绘烘托思念的情感，另一方面对情绪的表达进行淡化处理，当情生于景时又以景移情，使情绪的抒发并不十分热烈，而显得十分含蓄有度。"青衫泣掩琵琶弦，银屏忍对箜篌语。箜篌再弹月已微，穿廊入闼霭斜辉"便是这种情绪收放的最佳写照。这种张弛有度的变化与美学理念中提到的由"统一与变化"所产生的形式美感不谋而合。因此，与其说何景明"不善言情"，不如说其诗文具有含蓄有度的理性抒情美学特征更为恰当。

纵观《明月篇》，该诗文的结构形式具有鲜明的古乐府遗风，内容丰富，歌调清秀，韵律婉转，是何景明"秀朗俊逸"创作特征的重要体现，显示着他独特的美学思想。除《明月篇》之外，何景明还有很多体现这种美学特征与理性抒情的诗篇。例如，《塘上行》诗篇以明快的风格、新颖质朴的语言成为当时诗歌领域的一大革新成果。再如，《秋江词》词句秀丽，格调清新，情韵顿挫，对前人有所借鉴，有所融合，但更多的是创新。何景明在借鉴前人优秀诗作的基础上，大胆创新以求得进步，这一理念在现代的生活与工作当中也是值得人们学习与深思的。

此外，对《明月篇》进行字频分析，可以得出字频的排序，如表4-3所示。

表4-3 《明月篇》的字频排序

关键字	出现次数
秋	7
上	7
玉	6
月	5
流	5
青	4
天	4

续表

关键字	出现次数
相	4
九	4
可	4
夕	4
此	4
女	4
里	4
金	4

　　根据表4-3，全诗意象名词"秋"字共出现7次，"玉"字出现6次，"月"字出现5次，"天"字出现4次，动词"上"出现7次，"流"出现5次，色彩字"青""金"各出现4次。

　　在我国古代的诗文中，"秋""月""玉"等字无不与惆怅、悲凉等情感相关，这些字共同营造了一种艺术境界，一种美好而意味深长的意境。这种意境从美学角度分析，体现着诗人重要的美学思想。因为意境具有生动的形象，包含着诗人的深厚情感，同时具有唤起人们情感的特征。何景明对"秋""月""玉"等景物的描写体现着他丰富的审美想象，并且他在此基础上开拓出新的审美意蕴，构筑出新的审美意象。可以说，这种审美意象为后文描写各种女性的离别场景起到了很好的铺垫作用。"青""金"等色彩词的运用，能让读者在品读的过程中，不自觉地想象和理解作品所营造出来的意境美。

　　何景明在这首诗中描写了各种怨女的愁思之情，既泛写富家夫妻之别，也写寒门的离别，既写天上嫦娥的无可奈何，也写人间班姬的悲怨之情，用词造句平实精当。这些字词的选择离不开作者情感的抒发。从美学角度分析，一方面，情感是审美心理中较为活跃的因素，从审美感知开始,情感因素便介入其中,使审美过程呈现出感情色彩;另一方面,情感是感知和想象的动力,推动着整个审美活动的发展。因此,这首诗中还运用了许多双声叠韵的字词来强化这种情感,如"濯濯""娟娟""年年岁岁"等词,"紫兰红蕊西风起""书中笛里空相忆""春华秋色递如流"等句均与前句之语词重复,在诗意上前后呼应。还有一种发语词相同的叠句,如"可怜扬彩入罗帏,可怜流素凝瑶席""此时凭阑垂玉箸,此时灭烛敛青蛾"等。这些词式、句式,既加强了语气,突出了诗人的感情焦点,又使读者在反复咏叹中感受到一种流转往复之美,荡气回肠,使人为之陶醉。

三、何景明的其他诗文创作

(一)忧国忧民之作

与李梦阳相比,何景明的诗文作品数量虽不及李梦阳,但有些篇章的质量却高于李梦阳,如:

玄明宫行
君不见玄明宫中满荆棘,昔日富贵今寂寞。
祠园复为中贵取,遗构空川孽臣作。
雄模壮丽凌朝廷,远势连袤跨城郭。
忆昨己巳年来事,秉权自倚薰天势。
朝求天子苑,暮夺功臣第。
江艘海舶送花石,戚里侯门拥金币。
千人力尽万牛死,土木功成悲此地。
碧水穿池象溟渤,黄金作宫开日月。
虹蜺屈曲垂三梁,蛟龙盘拏抱双阙。
城中甲第更崔嵬,亲戚弟兄皆阀阅。
撼里歌钟宾客游,排门冠剑公卿谒。

生前千门与万户，死时不得一丘土。
石家游魂泣金谷，董相然脐叹郿坞。
宫前守卫无呵呼，真人道士三四徒。
石户苍苔生铁锁，玉阶碧草摇金铺。
星宫昼开见行鼠，日殿夜祷闻啼狐。
游客潜窥翠羽帐，市子屡窃金香炉。
桑田须臾变沧海，桃树不复栽玄都。
我朝中官谁最贵，前有王振后曹氏。
正统以前不得闻，成化之间未有此。
明圣虽能断诛罚，作新未见持纲纪。
天下衣冠难即振，中原寇盗时复起。
古来祸乱非偶然，国有威灵岂常恃？
玄明之宫今已矣，京师土木何时止？
南海犹催花石纲，西山又起金银寺。
君不见金书追夺铁券革，长安日日迎护敕。

何景明在该诗中通过描写玄明宫当日之侈丽及刘瑾倒台后迅速倾圮的情景，揭露权贵给百姓带来的深重灾难，讽刺其佞佛祈福之愚蠢可笑。李梦阳虽也有诗作进行了这样的描写，但他止步于此，而何景明对此进行了更深层次的分析，指出刘瑾之所以能手握大权是因为武宗的昏庸（诗中的"明圣"具有反讽意味），因此，从这一层面上看，何景明的作品更具有现实意义。

何景明也有许多模仿前人作品的诗作，如《大复集》的前三卷是赋，第四卷则全部是模仿《诗经》的四言诗；第五、六两卷都是仿乐府杂调辞的作品，共八十三首；第七、八、九三卷也都是仿汉魏六朝古诗而作的五言古诗。他的大量五言律诗，则以模仿初唐诸家为主，又带有一些齐梁五言古诗的风味。

（二）闲适山水之作

何景明也有清新明快、寄情山水的诗作，这些作品大多描写自然景物，反映闲适生活，如：

片片白鸥鸟，看人队队飞。沙头莫相认，与尔久忘机。[《雨后十首（其七）》]

草阁散晴烟，柴门竹树边。门前有江水，常过打鱼船。[《小景四首（其二）》]

雨花风叶总堪怜，海燕江鸿各渺然。莫向高楼空怅望，暮蝉多在夕阳边。[《秋日杂兴十五首（其二）》]

碧沙青泥俱可怜，白鲢赤鲤不论钱。莫叹邻翁生计拙，买船沽酒过年年。[《溪上水新至漫兴四首（其四）》]

在这些诗中，无论是描写乡村静美的风光、鸟儿自在的生活，还是描写雨中花叶、纯朴风情、夕照蝉鸣等内容，都给人一种纯净之美、清新之感，这也体现出何景明诗歌清新飘逸的特色。

第三节　王九思以诗文寄托情怀

一、《渼陂集》与《渼陂续集》

《渼陂集》收录王九思诗文百余篇，主要包括杂记、赠序、碑传、书信等多种创作体裁，富有情感色彩和审美价值，能够充分体现其文学成就。该诗集体现着王九思"诗学靡丽，文体萎弱"的风格特征，从形式内容上看，亦与其他六子一样，以秦汉古文为综。但《渼陂集》标志着王九思创作风格和诗歌内容正在悄然发生转变,他的创作视野不再拘泥于狭小空间,创作风格也由典雅工丽转向格高古厚、淳朴情真。

虽后世对王九思的诗、文、词、曲有着不同的评价,但王九思更偏爱以诗人自居,可见王九思对诗文创作的重视。例如,他在《渼陂续集》中的一首诗:

吟诗

吟诗四十载,学海足生涯。
汉魏二三子,唐人几百家。
捻髭空锻炼,得意漫矜夸。
不见少陵老,情真语自佳。

由此可见,王九思对诗文追求之执着。王九思在诗文方面总体上是继承儒家正统诗论,尊崇汉魏盛唐诗文传统,主张"言志""缘情",注重诗歌思想内容和艺术形式的美。

在"缘情"方面,王九思在"寄情山水""风流潇洒""闲情逸致""乡野风情"等诗文风格中,能够做到景无情不发,情无景不生,以情景交融、心物融合而生意象,并将其升华为独特的意境,如:

无题

寂寞西风翡翠楼,黄昏斜抱玉箜篌。
彩鸾影逐秦箫断,红叶心随御水流。
天外行云难入梦,手中团扇易惊秋。
愁来只恐嫦娥笑,明月疏帘不上钩。

该诗文受茶陵派的影响,文风华丽,用语精妙。王九思虽对这种形式颇为不屑,但他在该诗文中将格律上的美感和个人情感完美地融合在一起，使其具有一种绚丽温婉而又深邃悠远的意境美。

在"言志"方面，王九思有着壮年罢归、隐居乡野几十年的遭遇，具有怀才不遇、壮志未酬的复杂情感。《渼陂集》中的《周将军歌》《卖儿行》等作品中，都有王九思关心兴亡、同情疾苦等思想情感。这些诗文中不乏"言志"和"载道"的意味，尤其是一些哲理诗，可能会让人有"山中宰相"的错觉，但其并没有"发乎情，止乎礼义"的思想。

二、王九思诗风的蜕变

（一）追求情韵——罢官前的诗风

罢官前包括王九思身为布衣与入仕为官两个阶段。王九思为布衣学子时就已经写下了大量诗文，但此时他所创作的诗文并未收录于《渼陂集》《渼陂续集》中，这可能是因为他认为这一时期的诗作并无较大价值。史料记载，王九思在弘治九年（1496年）秋登进士科，此时台阁体追求的平正典丽的美学光环正在逐渐褪去，开始兴起以李东阳为代表的崇尚音律与法度的诗文"规制"，但朱彝尊将以李东阳为代表的茶陵派归类于台阁体的余脉，他认为在该种诗体的发展上，李东阳和杨士奇颇具代表性。此时王九思的诗文与李东阳较为类似也无可厚非，他将诗文局限于宫廷生活或周围环境，甚或有"高风远韵"的"吟咏性情"之作。比如，《渼陂集》卷五中的一首诗：

川扇

谁剪巴江一片秋，天风吹落凤池头。

浣云香护蛮笺小，湘雨寒分翠黛愁。

明月随人光欲满，彩鸾归院影还留。

几回梦醒诗成后，遍倚层霄十二楼。

该诗词语精妙,对仗工稳,写景抒情,从诗的内容和流露的思想来看,具有清新典丽、雅致抒情的风格特征,可见茶陵派对王九思诗风影响之大。类似的诗还有《阁试十六夜月》《阁试秋声》《暮春即事》《晴起》等。

王九思在朝为官多年,交友广泛,常有宴会赠答、祝寿自寿之作。此时,王九思的诗文富丽华瞻,已显露才华,他期望得到士人的认同和权贵的赏识,如:

答太微夜坐之作

君有枯桐片,遗音识者稀。
故将流水调,来向子期挥。
夜静花浮月,风回鹤款扉。
赏心犹未厌,独坐岂怀归。

这首诗运用精致华丽、装饰性强的词语抒发了诗人知音少的苦闷,表达了自己与友人之间的情感如同俞伯牙与钟子期之间的知音之情。

王九思还写有许多祝寿的诗文,有的描写寿宴的宏伟场面,如"天上云璈忽一奏,花下板舆时往还"(《唐虞佐母寿诗》);有的表达儿子对母亲的孝敬之情,如"赞成莱子孝,雅称伯鸾心"(《张时济母寿词》)。此外,王九思还写有很多自寿诗,这些诗文生动地表达了自己对融洽和谐生活的享受和安逸之情。

(二)娴雅蕴藉——罢官后的诗风

王九思在正德五年(1510年)致仕,其诗文中有志于社会、文坛风气变迁的思想也开始逐渐发展转变,内容涉及身世感叹、借物咏怀、畅叙友情、伤时忧民及田园乐趣等,可谓在思想境界上有很大的提升和延伸,其诗文的情感内容主要包括以下三类:

1. 寄情山水，隐逸田园之作

王九思罢官后，主要描写归隐田园的闲适生活，但他的诗文中又蕴含着复杂的思想情感，如下面这首描写春天山间的雪景的诗：

暮春南山见雪

青皇且辞驭，南山郁未雷。
狂飙振庭柯，夕雨寒凄凄。
迟明纵遐瞩，雪巘皓崔巍。
春服不御寒，纩絮乃可携。
北斗酌元气，寒燠随所跻。
休咎各有徵，古训谁其稽。

王九思在该诗文中因暮春雪景触景生情，表达了对人生意义的思考和对自然田园生活的热爱。

整体来看，王九思此类诗文大致可分为两种。第一种是刚罢免后的诗作，此时他积极进取，内心充满希望和斗志，在寄情山水的同时抒发人生感叹。

晚游东园

白日匿苍巘，东园流轻飙。
徘徊荡离忧，衣袂凉飘摇。
时经潦雨后，四顾成萧条。
茂草被修径，崇垣委深坳。
况闻禾稻伤，兼睹群贼骄。
华胥遽难即，天阍亦迢遥。
孤臣煎百虑，感叹变二毛。

<blockquote>
安得生羽翮，随风以游遨。
</blockquote>

该诗文主要描写王九思晚游东园时的所见所想。一场大雨过后，满园一片颓废萧条的景象，茂盛的野草埋没了园中小径，坍塌的矮墙填满了泥坑。他看到此景联想到自己不幸的遭遇，继而产生复杂矛盾的情感，自己期望施展抱负却无人征召，只能"百虑"而变老。

由此可见，此时王九思的诗文显得有所羁绊，不够洒脱，颇有踌躇犹豫之意。但随着年龄的增长，特别是在多次丧失出仕机会后，最初的进取心志逐渐消失殆尽，他的诗文开始显露出释然与洒脱，这是他后期田园之作的另一种诗风，如：

<blockquote>

遣愁

岩穴终归郑子真，豪华不慕楚春申。
终南夜绕淮南梦，白阁晴连紫阁春。
出谷莺声能唤友，衔泥燕子远看人。
寻常已脱浮名累，未必他乡绊此身。
</blockquote>

王九思在诗文中引用郑子真安贫乐道终未离开褒谷去做官，春申君虽做出巨大贡献却最终落得身首异处的两个历史典故，说明脱去"浮名"未必不是一件好事，以一颗平静的心态处世才能感受到"莺声唤友""燕子看人"的美好。

2. 忧民伤时，存史纪事之作

王九思回归田园之后，仍十分关注普通百姓的生活。他的诗文中既有对百姓生活风调雨顺的喜悦，又有对百姓遭受干旱洪涝的忧心忡忡，如：

第四章 诗文创作风格与审美特点

久雨四首（其一）

秋禾烂死不可救，田父伤心只泪流。
恰似天公无管束，雨师恣意声飕飕。

王九思在这里主要感叹阴雨连连给百姓带来的灾难与痛苦。而雨逢其时的，他就万分欣喜，描绘出另一番景象，如：

喜雨

去年五月雨全稀，五月今年大雨飞。
未耜候晴争播谷，园亭觉爽笑更衣。
巢莺无语深愁湿，梁燕将雏已并归。
行见闾阎回菜色，秋风禾黍各依依。

因为雨水恰逢其时，农事紧张有序，各种景物在王九思的笔下富有诗意且充满生活希望，喜悦之情溢于言表。王九思后半生的诗文创作正是处于这种矛盾的心理之中，既有心怀天下的忧国忧民，又有渴望闲适生活的美好向往。而正是这种矛盾统一的复杂情感使得王九思的文学精神和诗美趋向不断升华。他用这种方式在诗文中彰显着自身的人生价值和美学思想。

另外，王九思还有一些记录社会事件、反映社会问题的诗文，如：

马嵬废庙行

秋风落日马嵬道，道南废庙颜色新。
立马踟蹰问野叟，野叟须臾难具陈。
请予下马坐树底，展转欲语还悲辛。
正德丙丁戊己年，寺人气焰上薰天。
寺人原是马嵬人，大筑栋宇求福田。

马嵬镇里东岳祠，一时结构何参差。
渎神媚鬼意未休，浸淫及汉寿亭侯。
方岳郡县为奔走，檄官牒吏争出头。
占民畎亩不与直，费出帑藏多蠹贼。
工徒淋漓血满肤，昼夜无能片时息。
东楼西观对南山，巍巍新庙落何棘。
木偶尽是金缕纹，驿车挽载自京国。
翩翩羽客招呼至，考钟击鼓空坐食。
更有文章颂功德，穹碑大书为深刻。
我本田家孟诸野，但认犁耙字不识。
往往才士过吟哦，尽道台臣与秉笔。
听来依稀记姓李，云是文章名第一。
豪华转眼不足恃，乾坤变化风雷异。
寺人已作槛中囚，道路忽传邸报至。
百姓欢呼羽客走，殿宇尘生谁把帚。
当日台臣尚秉钧，寄语县官碑可掊。
横曳碎击亟掩藏，至今文石埋郊薮。
予闻野叟言，坐来生感激。
赫赫台臣苟如此，寺人微细何嗟及。
月明骑马陟前冈，仰天一笑秋空碧。

  这首诗再现了正德年间宦官刘瑾篡权作乱的社会事实，对那些趋炎附势、见风使舵的小人行径进行了无情的批判与讽刺，对百姓的不幸遭遇充满怜悯之情。

  3. 愤世嫉俗，抒怀怨愤之作

  王九思的诗文与他在壮年无故遭贬有着密切关联，过早遭受官场上的挫折使他心中充满悲愤和不满。他的诗文中充斥着愤世嫉俗的牢骚和哀怨伤怀的悲叹，如：

感愤诗二首（其一）

二仪无易位，白日有蔽亏。
人心不相谋，忠信乃见疑。
周公翊王室，反用流言为。
骨肉尚有然，何况行路儿。
千载鸱枭篇，感怆令心悲。

这首诗深刻地表达了王九思对黑暗官场的不满，对忠臣遭遇诽谤的"悲怆"，抒发了自己遭遇排挤后的悲愤情怀。又如：

杂诗十四首（其十二）

神驹日千里，产自渥洼浔。
龙种岂数有，间世未易寻。
驽骀骜康庄，鸣銮气骎骎。
伯乐久已徂，王良非其任。
老骥伏槽枥，踯躅有哀音。

这首诗描写伯乐"已徂"，不再有像伯乐一样的相马师能够慧眼识才，也不再有王良那样的御马师能够很好地驾驭人才，自己只能埋没在茫茫人海，终老一生且得不到赏识，表达了自己怀才不遇、壮志未酬的苦闷之情。

王九思诗风的转变在很大限度上与李梦阳、康海等人提倡的"真情"写作有着密切关系。比如，他在《秋夜燕集诗序》中论述道：

盖闻孔父之遭程子,则晤言终日;吉甫之赠申伯,则雅咏盈篇。故投于谊者繁契合之惊,敦于情者多述衷之词。《易》称断金之利,《诗》借伐木之喻,斯理之固然,非可以伪合而强致者也。若乃面而弗心,则马牛之风殊;未同而语,则瑟竽之调乖,又岂有此唱彼酬,棐然连帙者乎?

由此可见王九思对诗文中真情抒发的重视。王世贞在《明诗评》中对此有评:

揽丽藻之景,抒凄郁之抱,按锦泻珠,良足悲赏。诗格浑浑,中岁仿何李,如优孟孙叔容笑,颇似暮年,率易遂露本色。

这里说王九思在中年以李梦阳和康海为模仿对象,他的诗风颇有暮年经历沧桑的古朴浑厚之感,这不得不归功于李、康的影响。

关于王九思的诗风,康海在《对山集》卷三《渼陂先生集序》中有着如下评价:

予观渼陂先生之集,其叙事似司马子长而不屑屑于言语之末,其议论似孟子舆而能从容于抑扬之际,至其因怀陈致,写景道情,则出入乎风雅骚选之间而振迅于天宝开元之右,可谓当世之大雅,斯文之巨擘矣。

这是对王九思诗文风格的高度总结,并给予其很高的历史赞誉。王九思不仅认同康海所指出的写文章要用心表达且言之有物,而且要有个人的见解。作为复古思潮同人,王九思的诗文也是从模仿古人开始的,但在晚年时期他对七子诗文复古的观念有所反思,认为在学习古人的同时,还应进行自我创新,最终取得了"自成一家之言"的成就。

三、王九思诗文的美学特征

从美学的观念分析,王九思有着独特的审美视角。美学观念中较为基础的心理反应是感觉,而感觉是人们对审美事物产生的一种感情和情绪。因此,从这一意义上看,王九思有着对自然和社会的丰富感受,这为其积累了丰富的情感基础和鲜活的审美体验。

(一)苍凉悲切,意境浑厚——悲壮美

前七子的复古主张为"文必秦汉,诗必盛唐",王九思在这一思想的指导下,在创作时也多效仿汉魏和盛唐的作品,因此他的诗文具有苍凉悲切、意境浑厚的美学特征,如:

短歌行

来日无多,驱车下坡。
请子饮酒,听我短歌。
山则有杨,川则有梁。
鸱枭啄食,鸿雁翱翔。
夭夭园桃,春风扇和。
有酒不饮,当奈子何。
黄金千镒,白璧十双。
心之弗乐,不如御觞。
中谷有兰,言采其幽。
美人不见,实繁我忧。
酒极则乱,乐极则悲。
日中而昃,月盈而亏。
矫矫神龙,变化风云。
严冬雨雪,蛰藏其身。

> 籊籊竹竿，亦钓于水。
> 小人乘时，君子循理。

诗文开始两句"来日无多，驱车下坡"便奠定了整体悲凉的基调，如果心中感到不快乐，就算"黄金千镒，白璧十双"又有什么用呢？不如饮酒排忧，可饮至极致，更添烦愁悲凉。王九思指明"乐极则悲"这一主题，体现着"悲壮美"的精神实质。从审美的角度上看，痛苦和庄严能够给人们带来悲壮的体验，而王九思诗中所描绘的"杨""鸿雁"等意象则是能够让人感受到悲壮美的核心要素。例如，前文提到的《马嵬废庙行》便采用对比的手法，写马嵬废庙的今昔变化，之后详细描述这种变化的原因、经过及百姓的遭遇。这首诗在空间和时间上的跨度都很大，悲壮雄浑的意境跃然纸上。悲壮美是人类诞生发展的永远审美取向。王九思在诗文中把对生活的思考寄寓在形象的刻画之中。

（二）质朴清新，不事雕琢——简约美

简约，是指文人通过文艺作品表情达意时所采用的一种简洁精练的写作方式。之所以称为简约，就在于其表现形式具有简洁、不繁杂的特性。这是一种对高雅美的追求，主要通过深刻的构思，将要表达的思想条理化，然后锤炼出恰当的词语和句式，用简约质朴的语句表达丰富的思想内容。王九思的一些诗文用语简单朴实，少有华丽的辞藻，甚至近似白话，却能传达深刻的思想，如上文提到的《久雨四首（其一）》中"秋禾烂死不可救，田父伤心只泪流"两句，采用简单通俗的语言表现了秋雨泛滥给百姓带来的灾难。这类作品还有《看花九首》《画竹四首》《闻雁二首》等，他采用朴实的语言描绘细致的景物，表达了出对闲适的情趣生活的追求与喜爱。

第四节 诗必盛唐——边贡领"神韵"之渐

一、崇经复古的诗学理论

1496年,边贡进士及第之后留任京师,后又与复古派领袖李梦阳结识,逐渐成为人们所熟知的前七子之一。边贡的诗学主张主要有以下几点:

(一)明确的宗法对象

《华泉集》(卷十四)《题空同书翰后》有云:

鲁公圣于书者也,子美圣于诗者也,李子兼之,可谓豪杰之士已矣。今之学者之为诗若书,莫不曰:乃所愿则学李子也,及其成也,弗颜、弗杜,则顾曰:非我也,天也,嗟乎!诗有宗焉,曰"三百篇";书有祖焉,曰虫沙、鸟迹,斯李子之学矣。今之学者求颜、杜于李子,无乃已疏乎!古之人有言乎:"取法乎上,仅得乎中。"斯李子之谓矣!正德丁丑冬十一月朔旦华泉子边某题。

边贡认为,李梦阳兼具颜真卿书法和杜甫诗歌之长,如果文人仅仅想要通过师法李梦阳去刻意学颜、仿杜,这种做法反而离颜、杜更远。边贡指出,诗歌以"三百篇"为宗,它是诗之祖,书法以"虫沙、鸟迹"为宗,而李梦阳所学习的便是"诗之祖""书之祖",就如古人曾言的"乎取法乎上,仅得乎中"。边贡认为只有学习"诗之祖""书之祖",对自己高标准严要求,才能取得如李梦阳一样的成就,这与李梦阳在《与周柞书》中的"学不师古,苦心无益"的论调较为类似。李梦阳的这种文学理论在很大限度上是受严羽的影响。严羽论诗重在兴趣、格调，以妙语言诗，其最终落脚点为以盛唐为法，他在《沧浪诗话》中指出"盛唐诸人，惟在兴趣"。李梦阳在这一观点上是与严羽的思想一致的，他认为学古诗应既重视古格古调，也不可偏废情感。边贡对李梦阳的这种理论基本上是持肯定态度的。

（二）文以道为，道以六经为

在复古内容上，边贡主张"文以载道"。他认为，衡量文章好坏的标准是"道"，衡量道的标准是"六经"。正如《华泉集》（卷九）《送杨氏子入武学序》所言：

夫文亦有的焉。曰：道也者，文之的也；六经者，道之的也。晰于理以正其志，放于文以真其体。参之史以验之，博之诸子以贯之，夫如是，有不审固者乎？有不百发百中者乎？

从该文可以看出，在处理道与文之间的关系上，边贡将文的功用置于"文以载道"之上，也就是说，他对文章所表达的思想内涵更为重视。正如边贡学习李杜，并不是简单模拟其字句，而是学习他们诗中体现出的美学风格。

边贡强调诗歌内容要有真情实感，如他在《华泉集》（卷十）《涉封君挽诗序》有言：

其言弗情也，其音弗哀也，其读之者弗可观也，其闻之者弗可兴也。嗟乎！是"咏物"而已矣。今之为挽诗者，类焉。

边贡指出，诗歌的本质应当是情感的表达，如果诗中缺乏情感，就无法触动读者的心灵，只能算是对事物的简单描述，严格来说，这样的作品不能被称为真正的诗。尽管边贡此处主要讨论的是挽诗，但这一观点同样适用于其他体裁的诗歌。

（三）"奇以正为本"的诗歌思想

何景明与李梦阳都认为古今之间有某种固定的规律，这可能限制了诗歌情感的真挚表达。对此，徐祯卿主张诗的结构应当基于情感，并为情感所服务；同时，诗的内容应决定其形式。然而，边贡提出了"坚守正道，从中发现新奇"的不同观点。他在《华泉集》（卷十四）《题史元之所藏沈休翁高铁溪诗卷》中有着这样的论述：

> 兵法有奇有正，诗法亦然，而知者寡矣。休翁、铁溪，固诗家之登坛者也，由今观之，盖高得其奇，而沈得其正。世之论诗者多厌正而喜奇，喜奇则难矣，正固不易造也。奇非正，则多失；正非奇，则苴然不振，其病均耳。守之以正，而时出其奇，非老将孰能当之！元之总戎，固熟于兵法者也，间以其余力发之于诗，骚坛诸将莫敢不敛衽焉。

边贡认为，兵有法，诗亦有法，兵法有奇正，诗法亦然。诗歌创作不仅要继承传统，而且要求新求变。只有"守之以正，而时出其奇"，才是诗歌创作的路径。这里的"正"并不局限于诗歌内容，而是指广义上对诗歌的学习与创作态度。因此，"守正"意味着对传统诗歌的熟练掌握，"出奇"则是在此基础上，追求形式、内容上的变化。由此可以看出，边贡在诗歌创作上所持的观点是"奇"以"正"为基础，既不能脱离"正"的根本，一味推陈出新，又不能故步自封，缺乏变通，因为一味守正，没有创新，就会使诗作缺乏活力。

二、边贡的主要诗文作品

(一)"延伫独含情"的送别之作

边贡的文学成就主要集中于诗歌创作,其中送别、怀人、赠答、唱和的诗篇占有很大比重,且大多表达与朋友之间的真挚感情。例如,他在《送周判官》中对胸怀大志而晚岁得官的周判官充满怜惜之情,抒发与友人离别之情:

> 一官成晚岁,共惜子云才。
> 驱马国门路,北风声正哀。
> 山形横塞起,边色映空来。
> 感慨登临处,残阳照古台。

边贡通过描绘苍茫的自然景物烘托自己与友人真挚深厚的情感,动人心扉。再如,《春日寄南曹故人》同样抒发自己对南京故友的深切情感,字里行间充溢着寂寞伤感的情绪。这也使读者感受到边贡的这些书写友情的诗文之所以难能可贵,离不开一个"真"字。

春日寄南曹故人
> 白门杨柳石桥边,尚忆金陵吏隐年。
> 独夜有怀通梦寐,五云回首隔风烟。
> 凤凰台古江应绕,鸤鹊楼高月自悬。
> 省寺故人元不少,南音谁附北鸿传。

明代初期以"三杨"为代表的台阁体常常为了应制或者交往而创作大量诗文,这导致他们的诗歌缺乏真实情感,显得平淡无趣。前七子的核心人物李梦阳，也曾盲目尊古而导致诗作"情寡"，故李梦阳在晚年时期表示悔悟。

可见，在这样的时代背景下，边贡所写的充满真挚情感的诗文显得尤为难得。他的诗不仅表达了对才华未被重用的遗憾，对仕途的艰难和对国家的忧虑，而且深入地反映了社会的现实，因此具有很高的思想价值。例如，在《送人出都（其二）》这首诗中，他既赞美了友人的卓越才华，又为其未被重用而感到惋惜。再如，《寄亭溪》中，"真惭弃置逢时幸，敢负平生许国心"两句一方面表明怀才不遇的惭愧之情，另一方面表现了以身许国的坚定信念。他的《送王本一如辽阳》更是一篇关心时局、充满爱国豪情的诗作，虽同样是送别友人的诗歌体裁，有着对朋友的眷恋和思念之情，但诗中更表达了对"重关复岭狼烟接"国事的关注，和"应有大篇吟出塞，不须停马问干戈"的豪情壮志。该诗歌打破了以往送别诗缠绵悲伤的格局，境界壮阔苍茫，情感豪爽雄健，与王维的《出塞》有着异曲同工之妙。

（二）"踏遍山亭与寺楼"的写景之作

边贡的诗歌中有很多游记写景之作，其写景的主体以家乡济南和风景秀丽的南京为主。

边贡的家乡济南，北临黄河，南倚泰山，得山川之形胜。边贡在这里游览了大量名胜古迹，赞叹大自然的优美景色，如：

湖上杂兴四首
（其一）
云水地临三宪节，江湖天放一渔舟。
虚烦倚树看黄帽，耐可乘槎漾碧流。
（其二）
漾漾莲舟系古槎，沈沈波影照乌纱。

多情最喜台中客，乘兴能看水际花。
（其三）
水岸风回晚更凉，菰蒲零乱拂衣裳。
扁舟莫到花深处，恐碍波心片月光。
（其四）
万竹阴阴暑气微，主人迎客敞山扉。
翻愁使节传呼近，惊起舟前白鹭飞。

边贡在这里描绘了夜晚乘舟泛游湖上的情景，展现出大明湖怡人的夜间景色。面对此情此景，边贡沉醉于满天星辉、水天相映的景致中，表达了自己对家乡美景的热爱之情。再如：

登岳次刘希尹韵四首（其三）
玉皇祠畔一凭阑，绝顶风高夏亦寒。
北出尘沙通瀚海，西来天地是长安。
青云迥隔三千界，白日平临十八盘。
似有飞仙度幽壑，凤笙声裊佩珊珊。

边贡通过夸张、想象等手法写出了泰山高峻雄伟、气势磅礴的景色，赞叹之情充溢于字里行间，令人叹为观止。《泰山回马岭》更是深入表现了泰山的险峻。诗中描写回马岭山涧周围郁郁葱葱的树木，仿佛听见头顶传来阵阵钟声，从侧面衬托出泰山的巍峨峻拔、雄伟多姿。这些游览家乡山水的诗篇，都具体细微地展现出他对故土山水的无限热爱。

南京作为六朝古都，虎踞龙盘，临江倚山，古迹名胜众多，堪称江南形胜之地。边贡在南京任职期间游遍南京山水、古迹，写下许多描写南京秀丽景色的诗篇，如：

第四章　诗文创作风格与审美特点

登雨花台

春日登台览旧邦，东南形胜果无双。
川从楚蜀斜趋海，山起燕云直跨江。
回首望乡歌屡奏，侧身怀古思难降。
风花散落真如雨，不见高僧拥法幢。

此诗主要描写春日登雨花台的所见所想，"川从楚蜀斜趋海，山起燕云直跨江"两句直接说明南京直通蜀楚燕云，占据重要的地理位置，引出雨花台给人一种视野开阔的心理感受。随后边贡由眼前的落花联想到古代讲经雨花散落的传说，令人充满遐想与向往。边贡的其他诗篇也经常提及南京具有得天独厚的地理位置。其中，《次蒲汀二首（其二）》的"石城虎踞九关开，钟阜龙盘亦壮哉。地保金汤分表里，气通云汉切昭回"，描绘了南京易守难攻的险要地形；《迎銮曲二十首和刘希尹之作（其四）》又有"石头城如银虎盘，金陵山似玉龙蟠"，说明南京因其位置优越，六朝君王曾在此建都。当然，边贡还有诗篇与上述气势磅礴的基调有所不同，转而运用婉丽优美的格调描绘南京的迷人景色，如他在《正月晦日游徐氏西园晚过杏花村遂登凤台次韵蒲汀二首（其一）》中写到登凤凰台远眺，看到南京山水秀丽的景象：

芳时嘉侣共招寻，眺远凭高快赏心。
城畔古丘封碧草，水边迟日媚青林。
遥山雨霁千峰出，近郭烟浮万井沈。
向晚欲归还小立，关关幽鸟送春音。

古丘、碧草两种貌似并不十分和谐的景物在边贡笔下呈现出完美融合、相互映衬的画面，落日余晖透过树林映照得河水金光闪闪，雨后初晴，清脆的鸟鸣为雾气缭绕的南京送来美妙的乐声。整首诗以由远及近的视角,生动形象地展现了边贡舒畅的心情。

而在《重阳后三日登雨花台》中,边贡则是略带伤感之情:

> 一片金陵月,荒台对酒看。
> 水云霏冉冉,江日隐团团。
> 雁早那堪听,花迟未可餐。
> 凭轩望乡国,西北近长安。

这首诗与《登雨花台》相比,伤感色彩更为浓郁,"一片金陵月,荒台对酒看"增添了南京厚重的历史感,"水云霏冉冉,江日隐团团"两句描绘出天气阴沉,江水在团团雾气中朦朦胧胧的景象。边贡在雨花台上远望故乡,不免产生一种思乡之情。

此外,边贡在北京、荆州、河南等地任职时,也写有各种描写山水古迹风貌的诗篇,其中不乏以独特的历史内涵激发人们对祖国山河的热爱和对民族精神的反思。例如,边贡在《登天津拱北楼》中的"老病独悬戎马涕,俯身疑在岳阳楼"两句表现出对国事的关注和对民族气节的坚持,在《岘山》中对胸怀壮志、致力祖国统一的羊祜表示赞颂和怀念。

三、风骨神韵兼具的审美思想

(一)飘逸俊丽,清悦舒畅

相较于李梦阳、何景明等人,边贡拥有更为独特和创新的诗歌才华。尽管他也主张复古,但他并没有完全受古代风格的限制。坚持"守之以止,时出其奇"的原则,使得他的作品不只是模仿古人,还有自己的审美方向。

从审美角度看,边贡的诗歌风格清新、流畅,充满飘逸之美。何良俊对边贡有着很高的艺术评价,他在《四友斋丛说》中有曰:

第四章 诗文创作风格与审美特点

世人独推李、何为当代第一,余以为空同关中人,气稍过劲,未免失之怒张。大复之俊节亮语,出于天性,亦自难到,但工于言句,而乏意外之趣。独边华泉兴象飘逸,而语亦清圆,故当共推此人。

虽说边贡的创作成就高于何景明、李梦阳,未必能够得到众人的一致认可,但"兴象飘逸,而语亦清圆"一句很好地概括了边贡诗作的艺术风格。《重赠吴国宾》便是"飘逸清圆"这一风格的最佳体现:

> 汉江明月照归人,万里秋风一叶身。
> 休把客衣轻浣濯,此中犹有帝京尘。

这首诗的前两句通过"明月"和"秋风"创造了一个清新的意境,而后两句则通过描述不愿意清洗衣物上的尘土来表达边贡深深的思乡之情。整体上,这首诗情感深沉,风格清新。

(二)沉稳精深,平淡朴实

边贡虽然由于受吴中社会、自然环境等因素的影响,形成了洒脱而又不失礼节的吴中人个性,但他还保留了北方人稳健、质朴的气质特点。这就导致边贡的诗文不仅具有飘逸、清丽、洒脱的风格特征,还具有沉稳中见清丽、秀逸中不失质朴的美学特点。这里的"沉稳"是指边贡在诗文创作中并没有过分张扬其情感,也没有过多地运用缠绵华丽的语言,而是常采用质朴、不精于装饰的词句流露平静如水的感情,可以说是遵循了儒家"乐而不淫,哀而不伤"的中庸之道。例如:

寄亭溪
梧桐覆井阴阴叶,蟋蟀鸣阶细细音。

中夜有怀孤月迥，九天无梦五云深。
真惭弃置逢时幸，敢负平生许国心。
立马送君还忆远，似闻巫峡气萧森。

此诗写于边贡京师外放之后，感情内敛，委婉地表现了离别的感慨。虽遭遇罢免，但他并没有怨气，强调自己的不幸遭遇，而是怒而不怨，表明自己仍坚持以身许国的决心。

平淡朴实是边贡诗文的又一美学特征。边贡往往能够在清淡流畅的语言中描绘出一种宁静深远的意境。边贡对于宁静平淡的乡村生活有着一种向往和喜爱，对于此类诗文，他会运用平淡自然的白描手法写景，表现出一种清新纯朴的美，如：

故山道中二首（其二）

素盖凌风转，飘飘度石梁。
田家始晡食，村店已斜阳。
红忆山椒熟，青怜陇麦长。
郊行亦何事，能遣世情忘。

边贡在这首诗中通过寥寥数字描绘了纯朴、自然的乡村生活。行走在乡间的小路，看到田家晡食、山椒陇麦等普通的场景和景物，不免令人产生一种忘却世间烦恼的洒脱情感。

关于边贡的诗文，李开先在《边华泉诗集序》中有着如下评价：

详观其作，或抚景物，或悲人伐，或赠送唱酬，制裁错出，意匠妙解。其音清而越，其节畅而舒，其词高而雅，其体正而平，可以力振风骚，挽回正始。

这一评价较为准确地揭示了边贡诗歌中风骨神韵兼备的审美思想。

第五节　文必秦汉——以"秦腔"创"康王腔"

一、康海诗文的思想意蕴

康海是明代文学复古运动的代表人物之一，与何景明、李梦阳等人齐名。然正德五年（1510年），他因"刘瑾事件"遭遇罢黜后，行为放任、随性而为，使人们对其产生了许多误解，导致很多人都只知"李何"却不知康海的地位和成就。且提到康海，人们总认为康海的文学成就多数集中于《中山狼》杂剧和《沜东乐府》散曲，而事实上，康海在诗歌创作方面同样取得了很大的艺术成就。

从明代诗歌风格演变的过程分析，康海的成就在于纠正前朝浮夸萎弱的不正文风，主张因情创作，不作无病呻吟之诗。他在《太微山人张孟独诗集序》中就曾提道：

夫因情命思，缘感而有生者，诗之实也。比物陈兴，不期而与会者，诗之道也。君子所以优劣古先，考论文艺于二者参决焉。……弗因于情，则思无所命，是不缘感而有生也。故比兴不明，修饰无据，虽盈笥楱将何以观哉？

可见，他将"真情"置于重要位置，认为缺乏真情实感是诗文"比兴不明""修饰无据"的根源。

在这一创作原则的基础上，康海根据自己的实际生活感受和生活经历创作了大量内容广泛、情感丰富的诗歌：有的宣泄古风古道的关中情结，有的悲叹有志无时抒发悯世益国的情怀，有的纵情山水流露逍遥自娱的快乐，有的真切表达日常情感。

康海成长于素有"天府之国"的关中。该地辉煌的历史和丰富的文化底蕴深深地影响着康海的文学思想，使他内心生出对英雄豪杰的崇拜之情以及对自我价值的强烈期许，并渴望重塑汉唐气象。具体到诗文创作中，则体现为他的复古思想。

康海在《陕西壬午乡举同年会录序》中曾言：

予览传记之所载，关中风声气习，淳厚闳伟，刚毅强奋，有古之道焉。

可见地域观念对他文学复古思想的形成有着重要的影响，"文必秦汉"的复古口号与关中这片热土显得十分契合，且与康海追求质朴淳厚的诗歌格调是一致的。然而，康海的复古思想并不拘泥于"文必秦汉，诗必盛唐"的框架模式，而是强调批判继承，推陈出新。比如，他在《对山集》（卷四）《樊子少南诗集序》中提道：

予昔在词林，读历代诗，汉魏以降，顾独悦初唐焉。其词虽缛，而其气雄浑朴略，有国风之遗响。……或曰："唐初承六朝靡丽之风，非俪弗语，非工弗传，实雕虫之末技尔，子以雄浑朴略与之，何邪？"曰："正以承六朝之后，而能卒然振奋其气，词或稍因其故，而格则力脱其靡也。"

康海对初唐文学做出点评，并不因其属"雕虫之末技"而嗤之以鼻，而是称赞其虽"承六朝靡丽之风"却又具有"振奋其气"和"力脱其靡"的振奋革新精神。这一思想在当时复古之风盛行、拟古之习难易的文坛，实属难能可贵。

（一）关心民生，悯世益国

康海在青年时期有着为国为民的豪情壮志，然横生仕途变故，虽萌生出"可怜平子赋，不是旧时心"的悲叹，但他仍关心百姓疾苦，直接抒发悯世益国的情怀，如：

秋风词（节选）

仲尼治国苦不称，曾参事母犹难信。
时势催人著处生，英雄遇抑常迟钝。
南山磊磊云气横，寒泉潺潺终日鸣。
请君拂袖谢人世，与尔常为谷口耕。

这首诗通过描写百姓苦不堪言、英雄无用武之地的无奈之感，表现出康海虽然对仕途充满失望，但也可见其入世愿望的强烈。

《秋雨叹》一诗更是形象细致地描绘了百姓在遭遇连绵秋雨后的悲惨生活：

去年秋雨苦淋沥，今年淋沥更无敌。
自从初一涨潦河，至于初七声逾激。
浸淫若遣太华崩，轰豗岂但平川汩。
百谷腐烂莎草长，惟有芙蓉水中直。

由于连年的雨灾，庄稼腐烂，杂草丛生，可怜百姓连野菜也寻不到，但等待他们的尚不止这些自然灾害，还有"盗贼""乱兵""征战"等，进而引发康海对于百姓生活如何维持的感叹，并对那些鱼肉百姓的官兵本质进行了无情的披露。

（二）郁郁心史，人生悲歌

与其他前七子的为官经历较为类似，康海因仕途之变，心中不免累积悲愤和哀怨之情，故用诗文创作来寻求心灵寄托。他在进退两难之境，除了发出类似"古来才命两相妨"的悲叹，便只能压抑自我，以世俗的享乐来掩盖自己壮志未酬的情感本质，将满怀的悲愤、哀怨消解于酒色、山水之中。因此，康海在部分诗歌中委婉地讲述着自己的郁郁心史。

康海本怀揣一颗为国为民的赤诚之心踏上仕途，他曾写过"盛世须英物，明珠肯暗投"的诗句，其二十八岁中状元可谓少年得志，不料刚欲施展才华就蒙冤罢归，隐居家乡。随着时间的流逝，个人志向与现实处境的矛盾使康海在诗文中流露出强烈的痛苦之情和深深的彷徨之感，甚至是一种欲罢不能的困惑，如：

饮酒二首
独居意靡畅，行吟心更伤。
晨发望原际，佳气郁相望。
恨无同怀人，跃马陟曠冈。
徘徊日忽暮，感叹琴屡张。
山妻出美酒，斟酌为君尝。
三觞起孤抱，百忧忽若忘。
丈夫生世间，磊落斯所臧。
何须久郁郁，自如陌上桑。

康海在此诗中将自己比作被抛弃的罗敷女，无论是"独居""行吟"，还是"饮酒""跃马"，都不能排遣心中的忧郁，透露出壮志未酬的情怀。康海的这种抑郁之情表现为精纯真切的意境，或寓悲辛于平淡，或将寥落之情融入山川景物，采用比兴的手法委婉地透露自己的悲凉之心，如：

第四章 诗文创作风格与审美特点

德充弟至（节选）
烈火铄良金，光灿久弥耀。
南园松菊长，东畔蒹葭老。
且将终日游，续我苏门啸。

康海通过使用"良金""松菊""蒹葭"等象征坚韧和纯洁的意象，来隐喻自己的高尚性格，并表达自己内心的不甘和哀愁。这种情感与苏轼的开朗相似，但其实际上蕴含着一种希望得到应有的重视和使用的情感。

（三）山水田园，胜迹野趣

康海对于诗文创作秉承一种"写景道情"的观点，并在这一文学思想的影响下，写下了许多山水田园诗。康海的山水田园诗描绘了他隐居后悠然自得的生活，这些诗歌的用词清丽，意境自然宁静。他沉醉于山水之间，享受着大自然的美好。他用酒歌来宣泄自己的情感，避免被世俗所影响，始终保持着远大抱负和胸怀壮志。康海回归田园生活之后，写下了大量描绘家乡风光的诗篇，如：

杂兴
浒西亦佳胜，日日有褉期。
田园俯川陆，葵藿满阶墀。
野叟遗浊醪，嘉树过凉飔。
微曛上崇憚，遐眺引东菑。
牧笛风外来，园禽鸣别枝。
睡足发新怀，此心谁得知。

康海由远及近、由景及人，描绘出一幅和谐自然、恬淡宜人的幽居田园图。他通过对视觉、听觉、触觉等多重感官的描写，抒发饮酒作乐的愉悦兴致和享受大自然的乐趣，将关中风光的雄伟壮阔与幽深敦厚特色融入诗歌当中。例如，描写楼观台"仙家楼观俯层岑，春色逶迤万木阴"的幽深，汤峪温泉"泉水煖且莹，一汤百疴掠"的奇效，渭河"浊浪排风起，轻帆及岸收"的壮阔，等等。这些诗简洁凝练、情景相融，没有浮夸绚丽的辞藻，注重色彩的运用但没有妖艳浮夸之弊，纯属"率意而作"。

再如，《和六甥石室纳凉》中，康海借诗句"老境百虑息，所好在山林。况此洞室闳，尘氛安可侵""沽酒共斟酌，惭无丝竹音"，表明他在酒与歌声中释放情感，远离世俗之气，保持着宏大理想和开阔的胸襟。

康海的诗歌是他对自己丰富情感世界的呈现，其中包括亲情、友情，对晚辈的勉励，对朋友才情的赞誉，对离别的黯然悲伤之情，对重逢的喜悦欢愉之情，还有潦倒沦落的沉郁悲愤之情。比如，他在写给张之矩的诗中有这样一段小序，充分给予晚辈夸赞和鼓励：

张甥之矩自华西来省予，与之开尊夜坐，辞以辟酒数月。之矩少年英妙，励志若此，诚已罕矣。因赋诗赠焉。

此外，表达与友人相见时的喜悦之情的作品有《八月十五日喜明叔见过》，表达对友人思念之情的作品有《与吕子发浒西》，感叹人生易逝、表达壮志未酬的忧愁情怀的作品有《览镜》《彭麓山房宴作》等。康海将人生中各种朴素自然的情感写入诗歌，真实且直白。

二、康海诗文的美学特征

（一）豪放不羁，直抒胸臆

豪放不羁、直抒胸臆是康海诗歌的重要美学特征之一。这一美学特征与康海的生长环境和生平经历有着密不可分的联系。"北人尚直"这一性格特征在他的诗文创作中体现得尤为明显，无论是愤世嫉俗、感叹人生，还是闲适放逸、纵情山水，无一不流露出一种直率和真情，这一点与李白豪放不羁的情感气质较为类似。《四溟诗话》（卷二）曾载：

> 徐伯传问诗法于康对山，曰："熟读太白长篇，则胸次含宏，神思超越，下笔殊有气也。"

这里指出，康海认为熟练掌握李白诗文则会自然而然达到"胸次含宏""神思超越"的创作之境。但与李白不同的是，康海的诗文少些浪漫气息，而增添了厚重之感。他虽有理想抱负却无法施展，于是寄情山水，以此寻求解脱，却又无法彻底忘却自己的志向，于是针砭时弊，伤古叹今。这种激愤伤感的情绪作为审美主体的本质构成，几乎存在于他大部分的诗歌当中，如《赵使君后堂同东谷太微太华诸君子集（其二）》就是这一特征的重要体现：

> 群公相见亦忧时，事势推移却未知。
> 岂有明王崇侈好，总缘中使辱恩私。
> 典刑具在公平法，台谏何劳激烈辞。
> 掎塵漫思忠献议，英雄当事盖如斯。

这首七言律诗包含着康海对君臣、文人等的直接评判，爱憎分明。从整体上看，他所陈述的心迹没有对仕途功名、加官晋爵的钦羡，也没有借诗文贬低他人、抬升自己，有的只是对政清民逸的安康生活的希冀和知识分子固有良知的抒发。

（二）朴素自然，近似白描

康海罢官后的诗文多倾心吐胆，抒发胸中块垒，看似放纵不羁，实则沉实激越,不乏豪壮之气,呈现出独特的风格特征。康海的风格特征深受陶渊明的影响,他继承并发扬了陶渊明的白描手法。在他的作品中,常常采用简朴而真挚的笔调,描绘日常生活和人的内心世界。在他的诗歌中,文字简练而意味深长,情感真挚而不做作,每一句都仿佛是心情的自然流露,每一景都能引发深沉的情感共鸣。这使得他的诗歌在朴实的基调中,又充满了情感的深度和美的韵味。例如:

观鱼梁

直西沣川水,水煖有鱼游。
僮仆值农隙,揭梁沣川头。
压石作深溜,刺目避湍流。
欲辞饵钩急,反为曲薄留。
愿为梁上死,不作饵中收。
梁上死何惜,所畏饵中羞。

全诗描绘了僮仆阻水捉鱼的场景,语言平铺直叙,素描式的描写手法使自然情景颇具趣味。再如:

华清宫

辇路黄尘满,宫云夕渐生。
向来瞻碧巘,那复见朱楹。
胜地存王略,离宫有令名。
不知戏下泣,可似华清行。

康海在这里运用"黄尘"和"夕云"等意象,营造出一种淡淡的忧郁氛围。通过"碧巘"和"朱楹"这样的描写,他进一步加强了这种悲伤的情感色彩,使得整首诗歌充满深沉的情感,进而对华清宫承载的历史兴衰发出感叹之情。诗文最后由李杨之戏引人思索华清宫的历史教训,意味深长,耐人寻味。这种近似白描的手法,抒发了作者更为真挚的情感,给人一种别样的审美体验。

(三)多觉形象,逻辑序理

康海对诗歌创作的多觉性描写也有个人独到的见解,如他在《对山集》(卷四)《韩汝庆集序》中写道:

古今诗人予不知其几何许也,曹植而下,才杜甫、李白尔。三子者经济之略,停畜于内,滂沛洋溢,郁不得售,故文辞之际,惟触而应,声色臭味,愈用愈奇,法度宛然而志意不蚀,与他摹仿剽敚远于事实者,万万不同也。

他认为诗歌创作须从听觉、视觉、嗅觉、味觉、触觉等多方面对事物进行具体描写,如此一来,便能使自己的诗歌更为生动形象,进而令人产生一种如闻其声、如观其物、如嗅其香的身临其境之感。

正是因为康海对于这种审美思想的重视,所以他在《对山集》(卷三)《登峨山诗序》中对黄臣的诗文发出由衷的赞美之声:

陕西左方伯安厓黄公,以在蜀时所咏登峨眉山诗一帙……取而读之,其条理灿然,即不至峨眉已若坐咏累日者矣。

与此同时,康海对于诗歌创作还主张"善序事理,辨而不华",他认为诗文创作要善于叙述事物的道理、规律,即注重逻辑性。他反对华而不实的唯美主义,指出文章重在明畅稳健。总之,形象性和逻辑性的完美统一,是康海在诗文创作中始终坚持的美学主张。

第六节 一首《文章烟月》"因情立格"

文章烟月
风霜独卧闲中病，时节偏催壑口蛇。
篱下落英秋半掬，灯前新梦鬓双华。
文章江左家家玉，烟月扬州树树花。
会待此心销灭尽，好持斋钵礼毗耶。

徐祯卿在《文章烟月》这首七言律诗中，主要描写学子虚幻伤感的情绪。清代钱谦益十分欣赏这首诗的独特韵味，在《列朝诗集》中认为其"至今令人口吻犹香"。徐祯卿中进士之后，同李梦阳结交，诗风也有所转变。将《弘正四杰集》中的《迪功集》（四卷）和《迪功外集》（三卷）相对比，可以明显地看出其前后风格的不同，如果将他酷似李梦阳的几首乐府诗和这首《文章烟月》放在一起，似乎难以相信这竟然出自同一人笔下。徐祯卿的诗文可以说兼有前七子与吴中四子两个迥然不同的流派的长处，改宗汉魏乐府的现实主义诗风，工丽有余。

关于徐祯卿诗文的风格，不同的人有着不同的评述。例如，何良俊在《四友斋丛说》中称其文"不本于六朝，似仿佛建安七子之作。出典雅于藻茜之中，若美女涤去铅华而丰腴艳冶，天然一国色也"；钱谦益在《列朝诗集小传》中称其诗文"标格清妍，摛词婉约，绝不染中原伧父槎牙臬兀之习，江左风流，故自在也"；王世贞在《艺苑卮言》中曾言"吴中如徐博士诗、祝京兆书、沈山人画，足称国朝三绝"。可见，徐祯卿在诗歌方面的成就还是有目共睹的，他在诗歌创作中融合了复古派和吴中派的长处，格调高雅，自成一家，无愧于"吴中诗人之冠"的称号。

第四章 诗文创作风格与审美特点

一、徐祯卿诗文风格的转变

徐祯卿的诗歌创作风格大致可以分为前后两个时期。

（一）前期吴中士人的怡然自适

早期徐祯卿的诗歌深受两晋南北朝诗的影响，故其咏诗颇具艳丽、柔曼的特点。此时的徐祯卿生活在经济繁荣、文化丰富的吴中，具有吴中士人那种消闲自适的心态。他在《复文温州书》中直言自己的性格和人生态度："某质本污浊，无干进之阶；重以迂劣，不谐时态。所以不敢求哀贵卿之门，蹑足营进之途。退自放浪，纵性所如，南山之樗，任其卷曲。"放情自适，便是徐祯卿追求的生活目标。这种心态与文徵明颇为相似，但两人的文学趣味存在较大差异。徐祯卿的诗文虽有吴中风骨，但闲适中带有些内敛，如下面这两首诗：

野人灯火
小婢治麻妻课蚕，野人灯火影成三。
已忘世味真堪喜，只欠湖山构草庵。

田家即事
草床稳软睡腾腾，暖浴深缸四体轻。
渐绝田家真趣好，南阳春雨欲归耕。

徐祯卿采用较为清新的笔法，叙述自己不为名利所累，向往简朴闲适的田园生活，委婉地表达了自己对平静、自由的闲适情致的喜爱。

《叹叹集》是徐祯卿年少时创作的一部作品，其中有两个词十分准确地概括了徐祯卿怀抱自我、一任性情的性格特点，即"任真"和"消遣"。然而，王世贞却认为徐祯卿早期的诗作"多稚俗之语"，自加入李梦阳诗社后，才有所改进。虽然，王世贞对徐祯卿早期的这种诗风持怀疑态度，但是，徐祯卿早年喜好刘白、六朝、晚唐之风韵，实际上从一定程度上反映出他更愿意随心所欲地在清新闲适的诗歌中表达个中情怀，而不愿做刻意雕饰的诗学态度。

（二）后期复古思潮的高雅深意

徐祯卿自登第中进士后，与李梦阳结交，这为其创作汉魏风格的古诗带来了许多灵感。他的诗歌创作观念也受其影响逐渐由吴中诗风转为复古理论，这在他的诗歌中都有着明确体现，尤其是表现在他对于诗体的选择上，如《迪功集》多保留徐祯卿后期诗歌而少有早期吴中时期的诗歌，很大一部分原因可能是其诗学取向进一步趋于《诗经》、汉魏诗。

这一时期徐祯卿虽学诗于汉魏盛唐，但他不屑于取李梦阳那种"字摹句拟"的仿古之道。他认为好的文章应该是"其志正，其见远，其意悉本于经而不泥于旧闻"，也就是他提倡写文章要有内容，有益人心，写出真性情。他斥责文人对于拟古只学皮毛，遗其精神的不正之风。徐祯卿提倡以古为借鉴对象，追求古诗风格，所复之古乃古之精神与风格，故其诗论极具包容性。

实际上，徐祯卿投身复古运动之后，并非单纯地模拟古人诗歌之章法，而是学习古人诗歌创作之意境，深入揣摩古人的内心世界，重视诗歌的风骨神韵，表达自己的真情实感，如：

送士选侍御

　　壮士乐长征，门前边马鸣。

　　春风三月柳，吹暗大同城。

　　卢沟桥下东流水，故人一樽情未已。

　　胡天飞尽陇头云，唯见居庸暮山紫。

第四章 诗文创作风格与审美特点

羡君鞍马速流星，予亦孤帆下洞庭。
塞北荆南心万里，佩刀长揖向都亭。

从这首诗歌中可以发现他许多学习古人的痕迹。例如，"门前边马鸣"显然与李白《送友人》中"挥手自兹去，萧萧班马鸣"两句有着一定的渊源；"故人一樽情未已"一句可让人联想到王维《送元二使安西》中的"劝君更尽一杯酒，西出阳关无故人"；而"遥天飞尽陇头云，唯见居庸暮山紫"两句中的"飞云""暮色"等意象，也会让人自然想到李白《送友人》中的"浮云游子意，落日故人情"。但这首七言古诗并没有让读者感到辞藻的刻意堆砌，而是让读者体会到诗中所流露出的豪迈之气和对朋友的真挚情感。

从他人对徐祯卿诗文的评价中也可以发现他此时期的复古特征，如表4-4所示。

表4-4　他人对徐祯卿诗文的评点[①]

题名	创作年代	评点
送许补之还丹徒	弘治十八年（1505年）	陈子龙等《皇明诗选》有评："卧子曰：'五六新挺。'"其中"怜君挥手去，匹马向南天"化用李白"挥手自兹去，萧萧班马鸣"
送士选侍御	正德元年（1506年）	陈子龙等《皇明诗选》有评："舒章曰：'风态健逸。'辕文曰：'起手似太白神境。'"
浙江驿下作	正德元年（1506年）	德启曰："撷太白之精英，含浩然之神韵。"
在武昌作	正德元年（1506年）	王士祯《带经堂诗话》："谢玄晖'洞庭张乐地'，李太白'黄鹤西楼月'二诗，同是绝唱。"

---

① 温世亮，丁放．吴中士人自适心态与徐祯卿诗歌创作[J]．北方论丛，2012（1）：77-81．

续表

题名	创作年代	评点
送萧若愚	正德元年（1506年）	陈子龙等《皇明诗选》："辕文曰'在江宁、太白间'。"
九日期登大慈恩寺阁不果寄献吉	正德元年（1506年）	陈子龙等《皇明诗选》："辕文曰：似合太白、摩诘之境。"
寄华玉	正德四年（1509年）	朱彝尊《明诗综》："朱子蓉云：源本太白'去岁何时君别妾'一篇，而不觉其摹拟之迹，可谓善学古人。"
唐生将卜筑桃花之坞谋家无赀贻书见让寄此解嘲	正德三年（1508年）	陈子龙等《皇明诗选》："卧子曰：'入门二字子畏真态。'舒张曰：'跌宕如意。'辕文曰：'具得太白操纵。'"
拟古宫词七首	正德三、四年间（1508—1509年）	朱彝尊《静志居诗话》："其诗不专学太白，而仿佛近之。七言胜于五言，绝句尤胜诸体，'兴庆池头''送君南下'等作，虽龙标、太白复生，何多让焉。"
将进酒	正德三、四年间（1508—1509年）	德启曰："昌谷规仿太白，多挈其精华。此乃其隙踪亦酷肖之。李沧溟谓太白长语为英雄欺人，究当善学步。"

总之，徐祯卿在后期创作中，受到京城复古派的影响，更为重视诗歌的格调和风格，诗作转向汉魏风格，作品形成了古朴、深沉和内敛的风格特点，避免了早期作品中的直白和浮夸之处，但仍保持深情和清新的特色。徐祯卿的后期诗歌在某种程度上看是南北文化融合的缩影，并被视为南北文化交融的成功例证。

二、《谈艺录》中的审美特点

诗以言其情，故名因象昭。合是而观，则情之体备矣。夫情既异其形，故辞当因其势。譬如写物绘色，倩盼各以其状；随规逐矩，圆方巧获

第四章　诗文创作风格与审美特点

其则。此乃因情立格，持守圜环之大略也。(《谈艺录》)

　　《谈艺录》为徐祯卿早年之作，是吴中诗歌美学思想的代表。研究者多认为《谈艺录》是其诗学思想变化的标志，并将《谈艺录》所具有的复古思想作为其诗风转变的依据。虽多数研究者对于《谈艺录》具体的著作时间仍存有异议，但是这部著作不仅充分揭示了诗歌理论的普遍原理，还与明代美学思想的演变趋势较为相符，这一观点却是大家所公认的。

　　整体来看，《谈艺录》深刻反映出徐祯卿的诗歌美学思想——重情、贵实、尚异。在诗歌创作中，审美情感始终是核心元素，对诗歌的成败起到关键作用。因此，徐祯卿提出了"以情定格"的美学观点，强调真实、自然，反对虚假和人为。他曾在《与李献吉论文书》中提道：

　　若徒务雕切之华，而不责其实，则恐为扬雄之《玄》，徒取病于后世耳。梗楠豫章之材，所用于世者，贵其实也。仆虽驽德，窃尝志于是。

　　诗歌的目的是表达真实的情感，因而导致诗歌风格具有多样性和独特性，这正如徐祯卿所说的"情文异尚"。在我国历史中，从宋元时期开始，美学思想从唐代对"意境"的探索转为对"韵味"的深入思考。至明中期，"奇趣"逐渐取代"韵味"，成为当时的美学主流。徐祯卿对此有着自己的观点，在雅俗的取向上，他既倾向于两者的结合，又倾向于雅的一面。

　　无论是前期创作还是后期创作，徐祯卿的诗歌都表现出真挚的情感。"因情立格"的美学观念是徐祯卿诗歌创作的根本指导思想，个人细腻的情感内容自然是他诗歌创作的主体部分，如《焦桐集》中的一首诗：

穷儒
穷儒只合话辛酸，谈口翻讥东野寒。

自信苦心应损寿，妻怜多病劝加餐。
身名赘世皆吾患，生死何人垂大观？
怕取乐天诗再读，满窗风雨夜灯残。

徐祯卿将自身的凄苦与愤懑之情毫无避讳地融入诗歌创作当中，这正是他对"因情立格"美学观的践行。

诗歌具有"兴""观""群""怨"的作用，然而徐祯卿认为诗歌的审美功能为"感人"。

夫情能动物，故诗足以感人。荆轲变征，壮士瞋目；延年婉歌，汉武慕叹。凡厥含生，情本一贯，所以同忧相瘁，同乐相倾者也。(《谈艺录》)

若乃欷歔无涕，行路必不为之兴哀；恝难不肤，闻者必不为之变色。故夫直慧之词，譬之无音之弦耳，何所取闻于人哉？至于陈采以眩目，裁虚以荡心，抑又末矣。(《谈艺录》)

由此可见，徐祯卿认为诗歌要能够使抒发的情感与读者产生共鸣，这里反映出徐祯卿非功利性、审美性的文学思想。因此，徐祯卿将"因情立格"作为创作的重要前提。

徐祯卿之所以坚持"因情立格"的美学原则，是因为他实现了两个方面的转变：一是他在早年诗歌创作中将绮靡的风格偏向转为在理论上的"尚实尚质"，二是由李梦阳的"祖格本法"转变为"因情以发气"。如果说前者是徐祯卿对自己创作绮靡倾向的纠正，后者的转变则是他对李梦阳以格调为先、为祖、为本的纠偏。徐祯卿在实现这两个方面的转变后，又对情感与格调进行了辩证思考，进而在辩证统一的高度将"情"与"格"融合，形成一种和谐之美。

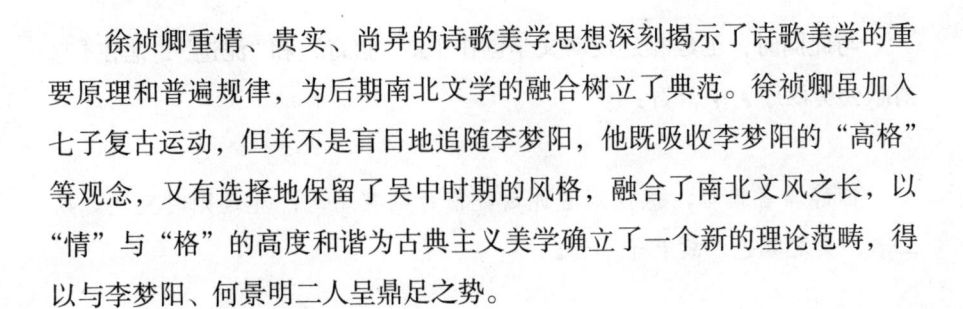

徐祯卿重情、贵实、尚异的诗歌美学思想深刻揭示了诗歌美学的重要原理和普遍规律，为后期南北文学的融合树立了典范。徐祯卿虽加入七子复古运动，但并不是盲目地追随李梦阳，他既吸收李梦阳的"高格"等观念，又有选择地保留了吴中时期的风格，融合了南北文风之长，以"情"与"格"的高度和谐为古典主义美学确立了一个新的理论范畴，得以与李梦阳、何景明二人呈鼎足之势。

第七节 王廷相诗文中的理性之光

一、复古论

王廷相身为前七子中的一员，他的文学思想也带有明显的复古性，他推崇古典诗文，反对台阁体，同时反对盲目效古，反对文学创作只停留在外在形式上的拟古。正如他在《广文选序》中的论述：

嗟乎，文之体要难言也，援古照今，可知流委矣。《易》始《卦》《爻》《彖》《象》，《书》载《典》《谟》《训》《诰》，《诗》陈《国风》《雅》《颂》，厥事实，厥义显，厥辞平，厥体质，邈兮古哉，蔑以尚矣。自夫崇华饰诡之辞兴，而昔人之质散；自夫竞虚夸靡之风炽，而斯文之致乖。言辩而罔诠，训繁而寡实，于是君子惟古是嗜矣。

王廷相认为，那种"刻意藻饰"而无思想内容的文章，实际上有失"平淡""古雅""自然"之神，只是"识陋""论颇""旨细"之文。因此，王廷相所提倡的"复古"，旨在恢复古典作品中"事实""义显""辞平""体质"的优势，反对虚夸奢靡之风，这对于当时的文坛来说无疑具有深刻的意义。

与此同时，王廷相还反对文学创作中的"猎奇"和"泥迹"，他在《赵清献公奏议序》中曾言：

饰辞藻者猎奇，执往范者泥迹。猎奇则实用乏，泥迹则时宜迷。斯二者，文之弊也，故君子不贵。

可见，在文学创作中，王廷相既反对"刻意文辞"，又反对"刻意模古"；既反对"猎奇"，又反对"泥迹"。实际上，他是反对抛弃作品的思想内容而专注于文辞形式的，因此，他在《石龙集序》中还有云：

有意于为文者，志专于文，虽裁制衍丽，而其气常塞，组绘雕刻之迹，君子病之矣。无意于为文者，志专于道，虽平易疏淡，而其理常畅，云之变化，湍之喷激，窅无定象可以执索，其文之至矣乎！

他认为，"有意于为文者"，专注于文辞，而忽视作品的思想性，其所要表达的内容受到限制，其内在精神受到阻塞；"无意于为文者"，则专注于思想性，其文理通畅，气势磅礴，飘洒不拘。也就是人们常说的，文学创作要自然成文，不要为创作而创作。

此外，王廷相的诗歌情感深沉，与台阁体中的"雍容"风格有着明显的不同。他并不专注于描述官府或赞美功绩，而是批评社会问题、关心民众的困境。即便在写山水和旅游的诗中，他也会在描述风景时融入自己的情感，如：

西山行
西山三百七十寺，正德年中内臣作。
华缘海会走都人，碧构珠林照城郭。
忆昔武皇倦机务，金马门前有权竖。

第四章 诗文创作风格与审美特点

卖官何止金为堂，通贿能令鬼上树。
六边将帅多奴贱，未挂兵符先见面。
文官细琐不值钱，镇守监枪动千万。
熏天气焰侔天子，嘘之者生啐即死。
眼前变故如掌翻，有贿方能保无事。
南海明珠不足尚，西域珊瑚斗寻丈。
九州珍宝集京都，遂使私门敌内帑。
人间富贵尔所有，不虑生前虑生后。
高坟大井拟王侯，假藉佛宫垂不朽。
凿山九仞平如席，殿阁翬飞照云日。
已请至尊亲赐额，更为诸僧求护敕。
东林画壁千步廊，西林莲台七宝妆。
南庵日月低浮图，北寺虹霓垂石梁。
金银何算委沟壑，夜夜中天生宝光。
释迦释迦尔亨会，慈悲反受豪华累。
土木横起西山妖，忍见苍生日憔悴。

他在诗文中讽刺宦官的横行霸道，揭露了他们的丑恶罪行，整体来看，都是真情实感的流露，且没有台阁体的空洞、堆砌之感。

对于后期李梦阳、何景明在"复古"方法上的分歧，王廷相更倾向于何景明的观点，他认为写作固然要模拟、参照古法，但仍需一定的形式变化。正如他在《与郭价夫学士论诗书》中提道：

工师之巧，不离规矩，画手迈伦，必先拟摹，风、骚、乐府各具体裁，苏、李、曹、刘，辞分界域。欲擅文囿之撰，须参极古之遗，调其步武，约其尺度，以为我则，所不能已也。久焉，纯熟自尔悟入，神情昭于肺腑，灵境彻于视听，开阖起伏，出入变化，古师妙拟，悉归我闼。

这说明，王廷相所主张的"复古论"是要求先从模拟学起，经过"纯熟自尔悟入"进而达到"出入变化"的境界。从这一点上看，他的主张使李梦阳的"模拟说"和何景明的"自创说"趋于合理统一。

总之，在模古和创新问题上，他虽然主张复古，但反对刻意模古，主张把模古和创新结合起来，指出文艺创作的根本任务和目的在于反映"时宜"，这与一味地在形式上仿古的观点相比，无疑是具有进步意义的。

二、"文以阐道"论

王廷相的"文以阐道"论与他的复古论是一脉相承的，他将"道"置于文学创作第一位，认为"道"是一切的基础。这里的"道"主要是指孔子的"仁义礼乐之道"。那么，王廷相的"文以阐道"就是要求文学内容要以反映人伦道德"治己"和"辅世济民"为基本内容。王廷相的这种观点与韩愈和柳宗元的"文以明道"的观点较为相似，两者都是针对魏晋时期骈体文只追求语言形式而忽略文章思想内容这一弊病提出来的。他在《雅述》中对这种刻意文辞的文风提出了直接批评：

文以阐道，道阐而文实，六经所载皆然也。晋、宋以往，竞尚浮华，刻意俳丽，刘勰极矣。至唐韩、柳，虽稍变其习，而体裁犹文。道止一二，文已千百，谓之阐道，眇乎微矣！

王廷相将唐虞三代之典和魏晋粉饰之辞加以对比，并在对比中指出骈体文风的缺陷，并强调"文以阐道"的重要性。

王廷相主张"文以阐道"，但并非否定文学作品的艺术表现形式，而是强调"道为主而文为客"，在"文以阐道"的前提下，他同时主张文学作品的艺术性，如：

君子修辞，要在训述道德，经理人纪，垂示政典，尚也。必品格古则而后文之美备，故曰"理胜则传"，又曰"言之不文，行之不远"。(《王氏家藏集》(卷二十二)《钤山堂集序》)

尝以文不载道，不足传世；词不古雅，虽传弗久。每于饰格命意，以兹为准。而《风》《雅》《左氏》先秦之调，恒数数焉。故其文醇正典则，无佻率崄怪之病，足以力追古人而兴之颃及。(《内台集》(卷六)《研冈杜公墓志铭》)

在这里，王廷相既强调"文以阐道"的思想，也主张诗文必须古朴、典雅，但是在他看来"文以阐道"仍是第一位的，是创作之根本。

此外，王廷相主张的"文以阐道"强调文学作品的社会功能，因而他认为文人的道德修养是非常重要的，要创作出"天下之至文"，首先要"修性体道"，如他在《钤山堂集序》中还提道：

予尝谓君子之文，根诸德性学术之造诣者，深乎极矣。苟于是二者有歉，虽其才智足以立言，不荡于淫靡，则芥于芜秽；不刻于桃巧，则痼于浅率；不迂于事情，则迷于时宜；不惟无以考德论学，以之敷政轨物，亦无所于达矣。是故君子病之。

王廷相在这里指出，文人的道德修养与其学术造诣是君子之文的根本，如果对于两者有所欠缺，那就不可能创作出好的作品。他认为，文人的道德修养对作品质量的好坏起着决定性作用。

三、意象论

王廷相在诗歌创作手法上有着自己的独特见解，尤其是他提出了"诗贵意象"的观点，这也说明他是意象论的主要倡导者。他在《与郭价夫学士论诗书》中指出：

夫诗贵意象透莹，不喜事实黏著，古谓水中之月，镜中之影，可以目睹，难以实求是也……言征实则寡余味也，情直致而难动物也，故示以意象，使人思而咀之，感而契之，邈哉深矣！此诗之大致也。

由此可见，王廷相认为，诗歌创作不可平铺直叙，而是要以意象为支撑，利用一种源于现实生活而又超脱于现实生活"难以实求是"的艺术虚构进行创作，直抒胸臆的作品"寡余味""难动物"，而意象则耐人寻味，能够使人产生同感和遐想。

王廷相的意象论与他的复古论有着密切联系，他曾在《与郭价夫学士论诗书》中对古典诗文做出以下评述：

《三百篇》比兴杂出，意在辞表；《离骚》引喻借论，不露本情。东国困于赋役，不曰"天之不恤"也，曰"维南有箕，不可以簸扬，维北有斗，不可以挹酒浆"，则天之不恤自见。齐俗婚礼废坏，不曰"婿不亲迎"也，曰"俟我于著乎而，充耳以素乎而，尚之以琼华乎而"，则"婿不亲迎"可测。不曰"己德之修"也，曰"余既滋兰之九畹兮，又树蕙之百亩，畦留夷与揭车兮，杂杜衡与芳芷"，则己德之美，不言而章。不曰"己之守道"也，曰"固时俗之工巧兮，偭规矩以改错，背绳墨以追曲兮，竞周容以为度"，则"己之守道"，缘情以灼。斯皆包韫本根，标显色相，鸿才之妙拟，哲匠之冥造也。若夫子美《北征》之篇，昌黎《南山》之作，玉川《月蚀》之词，微之《阳城》之什，漫敷繁叙，填事委实，言多趁帖，情出附拿，此则诗人之变体，骚坛之旁轨也。

这里王廷相认为《三百篇》《离骚》等诗文都是意象创作的典范，其"比兴杂出，意在辞表""引喻借论，不露本情"的创作手法，可使作品寓意深远而含蓄。但是王廷相片面地强调比兴手法而将其视作唯一的模式，从而否定"赋"这一诗歌的重要表现方法，甚至将杜甫的《北征》、韩愈的《南山》判定为"诗人之变体，骚坛之旁轨"，则失之偏颇。但他强调诗文要有意象，不失为一家之言。

对于如何在诗文中营造"意境"，王廷相提出"四务""三会"的看法。对于"四务"这一观点，他在《与郭价夫学士论诗书》中有着如下论述：

> 何谓四务？运意、定格、结篇、炼句也。意者诗之神气，贵圆融而忌暗滞；格者诗之志向，贵高古而忌芜乱；篇者诗之体质，贵贯通而忌支离；句者诗之肢骸，贵委曲而忌直率。是故超诣变化，随模肖形，与造化同工者，精于意者也；构情古始，侵《风》匹《雅》，不涉凡近者，精于格者也；比类摄故，辞断意属，如贯珠累累者，精于篇者也；机理混含，辞鲜意多，不犯轻佻者，精于句者也。

王廷相认为，创造意象的过程，也就是"运意、定格、结篇、炼句"的过程，其中运意指诗歌意象的形成要"贵圆融而忌暗滞"，要做到"超诣变化，随模肖形，与造化同工"；定格则"贵高古而忌芜乱"，要求做到"构情古始，侵《风》匹《雅》，不涉凡近"；结篇要"贵贯通而忌支离"，要求做到"比类摄故，辞断意属，如贯珠累累"；炼句要"贵委曲而忌直率"，要做到"机理混含，辞鲜意多，不犯轻佻"。他在这里强调意象的清晰、完整、融通，只有精于"四务"，才能真正创作出情景结合、构思新颖的"意象"。

然而文人要真正精于"四务"，就必须经过长期的努力，为此，他又在《与郭价夫学士论诗书》中提出了"三会"的要求：

> 何谓三会？博学以养才，广著以养气，经事以养道也。才不赡则寡陋而无文，气不充则思短而不属，事不历则理舛而犯义。三者，所以弥纶

四务之本也。

　　王廷相强调"博学""广著""经事"对于意象创作的重要性,与之相对应的"养才""养气""养道"便是文人精于"四务"的重要途径。

　　总之,作为前七子的重要成员,王廷相具有十分理性的诗文创作理念,他推崇古典诗文,但又反对盲目仿古。在文与道的关系上,他提出"文以阐道"的观点,提倡意象论,强调意象的象征意义,肯定诗文的形象思维。这些观点在某种意义上,无疑打破了人们对复古派的单一印象。

第五章　藏于诗文中的美学理想

在明代的文坛上，前七子强调真情实感在诗文创作中的核心地位，对理学带给文人思想的束缚提出了尖锐的批判。李梦阳、徐祯卿和康海等人秉承"以我之情，述今之事"和"因情命思"的观点，明确指出情感在文学中的重要作用。这种对真情的追求，实际上是对理学在文学创作中"以理言事"方法的一种反抗。

前七子提出"宗汉崇唐，复古臻雅"的复古思想，旨在纠正当时文坛上普遍存在的萎弱文风。他们主张，学习汉魏和盛唐的诗歌，并不是要简单模仿，而是要追求其中的"雅丽"之风。这种对古代文学的模仿，实际上是对当时台阁体文风的一种反思和批判，他们希望通过复古的方式，使文学回归其应有的雅致和真情。

第一节　对宋儒理学统一抵制

一、宋儒理学的文学入侵与复古运动的抵制

明代初期，宋儒理学十分盛行，不少文人在此影响下，缺乏创作激情，文风极力追求雍容平易，模仿痕迹严重。虽然理学观念适当融入文学

创作，使诗人儒雅的人格和娴静的心态得以呈现，但追求这种雍容平易的文风的作品，则会逐渐丧失诗歌固有的古典审美特征。因此，宋儒理学在当时的时代背景下，不但没有实现理学与文学的相互促进，反而使诗文失去了原有的鲜明特征，以致出现严重的文学危机。

对此，从前七子开始，越来越多的文人逐渐认识到这一问题的严重性，并对理学的影响做出一定的回应和抵抗。以李梦阳、何景明为首的文人群体达成的共识便是复古，主张效仿古人，"文必秦汉，诗必盛唐"，试图通过复古的方式来对抗当时理学对文坛的影响，以革除时弊。

二、重新梳理"文"与"道"的关系

作为前七子的代表人物之一，李梦阳对宋儒所提倡的思想体系进行了思考，并在明晰"文"与"道"关系的基础上，确立"文"的独立性，如他曾提道：

赵宋之儒，周子、大程子别是一气象，胸中一尘不染，所谓光风霁月也。前此陶渊明亦此气象；陶虽不言道而道不离之，何也？以日用即道也。他人非无讲明述作之功，然涉有意矣。（《空同集》（卷六十六）《论学下篇第六》）

宋儒兴而古之文废矣；非宋儒废之也，文者自废之也。古之文，文其人如其人便了。如画焉，似而已矣。是故贤者不讳过，愚者不窃美，而今之文，文其人无美恶，皆欲合道传志，其甚矣。是故考实则无人，抽华则无文，故曰：宋儒兴而古之文废。或问：何谓？空同子曰：嗟！宋儒言理，不烂然欤？童稚能谈焉。渠尚知性，行有不必合邪。流行天地间即道，人之日为不悖即理，随发而验之即学，是故摭陈言者腐，立门户者伪，有所主者偏。（《空同集》（卷六十六）《论学上篇第五》）

第五章 藏于诗文中的美学理想

在这里，李梦阳认为"道"是存在于天地间的客观规律，体现在人们的日常生活当中，如果人顺应此"道"，随兴而创作的文章便是此"道"的体现。对于"文"与"道"的关系，李梦阳认为，文可以载道，但需要两个基本前提：一是文学应该体现日常生活中的自然之道，一味追随宋儒之道，则会造成个体色彩的缺失，破坏文学的本质特征；二是对文学体裁加以区分，因为不同的文学体裁有着不同的体式、规范，其表现风格和方法也是不同的。李梦阳实际上并不认同理学对文学的入侵，对文学的表现功能持肯定态度，但须分清文体，即在承认宋儒理学思想体系的基础上，努力保持文学的独立性。

同为复古派，与李梦阳从理学概念入手，进而确立"文"与"道"的关系所不同的是，以何景明为代表的文人并没有对"道"的本质做出解释，而是从宋儒观念的角度理解"文"与"道"的关系，这与李梦阳关于"道"的探索有本质的差异。何景明对"文以载道"持肯定态度，但是他有着较为明显的道德伦理色彩。对于文学本质，何景明持以下观点：

仆尝以汉之文人，工于文而昧于道，故其言杂而不可据，疵而不可训；宋之大儒，知乎道而啬乎文，故长于循辙守训，而不能比事联类，开其未发。故仆尝病汉之文其道驳，宋之文其道拘。（《大复集》）

可见，何景明已认识到如果文章过于重道则会受约束，他既不提倡工于文昧于道的汉文，也不认同啬乎文拘于道的宋文，追求的是一种"文"与"道"的平衡关系。他只是在宋儒的范围内对文道关系进行更为合理的解释，并没有脱离宋儒思想的本质而对文道本质提出疑问，但这对于文道关系的重新确立也有着重要意义。

虽然李梦阳、何景明等诸多文人对"文"与"道"关系的认识有着本质区别，但他们都认识到当时"文"与"道"关系的不合理，并在复古思想的影响下，通过不同的途径对"文"与"道"的关系进行更为合理的认识，以消除理学对文学不合理的限制，使文学抵制宋儒理学的入侵，并拥有一股独立崛起的力量。

三、确立"情"的文学本质

"情"在文学创作中始终处于非常重要的位置，尤其在受到宋儒理学禁锢之后，文学中的情感因素更是凸显出其核心价值。因此，以李梦阳、何景明为代表的复古派主张"诗发乎于情"，提出自然地表现个体真情的理论主张，强调诗歌的感发力量，以摆脱直率说理或华丽浮靡的不良风气，并将"重情"作为共同的审美理想。他们关于"情"的主张虽是诗学常识，但更是对诗歌本质特征的重新思考。因此，他们重新发掘诗歌中的情感因素，以此来还原文学的本质。

李梦阳对于诗歌抒情的本质有着独到的见解，他认为情感来源于自然生活和实践经历，如他在《空同集》（卷五十一）《梅月先生诗序》中提道：

> 情者动乎遇者也。幽崖寂滨，深野旷林，百卉既腓，乃有缟焉之英，媚枯、缀疏、横斜、嵌崎、清浅之区，则何遇之不动矣。是故雪益之，色动，色则雪；风闻之，香动，香则风；日助之，颜动，颜则日；云增之，韵动，韵则云；月与之，神动，神则月。故遇者物也，动者情也。情动则会，心会则契，神契则音，所谓随遇而发者也。

李梦阳在这里主要说明诗情"随遇"而来，他强调人与客观事物的内在联系，同时强调人的主观意识，"诗不言月，月为之色；诗不言梅，梅为之馨"，李梦阳作诗不直接写"月"，但"月"已为他的诗歌增色；作诗不写"梅"，但"梅"已为他的诗歌增香。这是因为他遇见"梅""月"而"情"动，人遇物，情才会萌生，情感的萌生则会引发个体内心的理性思考。这一过程，对诗歌的创作发挥着重要作用。

第五章 藏于诗文中的美学理想

此外，李梦阳在《空同集》(卷五十一)《鸣春集序》中也曾谈及情、物、诗三者的关系：

情遇则吟，吟以和宣，宣以乱畅，畅而咏之，而诗生焉。故诗者，吟之章而情之自鸣者也，有使之而无使之者也，遇之则发之耳，犹鸟之春也，故曰"以鸟鸣春"。

因物生情，因情作诗，李梦阳认为诗歌是内在情感的自然流露，有情才有诗。不仅如此，李梦阳还主张表现"真情"，认为有了真情实感，才会创作出好的诗歌。这一思想在前七子中具有普遍性，如徐祯卿在《谈艺录》中就曾提出以"情"为核心，带动"气""声""辞""韵""思"等诸要素。

李梦阳正是由于对诗文"情动而遇"的重视，认识到真实地抒发内心真情的重要性，在晚年才提出"真诗在民间"的深刻命题，他在《诗集自序》中曾言：

李子曰：曹县盖有王叔武云。其言曰：夫诗者，天地自然之音也。今途咢而巷讴，劳呻而康吟，一唱而群和者，其真也。斯之谓风也。孔子曰："礼失而求之野。"今真诗乃在民间。而文人学子，顾往往为韵言，谓之诗。

在李梦阳看来，反映百姓真实生活的诗在民间，而模拟唐宋体，效仿六朝魏晋，便是刻意模仿古诗歌。这一看法是他对早年"重情"思想的进一步深化，这对于诗歌民间性的复苏也起到一定的推动作用。

同为明前七子的何景明相较于李梦阳对于"情"的极力推崇，对于"情"的看法显得更为理性和客观。何景明虽对"情"持肯定态度，但主张对"情"进行一定的克制。比如，他在《大复集》中有云：

何子曰：好恶者，情之发也；言行者，身之章也；穷达者，天之命也；毁誉者，人之施也。故情之不正，身之不修，而不得于天，不合乎人，君子之病也。情正矣，身修矣，而犹不得于天，不合乎人，君子何病焉？是故合情而全身，乐天而知人者，圣人也。惩乎情，无违乎天，持乎身，无愿乎人者，贤人也。任情以忘身，希天而望人者，众人也。圣人者，吾不能也；众人者，吾不敢也；贤人者，吾愿学焉。于是著《好恶》《言行》《穷达》《毁誉》四箴，书之座右。

何景明认为人的好恶皆出于情，情正则身修，所以提出在修身的过程中要注重情之正。可见，何景明所倡导的"诗本性情"是构建在"礼乐道德以养其心"的儒家思想观念之上的。他又借用《庄子》中的"直致任真，率情而往"的审美情感理论，来强化自己的"秀朗俊逸，回翔驰骤"的创作个性。从这一层面上来看，他突破了儒家"礼乐道德"的约束，推进于晚明的解放人性、归于天性的情感思潮。

总之，在对"情"的问题的处理上，前七子依托复古思想，重新寻找和增强诗歌中"情"的要素，规避宋儒理学对诗歌美学造成的不良影响，在一定程度上还原了文学的本质特征。

第二节 李、何"归""途"之争

虽同属复古派，但李梦阳与何景明对于"归"与"途"的问题有着不同的看法和理解。虽然两人都认同"殊途同归"这一观点，但侧重点存在差异。

何景明将"归"与"途"的问题解释为"心"与"迹"的关系，他认为"心"是根本，具有明显的个人主观能动性，且这种主观性对客观世

第五章 藏于诗文中的美学理想

界起着决定性作用，牵一发而动全身，而"迹"只是变化的外在表现。因此，何景明更强调"心"的重要位置。这是他对于李梦阳在复古过程中提到模拟是"不求之心而求之迹也"的回应，并提出此举如同东施效颦，与所要到达的境地相距甚远。

在具体的复古问题上，何景明与李梦阳则是有着不同的侧重点。何景明在以"心"为本的前提下，侧重于"途"，强调方法性的问题，他注重方法上的意会和"途"的丰富性。李梦阳则更为强调"归"的重要程度，在具体创作中，人的主观性则被弱化。他认为古人的作品，无论是篇章的结构，还是修辞、音调等内容都有着一成不变的法式，文人在诗歌创作过程中必须严格地遵守这些法式，只有这样，才能实现复古这一"归"的目标。因此，他反复提出：

> 仆少壮时，振翩云路，尝周旋鹓鸾之末，谓学不的古，苦心无益；又谓文必有法式，然后中谐音度。如方圆之于规矩，古人用之，非自作之，实天生之也。今人法式古人，非法式古人也，实物之自则也。(《空同集》（卷六十二）《答周子书》)

> 古人之作，其法虽多端，大抵前疏者后必密，半阔者半必细，一实者必一虚，叠景者意必二。(《空同集》（卷六十一）《复何景明书》)

> 是以古之文者，一挥而众善具也。然其翕辟顿挫，尺尺而寸寸之，未始无法也，所谓圆规而方矩者也。(《空同集》（卷六十二）《驳何氏论文书》)

李梦阳认为写诗应尺尺寸寸地去模仿古之成例，这显然与何景明所提倡的根据自己表达的需要灵活变化地创作文章这一观点有着直接冲突。何景明在《大复集》（卷三十二）《与李空同论诗书》中对此详细地阐明了自己的观点：

> 追昔为诗，空同子刻意古范，铸形宿镆，而独守尺寸。仆则欲富于材积，领会神情，临景构结，不仿形迹。《诗》曰："惟其有之，是以似之。"以有求似，仆之愚也。……仆尝谓诗文有不可易之法者，辞断而意属，联类而比物也。上考古圣立言，中征秦汉绪论，下采魏晋声诗，莫之有易也……今为诗不推类极变，开其未发，泯其拟议之迹，以成神圣之功，徒叙其已陈，修饰成文，稍离旧本，便自杌陧。如小儿倚物能行，独趋颠仆。虽由此即曹、刘，即阮、陆，即李、杜，且何以益于道化也？佛有筏喻，言舍筏则达岸矣，达岸则舍筏矣。

何景明主张平时广积材料，领会古人作品中的真意，而后风貌自然相似，待创作时，临景构结，推类极变，运用丰富的"途"使意脉在富于变化的曲折语词形态中得以呈现。可见，何景明对于创新途径的要求是颇为强烈的，他认为学古只是一种手段，是实现创作的工具，而"途"更能体现出人的主观意识，因此其重要位置更为突出。

总之，关于"归"与"途"的关系，明前七子各自有不同的看法和理解，而这些争论都是对复古问题的有益探索。

第三节 《中山狼》——前七子杂剧探幽

明代前七子不仅在复古思潮的影响下创作了大量诗歌，而且在杂剧、散曲、哲学等方面有着令人瞩目的成就。康海的《中山狼》就是其中之一。该杂剧取材于明代马中锡的《中山狼传》，主要讲述了东郭先生路过中山救下一狼，而狼获救后，竟忘恩负义，欲以东郭先生为食的典故。这部杂剧共分为四折，人物简洁，文脉清晰，重在对主要的矛盾双方，即东郭先生与狼的性格、心理的层层展示。下面主要从几个方面剖析这一杂剧的艺术美学特色。

一、题旨寓意深刻

康海的《中山狼》是一出具有寓言意味的杂剧，他并没有对原剧的故事情节做较大的改动，而是通过人与狼看似荒诞离奇的恩怨纠葛展示出实实在在的人生哲理和世态炎凉。康海选择这一素材也并非随意而为之，这与他在现实生活中蒙受冤屈的人生体验可能有着千丝万缕的联系。康海晚年被革职，终老田园，缘于刘瑾的倒台。因其曾为朋友李梦阳向刘瑾求情，被人疑为刘氏党羽。这令康海百感交集，痛感仕途多舛。暂且不说康海的创作是否与这一传闻存在必然联系，但这段刻骨铭心的人生体验确实为康海带来了别样的生活感触。

东郭先生的善良、"兼爱"固然是一种优秀的品质，但生活是复杂且残酷的，如果遇到像狼这样恩将仇报的动物，人们对其付出善良和爱心则是不可取的。从这一层面上来看，善良的付出者不仅可怜，更可悲。康海将这种寓意深刻的题旨，在《中山狼》中成功地转化为形象、奇巧的戏剧关系。他将好心温和的文人安排为悲剧的主角，把狼的狡猾和凶残作为强烈抨击的对象，艺术化地为所要揭示的题旨进行了必要的铺垫。读者在心理上也容易被感染，进而产生强烈的共鸣。

二、情感细腻真切

在《中山狼》的创作中，无论是东郭先生、中山狼这两个主角，还是赵简子、杖藜老子这种小人物，康海都写出了他们鲜明的性格和不同的面目，细腻真切地刻画出不同情感。比如，第一折戏为东郭先生与狼"相遇"至"救狼"，对这一过程，康海在人物性格、心理变化上都有着较为精彩的描写。从东郭先生出场开始，康海就揭示出了他性格中的"墨家"思想，并将此作为他后来"救狼"行动的铺垫。见到狼后，他则开始惧怕、自怨自艾，在得知狼在求救后，又表现出冷漠推脱的心理，这一切在康海的笔下描述得栩栩如生。之后，康海对于狼的刻画同样合情合理、活灵活现，对其情感进行了细腻的描绘。关于狼的心理状态和性格特征，康海在开始时重在写它背运、乞怜，它巧言令色、语句哀婉，丝毫看不出其真实的狰狞面目，特别是它在说动东郭先生救它时，首先以隋侯献珠为诱，继而以恻隐之心相劝，最后又以"不怨赵氏追杀，而怨东郭不救"为攻，层层推进，引东郭先生入巷，最终达到自己的目的。可以说，这段描写笔笔精彩、句句动人，完全是一场心理上的较量。

三、文辞朴实生动

在明代，许多文人都对不同的创作体裁进行了大胆的尝试与探索，这为戏曲剧本带来了浓郁的文学气息，但也出现了重文辞、轻洗练的不良倾向。康海的《中山狼》恰恰在文辞上体现出朴实生动的语言风格，是其老辣功底与健康文风的直接印证。

比如，第一折，东郭先生出场后的一段：

古道垂杨噪晚鸦，看夕阳恰西下，呀呀！寒雁的落平沙。黄埃卷地悲风刮，阴云遍野荒烟抹。只见的连天衰草岸，那里有林外野人家！秋山一带堪描画，揾不住俺清泪洒袍花。

这段不但语言精美，有情有景，诗情画意，而且更体现出人物的身份、趣味、情感、追求，堪称情景交融的范例。

在文辞上充满动感与戏剧性是康海《中山狼》美学思想的重要体现，即使是一些说白，康海也能够根据不同的情景和情感需要，描写得栩栩如生。比如，第三折，东郭先生匿狼而行，心中紧张，唯恐去得不快。康海在这里写道：

俺不敢久停久住，鞭着驴儿快走者。您看这古怪的畜生么，偏是今日百般的鞭打不肯走，好慌杀俺也！驴儿，俺把你这镔金鞍、嚼玉勒、披绣鞯、挂红缨的龙驹骏骑央及，您快些儿那一步咱！

无论是语言的层次、节奏，还是内容、遣词，都紧扣戏剧情景与人物心态，可谓神妙至极，非大家而难为。

四、结构洗练精巧

明代出现了大量繁缛冗长的作品，缺乏简洁明快工作，似乎已成为一种时弊，然而康海的《中山狼》并未被时弊所染，这部杂剧显示出他高超的戏剧结构能力和对于动作的把握水平。四折戏中的四个情节围绕"射狼""救狼""抗狼""杀狼"层层展开，平稳进行。情景虽少，但康海在情景的展示中浓墨重彩，将人物、题旨在生动的情节中刻画得十分清晰、丰满。康海能够较为巧妙地处理文章结构，在简洁处一笔带过情节，而在繁杂处充实丰满情节。比如在第一折开始，他对于人物、背景的交代均简明扼要，干净利落，而在"射狼""救狼""抗狼""杀狼"等关键情节，他写得就十分深刻透彻。这种深厚的文学功底和创作风格，在今天也是值得人们深入学习和研究的。

第四节　徐、李之辩

以李梦阳、何景明为代表的复古派虽然都主张复古，但随着社会环境的改变、学术思想的变化及文学风尚的更替，他们会因人生际遇的不同和文学思想、观念的转变而发生争论。例如，李梦阳与何景明之争。而李梦阳与徐祯卿之间的辩论主要发生在二人的文学复古思想都还未完全确立的交往初期，此时他们都受各自地域文化因素的影响，在思想上有着较大的差异。争辩的结果就是，徐祯卿接受了李梦阳的"改趋"建议，而李梦阳也逐渐脱离传统的德行论，两人的诗风及理论都朝着典型的七子派思想发展。

一、"改趋"之辩

两人争论最早源于徐祯卿曾在致李梦阳的一封信中指出，吴中人将诗人皮日休、陆龟蒙二人视为鼻祖，但李梦阳认为徐祯卿所言不当，曾言："自附于皮、陆数子，又强其所弗入。"这句话主要隐含着两层含义：第一，徐祯卿本不该故步自封，将皮日休、陆龟蒙这样的晚唐名家作为学习的榜样；第二，徐祯卿将皮日休、陆龟蒙推荐给李梦阳，然非李梦阳的主观喜好，徐祯卿便是强人所难。因此，李梦阳阐明自己的诗歌立场和诗法理论，表示自己不喜好皮日休、陆龟蒙等人"连联斗押"的作诗习气，并认为其"累累数千百言不相下，此何异于入市攫金，登场角戏也"。他劝徐祯卿"改趋"，主张写诗应志存高远，师法魏晋和盛唐。

李梦阳提出"夫诗，宣志而道和者也"的观点，并用几组概念，即宛—峭、质—靡、情—繁、融洽—工巧，确立诗歌应追求的方向，并据此衍生出对于"音"的思考。他认为"故音也者，愚智之大防"，又以"音"为基础提出另一组对立的概念，即庄—诐、简—奢、浮—孚。从其《与徐氏论文书》中可以发现关于这一思想的具体论述：

夫诗，宣志而道和者也，故贵宛不贵峭，贵质不贵靡，贵情不贵繁，贵融洽不贵工巧，故曰"闻其乐而知其德"。故音也者，愚智之大防，庄诐、简侈、浮孚之界分也。至元、白、韩、孟、皮、陆之徒为诗，始连联斗押，累累数千百言不相下，此何异于入市攫金、登场角戏也。彼睹冠冕佩玉，有不缩腕投竿而走者乎？何也？耻其非君子也。三代而下，汉魏最近古，乡使繁巧峭靡之习诚贵于情质宛洽，而庄诐、简侈、浮孚，意义殊无大高下，汉魏诸子不先为之邪？

第五章　藏于诗文中的美学理想

可见，李梦阳由志到诗，又由诗（音）辩志，对创作主体的情感意志和作品表现出来的美学特征，进行了严格的说明。由此可以看出，这一时期李梦阳的诗歌观，在宣扬复古理念的同时还保留着传统的德行论元素，即以"音"观人之"德"。

学者黄卓越在《明永乐至嘉靖初诗文观研究》一书中，以"明弘治间审美主义倾向之流布"为背景，认为徐祯卿、李梦阳之争与"审美过度化问题"有关，认为李梦阳是在批判叙事在文辞上的"藻饰"追求及其从前的六朝作风。整体来看，这种论述好像不无道理，但具体到这次"改趋"问题的争论，李梦阳针对的对象并非六朝的"藻饰"作风，而是由对皮日休、陆龟蒙的评价所引起的对学古取法标准、策略和理论要求的思考。

整体来看，两人对于"改趋"的沟通并未形成激烈的争论，但其中涉及的文学意义十分重大。

首先，对徐祯卿来说，在李梦阳的帮助下，他坚定了自己关于复古理论的认识，彻底地剔除了原来吴中士人作诗的风流习气和六朝风格，最终实现了理论成果和创作实践的统一，成功蜕变为追求风格高古的复古派诗人。黄鲁曾有言：

> 弱冠时学古文，进造敏疾，凡成一篇，即焚之，竟不存稿。作《谈艺录》，诗有《叹叹集》，此二者诚牴牾也。二十七中进士，李梦阳倾盖，见二书，曰："《谈艺》之文超驾六朝，而《叹叹集》则气格卑弱，若出二人之手。"君即大悟。凡三十三日夜不寐而深思之，遂越唐人以遡唐人汉魏。苦吟遥拟，如与谢灵运、宋之问诸人对面焉。（《续吴中往哲记·俊异第十一》）

这里主要指出徐祯卿从及第进士前创作的"牴牾"到见到李梦阳之后的"大悟"，完成了诗歌作风的转变，以至于最后徐祯卿只保留了能与复古高格作风相吻合的后期作品,并将其他早期吴中之六朝风流风格淘汰殆尽。

在此之前,徐祯卿缺乏的并不是对复古理论的认知和标准的复古策略。从《与李献吉论文书》中可以发现,他是有这方面思想的,只是没有明确表明自己的立场而已。他缺乏的是将这种理论认识落实到自己的创作实践中,但这还不是人们常说的"知而未蹈"创作水平问题,而是他对于文学史的认识现实与个性习染相背离的问题。也就是说,徐祯卿在最初的创作中主要表现出来的是绮丽的六朝情调,作风上还有吴中士人的风流习气,但他在理论上认为这是一种不良习气,故在与李梦阳初次通信时,提及文人作风颇为浓郁的皮日休、陆龟蒙,结果遭到李梦阳的一番庄肃劝说,进而对复古理论产生了深刻的认识。

徐祯卿的《谈艺录》被公认为具有复古派典型思想的作品,但他在这部作品的创作中,呈现出两种似乎矛盾的情形,即复古的高格诗风与吴中风流习风的对立统一。李梦阳在《徐迪功别稿序》中就谈到早年徐祯卿的这种复杂情况,其云:

《徐氏别稿(五卷)》,吴郡徐昌谷所著,皆未第时语也。予见昌谷《谈艺录》及古赋歌颂,谓其有自得之妙。及览斯稿,顾殊不类,何也?

这里李梦阳提出徐祯卿的部分作品与《谈艺录》的趋向完全不同,流于绮靡。而《谈艺录》只论汉魏,重在阐述复古之论。李梦阳与徐祯卿之间的这种争论增强了彼此的友谊,他们都对交流的积极作用持肯定态度,渴望彼此意见的深度交换。而之后复古派能够形成较为紧密的文学集团,与他们此时的深度交流有着密切联系。如果双方没有以诚恳、开放的心态进行深度交流,那么复古派的理论思想可能就无法形成一个成熟的系统。

徐祯卿在《与朱君升之叙别》中的论述,可以说明他在与李梦阳交

第五章 藏于诗文中的美学理想

流关于复古事业的意见后,开始以完全的复古派观点对朱应登和自己所携带的南方文学特征,展开了严厉的批评:

> 士之贵于世者有三:其上志节,次政业,最下者文技。夫工词华而阔吏事者,浮儒也;习时务而少士行者,靡吏也。儒浮而吏靡,皆弃于时者也。吾与子其胥勉焉。昔夫子论南方之强,不及于强。天地风气,各有所限。固庸众之强也,而君子不是论焉。吾与子产于东南卑湿之乡,风柔以靡,俗偷以沦。士皆喜操觚执笔,弄缔绘之词以衒于世,而不顾其实。居位者,咸好骋其聪明材辩之资以自饰,因循于资格之间,求以保誉,隳其气节,而不自庸。吾与子浮沉濡习于其间,又何以免其失哉?……文词不患其不华,而患于气格之不振;吏事不患其不工,而患于勤确之未至;志行不患其不逊,而患于见义之不为。三者皆吾所患于己也,吾子亦不可不勉焉。且《卿云》《河汉》,光华虽烂,无补于天地之成功。词章陆离,非国之宝也。夫文者,贤圣不得已而后作,非若今之斗丽而夸富也。孔子不得志,乃述六经;屈原忠愤,始作《离骚》;迁罹刑乃辑《史记》。文岂古人之所好为哉!呜呼,今之文亦异于古矣,虽不作可也!子酷好文,吾又终之以是说。

此文约作于正德初年,此时朱应登以南京户部主事的身份"奏谒京师",与徐祯卿多日"剧谈",临别之时,徐祯卿以注意志节、政业与文学的关系相互勉励。从这一点可以看出,在当时刘瑾擅权的政治环境下,复古派人士纷纷以气节之士相勉励绝不是无病呻吟,复古派人士也渴望在政治上有所作为,而贬低文学为不足多道的"文技",则是他深刻思考了既往的惨痛历史教训而得出的结论。对此,人们不能将其视为传统的"三不朽"论,也不能视其为"重道轻文"的道学家观点。因为他提出的观点是"词章陆离,非国之宝也",他反面强调诗文要有为而作,增强文学创作的现实针对性和批判力。其实这是弘治、正德之间的文学复古运动得以慷慨激烈地进行，并造成广泛影响的真正原因。又由于徐祯卿深受吴中诗风的影响，长期沉湎于华丽的六朝文学风格，于是对讲究文辞的地域传统做出了严厉告诫，显示出其北学中原，取得复古思想之后的精神成果。"文词不患其不华，而患于气格之不振"，便是李梦阳劝徐祯卿"改趋"主张的直接表现。

二、"守化"之争

徐祯卿后期官途不顺，他的文学思想情趣日渐衰退，临终之时，他将整理的文集托付给文学导师李梦阳。正是在这个文集的序言上，出现了新的问题。

李梦阳在《徐迪功集》中保留的大多是徐祯卿追随其复古思想之后的作品，而徐祯卿许多优秀的早年作品都未被载录。李梦阳在序中直言不讳地谈到对徐祯卿诗文成就的看法，"守而未化，蹊径存焉"，他不但不着力为其弥缝遮饰，反而讥议，从而引发了关于李梦阳与徐祯卿的文学风格的激烈争论。又由于徐祯卿早期的吴中士人的身份和李梦阳的北方身份，争论又波及南北文学风格的异同，南方人是否应该学北以及学北之后的效颦姿态和失去故步等，而这些问题的关键就在于他们对"守而未化"的不同理解上，对此先看下李梦阳《徐迪功集序》原文：

予曰：《谈艺录》备矣。夫追古者，未有不先其体者也，然守而未化，故蹊径存焉。虽然，辞荣而耽寂，浮云富贵，慷慨俯仰，迪功所造诣，予莫之究竟矣。今详其文，温雅以发情，微婉以讽事，爽畅以达其气，比兴以则其义，苍古以蓄其词，议拟以一其格，悲鸣以泄不平，参伍以错其变，该物理人道之懿，阐幽剔奥，纪记名实，即有蹊径，厥俪鲜已，修短细大，又曷论焉。

直至现在，不同学者对此都还有着不同的理解。有的以时人顾璘有

第五章　藏于诗文中的美学理想

以六朝为体的说法为证，将"守而未化"理解为"专指徐祯卿习六朝之事，而非指一般习古"，认为李梦阳批评徐祯卿是因为徐祯卿仍然守着早年在吴中形成的六朝文风，没有蜕尽靡丽旧习，而明代后期的争论都是"不着边际的争论"。[①] 有的则认为"守而未化"之"体"是指古体、古法，认为李梦阳批评徐祯卿是因为徐祯卿尚未达到"积久而用成，变化叵测"的境地，还停留在对古体古法"守而未化""蹊径存焉"的阶段。[②] 总之，李梦阳的本意是强调仅仅守古法是不够的，还必须再进一步，在诗文创作时要加以变化。

然而皇甫涍曾得徐祯卿逸稿百余篇，"删其半"，编刻为《徐迪功外集序》。其序言称赞徐祯卿"尤长赋颂之文"，赞赏其复古思想，并认为其诗歌成就"可以继轨二晋，标冠一代"，且对李梦阳的讥议颇不以为意：

夫并包众美，言务合矩，检而不隘，放而不踰，斯述藻之善经也。奚取于"守化"，而暇诋其"未至"哉！……李子当弘治、正德间，刻意探古，声赫然，君与辨析追琢，日苦吟若狂，毋吝荣訾，卒所成就，多得之李子，而其知君顾未尽，况非李子哉！古曰：知难久矣，夫谅哉，悲矣。

但他说"卒所成就，多得之李子"，可见其肯定徐祯卿北学复古的做法，没有为他的"吴中故步"辩护。

王世贞对《徐迪功外集》的收录尚未有明显非议，只是说徐祯卿自选"咸自精美，无复可憾"。但他对《五集》的评判十分犀利，称其"趋向不正，亦复幼稚"。王世贞下面的这段话，也隐然谈到在李梦阳、何景明、徐祯卿弃世后，诗坛上的后期复古之士各分左右的局面：

---

① 陈书录."因情立格"：徐祯卿在诗歌创作与理论批评上的追求 [J]. 南京师大学报（社会科学版），1993（3）：57-61.
② 王松景. 徐祯卿诗学地位再评价 [J]. 哈尔滨学院学报，2016, 37（5）：50-56.

昌谷少即摛词，文匠齐梁，诗沿晚季，迫举进士，见献吉始大悔改。……今中原豪杰、师尊献吉；后俊开敏，服膺何生；三吴轻隽，复为昌谷左袒。摘瑕攻颣，以模剿病李，不知李才大固苞何孕徐，不掩瑜也，李所不足者，删之则精；二子所不足者，加我数年，亦未至矣。(《艺苑卮言》卷六)

再结合皇甫汸所言：

关中之诗犷，燕赵之诗厉，齐鲁之诗侈，河内之诗矫，楚之诗荡，蜀之诗涩，晋之诗鄙，江西之诗质，浙之诗啴，吴下之诗靡。(《解颐新语》)

从中不难看出复古派在后期诗派分离、众声竞起的情形，此时李梦阳、何景明、徐祯卿三人就各有了拥趸。之后顾起纶、胡应麟、何良俊等人对此有着不同的看法，从他们的争辩中可以看出，争论主要集中于吴中士人的复古派思想上：第一代复古派人士顾璘在诗文上开始关心复古的思想和实践结合的统一，然而其宗旨并未改变。以中唐派名世的二皇甫(皇甫冉、皇甫曾)，其诗文的最高取法仍然是典型的复古派，只是在创作实践上力图避免剽窃之弊，故创作有所变化，王世贞、胡应麟高扬李梦阳、何景明的复古大旗，何良俊所不满的也主要还是复古派的后学者，那些胸无点墨、喜欢追逐时尚的群起效尤者。他们争论的焦点在"化"，而不在"守"，说明他们对复古的大方向是没有异议的，只是关心复古的效果。因为这与他们自身的复古之路有关，也与复古后学的剽剥有关。另外，在复古派后期的文坛上，为徐祯卿辩护的人居多，他们都赞成徐祯卿的北学复古之论以及他所取得的复古成果，由此可见后期文学风尚的变迁。

第六章　后期的美学反思

　　前七子的诗文创作经历了从广泛受欢迎到成为潮流的转变，但随之而来的是不可避免的批评。一个风格在从被喜爱变为主流时，总会面临各种质疑。随后，对前七子派的批判逐渐成为一种潮流，各种声音纷纷出现：有些理学家认为其过于沉溺于文学形式，有些文学研究者则批评其过于守旧，甚至前七子派的后继者也开始反思其过度模仿的倾向。当然，也有人坚守前七子派的传统，反对新的变革。这一阶段的情况相当复杂。

　　从理性角度分析，前七子派与台阁体实际上属于一种顺承的关系。虽然他们的创作旨在抒发个人情感，但在实践中，这种过度的个人抒怀有时往往会使作品失去一定的艺术感染力。尤其是在后期的复古道路上，许多文人逐渐过于追求形式，而忽视了作品的真实情感和艺术感染力。在前七子的作品中还可以看到南北审美风格的交融，这使得前七子的作品更加多元，也更具深度。

第一节　对台阁体的矫枉过正

一、台阁体的创作特征

明代永乐至宣德时期，诗歌创作中出现了台阁体，内容大多比较贫乏，多为应制、题赠送别、酬应而作，遏制了诗歌的艺术活力。"台阁"是与"山林"相对立的概念，意思是创作主体为居台阁、列朝廷者，而非以"山人"名世者。此外，台阁体诗人的作品与山林之诗文相比，多饱含富贵福泽之气，且多用雍容典雅的声调哼唱"太平盛世"。"台阁体"的代表人物有杨士奇、杨荣、杨溥、黄淮、王英、陈循、胡广等人，其中成就较高的当属杨士奇、杨荣和杨溥三人。

（一）杨士奇生平及诗文创作特征

杨士奇（1365—1444年），名寓，字士奇，一字以行、侨仲，号东里，泰和（今属江西省泰和县）人。建文元年（1399年），经汉县县令王叔英的举荐，杨士奇被召入翰林充编修官，修《明太祖实录》。永乐元年（1403年），杨士奇被选入内阁典理机务。洪熙元年（1425年），杨士奇升礼部侍郎兼华盖殿大学士，后累官至宰相，是明代一位颇有政治远见的政治家。正统九年（1444年），杨士奇病故，获赐左柱国、太师，谥号"文贞"。

杨士奇是台阁体诗派的盟主，也是台阁体诗派中影响力最大的诗人。杨士奇位高权重，必定要引导整个国家的文化呈现出积极乐观的正面风尚。因此，台阁体诗内容较为单调，以歌咏升平、颂扬功德为主，有着雍容典雅、平正安和的诗风特征。例如：

第六章　后期的美学反思

早朝应制

天香初引玉炉熏，日照龙墀彩仗分。
闾阖九重通御气，蓬莱五色护祥云。
班联文武齐鹓鹭，庆合华夷致凤麟。
圣主临轩万年寿，敬陈明德赞尧勋。

这是一首典型的台阁体诗，是杨士奇为早朝应制而作。诗中通过描写早朝庄严恢宏的景象，歌颂当权者的恩德。全诗词采华丽，风格平正典雅，气度雍容，阁臣心态流露无遗。

再如，杨士奇《赐文渊阁五色菊一本应制》一诗中，他以题咏所赐文渊阁五色菊入手，最终归结到祝圣明万岁千秋，仍不脱离颂圣的主题；他在《寄尤文度》一诗中通过描写尤文度参议的精神意趣，表明圣上的英明以及社会的安定；他在《从游西苑》中描写了随从皇帝游西苑，饮酒赏乐游湖观花的情景；他在《元夕观灯诗》中则通过描写元宵节观灯的情形，表明国家的富饶与安定；等等。

在杨士奇的台阁体诗中，一些题赠送别类型的诗文能够显示出其深厚的文学造诣，如：

送尤文度归吴中

我友整遐装，誓将起旋归。
平明发城邑，率彼东路驰。
爰与二三子，祖饯临郊岐。
中筋趣分袂，恨恨使我悲。
嘤鸣求其友，窃慕伐木诗。
平生携手好，何为中化离。
行当阻川岫，安得睹光仪。
情敦思苦深，久要谅不遗。

各言崇令德，庶保黄发期。

这首五言送别诗与其他送别诗相比，有着独特的意趣，情感真挚，离愁别恨充斥于字里行间。

杨士奇在诗文创作中十分推崇盛唐诗，因为他认为盛唐诗反映了盛唐辉煌的气象，仁宣之治与盛唐盛世也是相类似的。比如，下面一诗就颇有唐诗韵味：

发淮安
岸蓼疏红水荇青，茨菰花白小如萍。
双鬟短袖惭人见，背立船头自采菱。

此外，杨士奇还比较推崇杜甫，他认为杜甫的诗歌有忠君爱国之心，关乎政教风化，出于性情之正。所以，杨士奇在创作诗文时，重在强调文学的教化功用，其诗文中不乏教化的内容。

（二）杨荣生平及诗文创作特征

杨荣（1372—1440年），初名道应、子荣，字勉仁，建安府（今属福建省建瓯市）人。建文二年（1400年），杨荣进士及第，授翰林编修。明成祖朱棣即位后，杨荣受其赏识，成为当朝首辅。宣德十年（1435年），杨荣进升少傅。正统三年（1438年），杨荣升任少师。正统五年（1440年），杨荣病逝，获赐光禄大夫、左柱国、太师，谥号"文敏"。

杨荣既以武略见重，又好诗文。在诗文方面，他与杨士奇、杨溥一样，是"台阁体"的代表人物之一。他的台阁体诗也多为应制而作，内容同样是歌咏太平，颂扬圣德，因而诗风典雅雍容，四平八稳。杨荣诗歌中的台阁气息与杨士奇相比，更甚。他的应制诗不仅具有歌功颂德的特点，就连一些山水诗也有明显的歌颂太平的倾向。比如，他在《神龟诗》中，通过对石龟的描写，歌颂天下太平、皇帝英明。下面这首诗所表现的内容也有同样的意味：

元夕赐观灯诗五首（其一）
海宇升平日，元宵节令时。
彩云飘凤阙，瑞霭绕龙旗。
歌管春声动，星河夜色迟。
万方同燕喜，千载际昌期。

诗中描写的内容并不复杂，主要是元宵节皇帝赐大臣一同观灯的情景。全诗一派升平祥瑞气象，表现了举国欢庆、繁荣昌盛的局面。客观来讲，整首诗有着工丽华贵的形式，但内容贫乏，较为平庸。但在当时这种诗风效法者众多，一时竞相袭成风。

（三）杨溥生平及诗文创作特征

杨溥（1372—1446年），字弘济，号澹庵，石首（今属湖北省石首市）人。他与杨荣同年中举进士，授翰林编修。仁宗时期，杨溥被擢为翰林学士。宣宗即位，召杨溥入阁与杨士奇等人共典机务。宣德九年（1434年），杨溥升礼部尚书。正统三年（1438年），杨溥进少保、武英殿大学士。杨溥虽然比杨士奇、杨荣晚二十年入阁，但与杨士奇、杨荣并立，人称"三杨"。正统十一年（1446年），杨溥卒，获赐特进光禄大夫、左柱国、太师，谥号"文定"。

整体来看，杨溥的诗文成就要比杨士奇和杨荣低一些。他的台阁体诗作除了反映馆阁生活、歌功颂德，就是一些枯燥的说教之辞。具体诗作如《万寿圣德诗》《麒麟诗》《奉使出德胜门》《东征》《直弘文馆》《丙辰除日》《拜孝陵》《赐观九龙池》《元旦早朝》《正统五年元旦早朝·贺喜雪》等。

二、台阁体的衰微与茶陵派的形成

洪熙、宣德年间到正统前期是台阁体的鼎盛期，这一时期的文人多受"三杨"影响，特别是在杨士奇的大力倡导下，台阁体逐渐成为明代文坛的主流。然而，明正统年间，官仕四朝乃至五朝的"三杨"先后离世，"太平盛世"之后，出现的各种社会矛盾不断激化，社会弊病也日渐严重。文坛上点缀升平、雍容典雅的台阁体亦日益引起人们的不满，至前七子、后七子，终形成声势浩大的反对台阁体的复古运动。实际上，早在前七子、后七子之前，这种复古思潮就已经开始酝酿，茶陵派便是这一转变过程的产物。茶陵派的核心人物为李东阳，他曾任礼部尚书兼文渊阁大学士，少师兼太子太师、吏部尚书、华盖殿大学士，以宰臣的地位统领文坛。茶陵派试图洗刷台阁体啴缓冗沓的风气，但由于茶陵派的诗人本身较为萎弱，且诗歌的思想内容较为贫瘠，因而未能开创出新的局面。但从总体上看，茶陵派的诗作比台阁体诗深厚雄浑，可以称得上是一种进步。此外，前七子的很多文学理念都受到茶陵派的启发，也正是因为李东阳等人开始拨开明朝诗坛的迷雾，前七子才得以逐渐将目光聚集于宋元之前的文坛，并试图将其发扬光大。虽然复古派对茶陵派提出过批评，但这并不意味着两者是对立的，而是一脉相承的。

茶陵派的领袖李东阳具有较高的政治地位，又喜爱文学，热心奖掖后进，所以周围聚集了一大批文学之士。《四友斋丛说》（卷八）中有着这样一段描述：

李文正当国时，每日朝罢，则门生群集其家，皆海内名流。其座上常满，殆无虚日。谈文讲艺，绝口不及势利，其文章亦足领袖一时。正恐兴事建功，或自有人。若论风流儒雅，虽前代宰相中，亦罕见其比也。

可见，李东阳当时领导的文坛盛况非常。同时，李东阳是一位诗文创作大家,其诗力主宗法杜甫,强调法度音调。

李东阳的诗文以拟古乐府的较为著名,或咏怀史实、抒己感慨,或斥责暴君,或同情百姓。比如:

筑城怨

筑城苦,筑城苦,城上丁夫死城下。
长号一声天为怒,长城忽崩复为土。
长城崩,妇休哭,丁夫往日劳寸筑。

该诗将秦王筑城、百姓受苦的情形描写得淋漓尽致。此外,李东阳在《三字狱》中指斥秦桧以"莫须有"三字残害一代忠良岳飞:

朋党谪,天下惜。
惜不惜,贬李迪。
三字狱,天不服。
服不服,杀武穆。
奸臣败国不畏天,区区物论真无权。
崖州一死差快意,遗恨施郎马前刺。

《闻鸡行》则通过描绘战争的场景,表达了战乱的痛苦和对和平的渴望,歌颂了恢复失土的英雄,并为英雄未能实现志向而感到遗恨千古:

城头鸡鸣声不恶,祖生夜舞司州幕。
南来击楫向中流,杀气横秋尽幽朔。
手提一剑驯两龙,黄河以南无战锋。
十州父老皆部曲,谁遣吴儿作都督。
中原未清壮士死,遗恨吴江半江水。

除了拟古乐府，李东阳的五言、七言诗也有较为出彩的作品，如《春至》《风雨叹》《偶成四绝》《九日渡江》等。李东阳在《春至》中忧国悯民，深叹"东邻不衣褐，西舍无炊烟。农家望春麦，麦种不在田。流离遍郊野，骨肉不成怜"，致使自己"对食不能餐"。李东阳在《风雨叹》中主要描写了在旅途中遭遇狂风暴雨，面对天昏地暗、惊涛骇浪，以致树倒屋塌、百姓死亡的可怕景象，想到国家多事、百姓苦难，并不为自己的遭遇而忧虑，而是由此引发了对国家和人民的担忧：

    壬辰七月壬子日，大风东来吹海溢。
    峥嵘巨浪高比山，水底长鲸作人立。
    愁云压地湿不翻，六合惨澹迷乾坤。
    阴阳九道错白黑，乌兔不敢东西奔。
    里人苍黄神屡变，三十年前未曾见。
    东村西舍喧呼遍，牒书走报州与县。
    山貙谷汹豺虎嗥，万木尽拔乘波涛。
    洲沉岛火无所逃，顷刻性命轻鸿毛。
  我方停舟在江皋，披衣踞床夜复昼，忽掩青袍涕沾袖。
  举头观天恐天漏，此时忧国况思家，不觉红颜坐凋瘦。
  潼关以西兵气多，芦笳吹尘尘满河，安得一洗空干戈？
    不然独破杜陵屋，犹能不废啸与歌。
    世间万事不得意，天寒岁暮空蹉跎。
    呜呼！奈尔苍生何？

全诗雄浑古朴、气象开阔，通过音韵的起伏表达了诗人对国家和人民的深沉关切之情。而在《偶成四绝》中，李东阳则真实地揭示了贫困民众遭受饥饿、寒冷的情景，以及权贵剥削民众的恶劣行为，表达了自己对民众的同情和对权贵的愤慨。《九日渡江》则从瓜步烟树、建康山形，联

第六章　后期的美学反思

想到自身现寄寓天涯，表现了李东阳对家人的思念和对人生短暂的无奈：

秋风江口听鸣榔，远客归心正渺茫。
万里乾坤此江水，百年风日几重阳。
烟中树色浮瓜步，城上山形绕建康。
直过真州更东下，夜深灯火宿维扬。

明成化十六年（1480 年），李东阳初为应天乡试考官，公干结束之后，由南京渡江经扬州北上，时逢重阳，家家团圆，一种思亲之情油然而生，遂写下此诗。该诗从归途所见落笔，景中寓情，其中"万里乾坤此江水，百年风日几重阳"两句将江水的奔流不息同生命的悄然流逝结合起来，表达了李东阳对岁月无情、人生短暂的感叹，并由此进一步衬托出亲情的可贵和佳节的难遇。整体来看，全诗清丽流畅，辞情兼美，确属佳作。

李东阳的诗歌，长于写景抒情，善用平淡词语描绘出清新意境。比如：

北原牧唱

北原草青牛正肥，牧儿唱歌牛载归。
儿家在原牛在坂，歌声渐低人更远。
山苍茫，水清浅。

再如，《夜窗听雨》描写夜雨静谧与听雨遐想，读来宛如身临其境。此外，李东阳的诗文十分注重用字的虚实问题，他在《怀麓堂诗话》中指出：

诗用实字易，用虚字难。盛唐人善用虚，其开合呼唤，悠扬委曲，皆在于此，用之不善，则柔弱缓散，不复可振，亦当深戒。

以《庆成宴次焦少宰韵二首》（其一）为例：

南郊礼罢及辰良，春殿筵开爱日长。
神贶已沾颁后胙，宫衣犹带祭时香。
旌旗簇拥千人队，衮绣分明五色光。
乾饮满斟皆圣语，共将涓滴报吾皇。

诗中有着富贵雍容的辞藻、对仗工整的声调和娴熟的韵律，表现出皇家宴会的壮观与威严，同时表达了李东阳对皇恩浩荡的感激之情。显然，这首诗有着明显的歌功颂德的倾向，可见李东阳的诗文创作并未完全摆脱台阁体诗的影响。

李东阳的《怀麓堂诗话》，可谓茶陵派的理论纲领。它首次刊行于正德年初，但它并非一时一地所作，而是李东阳经过长期大量的创作实践而得出的结论，这些结论主要包括以下三点：

（一）诗文有别

李东阳较为重要的文学主张，就是诗文有别。他在《怀麓堂集》（卷二十八）《镜川先生诗集序》中曾提出：

诗与诸经同名而体异，盖兼比兴、协音律、言志厉俗，乃其所尚。后之文皆出诸经，而所谓诗者，其名固未改也，但限以声韵，例以格式，名虽同而体尚亦各异。

在《怀麓堂集》（卷二十五）《沧洲诗集序》中，他又提道：

诗之体与文异，故有长于记述，短于吟讽，终其身而不能变者，其难如此。……盖其所谓有异于文者，以其有声律风韵，能使人反复讽咏，以畅达情思，感发志气。

在李东阳所有比较重要的文集中，他都将这一观点进行了重点论述。李东阳强调诗文有别，实际上就是主要论述文学与非文学的关系，强调文学的独立性。

诗与文较为明显的区别就是诗必须讲究声律节奏，因此李东阳反复强调"夫文者，言之成章，而诗又其成声者也"。这里应当注意的是，李东阳所强调的诗之"声"并不仅指通常意义上的声律节奏，还有着更为深刻的含义：

诗在六经中别是一教，盖六艺中之乐也。乐始于诗，终于律，人声和则乐声和。又取其声之和者，以陶写情性，感发志意，动荡血脉，流通精神，有至于手舞足蹈而不自觉者。后世诗与乐判而为二，虽有格律而无音韵，是不过为排偶之文而已。(《怀麓堂诗话》)

这里的"声"主要指音韵，如果有"格律"而无音韵，则作品仍不过是"排偶之文"。诗与音韵的结合是中国古典审美理想和审美特征的重要表现，它实际凝聚了二者的全部要求，如美与善的统一、情与理的统一、意与象的统一等。李东阳通过对诗的音乐特征的把握，实际上已经触碰到中国古典审美理想的主要内容，虽然他自己并未意识到这一点。

因此，将李东阳的诗歌理论仅仅概括为重声律的论点，是一种比较表面的认识。李东阳对中国古典诗歌审美特征的把握，还体现在很多方面。比如在上述引文中，他还强调了诗歌有"言志""畅达情思""陶写情性，感发志意，动荡血脉，流通精神"的功能，这也是诗歌言情的特征。李东阳的这些对诗文创作的理论研究，都立足文学艺术本身，因此与理学家的论调有着明显区别。比如，他还对古典诗歌意象统一的特征进行了探索，如在《怀麓堂诗话》中，其认为"诗贵意，意贵远不贵近，贵淡不贵浓","意象"不能"太著",要"超脱"等。

李东阳在诗歌理化倾向较为严重的情况下,对中国古典诗歌的审美特征做出了重新探讨。他在《怀麓堂诗话》中曾言:

> 唐人不言诗法。诗法多出宋,而宋人于诗无所得。所谓法者,不过一字一句,对偶雕琢之工,而天真兴致,则未可与道。其高者失之捕风捉影,而卑者坐于黏皮带骨,至于江西诗派极矣。惟严沧浪所论超离尘俗,真者有所自得,反复譬说,未尝有失。

李东阳从"诗法"的角度褒唐贬宋,提倡宗唐,对宋诗评论甚低。他认为"宋人于诗无所得",这话较为偏激。"宋诗深,却去唐远""六朝、宋、元诗,就其佳者,亦各有兴致,但非本色"。李东阳的这一思想,成为明代"诗必盛唐"的复古诗论的先导。李东阳论诗虽然强调"法度",但是,这一论述又表明他不拘泥于"法度"的变通观点。他反对宋人的"诗法"是反对那些拘泥于"一字一句,对偶雕琢之工"的僵化教条,因为它扼杀了诗人的"天真兴致"。

(二)批评诗的理化与俗化

在探讨古典诗歌审美特征的同时,李东阳对宋、唐,特别是元以后诗歌的理化、俗化倾向进行了批评。他在《怀麓堂诗话》中指出:

> 诗太拙则近于文,太巧则近于词。宋之拙者,皆文也;元之巧者,皆词也。

文贵沉稳,词贵纤巧,诗则介于两者之间,既要沉凝工稳又要新奇出俗,然皆不能太过。诗的理化主要有两种表现:一是以诗言理,二是以诗叙事。针对这两方面,李东阳在《怀麓堂诗话》中指出,诗应该"贵情思而轻事实"，如果直接阐述自己的观点，那么就不是有感而发，并论述：

> 诗有别材，非关书也；诗有别趣，非关理也。然非读书之多明理之至者，则不能作。论诗者无以易此矣。彼小夫贱隶妇人女子，真情实意，暗合而偶中，固不待于教。而所谓骚人墨客学士大夫者，疲神思，弊精力，穷壮至老而不能得其妙，正坐是哉。

李东阳认为，"真情实意"是诗歌的根本。写诗不能只靠书本和兴趣，还有一种于理、于书之外的重要因素，即诗人的才性、气质、真情。

（三）主张学古

通过对古典诗歌审美特征的研究，并对诗的理化进行辨析之后，李东阳自然而然地得出了诗的"时代格调"各自不同的结论，他提道：

> 今之歌诗者，其声调有轻重清浊长短高下缓急之异，听之者不问而知其为吴为越也。汉以上古诗弗论，所谓律者，非独字数之同，而凡声之平仄，亦无不同也，然其调之为唐为宋为元者，亦较然明甚。（《怀麓堂诗话》）

> 五七言古诗仄韵者，上句末字类用平声，惟杜子美多用仄。……其音调起伏顿挫，独为遒健，似别出一格。回视纯用平字者，便觉萎弱无生气。（《怀麓堂诗话》）

> 长篇中须有节奏，有操有纵，有正有变，若平铺稳布，虽多无益。（《怀麓堂诗话》）

213

上述关于诗歌声调的论述无疑构成了李东阳格调说的主要内容，但深究其原因，从他通过倡举格调说这种带有形式主义色彩的诗歌美学来重振诗林这一做法来看，他真正感兴趣的并非格调本身，而是寄希望于通过格调培育全新的时代精神和文化氛围。

李东阳探究古代诗人如何安排字、句、音韵，并希望构成那种特殊的格调，但他并不主张完全模仿古人，他在《怀麓堂集》中认为，只要"博学以聚乎理，取物以广夫才，而比之以声韵，和之以节奏，则其为辞，高可讽，长可咏"，不必"'必为唐''必为宋'，规规焉，俛首蹴步，至不敢易一辞出一语"，不必"必模某家、效某代，然后谓之诗"。他认为最可取的是守法而不泥于法，拟议之中有变化。他在《怀麓堂诗话》中曾言：

律诗起承转合，不为无法，但不可泥。泥于法而为之，则撑拄对待，四方八角，无圆活生动之意。然必待法度既定，从容闲习之余，或溢而为波，或变而为奇，乃有自然之妙，是不可以强致也。若并而废之，亦奚以律为哉？

不得不说，李东阳的这种主张为前七子的复古主张提供了坚实的理论基础。

三、前七子对"台阁体"的态度

正德、嘉靖时期，前七子崛起，动摇了台阁体诗文雍容典雅、平正安和的诗风地位。前七子虽然沿袭了茶陵派的一部分主张，如尊崇盛唐，但比茶陵派的诗风更为劲健高华，由此掀起了一场追求高格的复古主义运动。前七子的文学见解虽然总有这样或者那样的不同，但他们都既反对雍容平易的"台阁体"，也不满足于专攻声调法度的茶陵派，进而提倡作文学习秦汉，写故事推崇汉魏，近体要以盛唐为标杆。在他们看来，作文作诗要追溯根源地学习和模拟，只有这样才能克服诗文中"萎弱"的现象。

第六章 后期的美学反思

明代初期的台阁体多是粉饰现实、点缀升平之作，一些理气诗也多是迂腐庸俗的空洞说教，这都引起了前七子的反感，他们试图恢复汉魏盛唐那种卓然奋发的雄浑之体，以复古求革新，这种主张在当时可谓振聋发聩，并逐渐成为当时的文艺思潮主流。

前七子秉持基本一致的指导思想，但在具体的文学见解上存在或多或少的分歧，如李梦阳、何景明之争，但这也说明了他们对古"法"内涵的不同理解，他们在如何学习古人的问题上是在不断思考和探索的。

接受美学是美学理论与流派之一，其认为文学活动是作家、作品、读者三个环节的动态过程，作品的价值与地位是作家的创作意识与读者的接受意识共同作用的结果。接受美学突出强调文学理论的研究应当以读者对文学作品的接受和文学作用产生效果的过程为研究核心。接受美学把文学视为创作过程和接受过程，这便是文学作品的生命力所在。从接受美学的角度分析，前七子对台阁体的态度并非完全否认，而是对台阁体复古倾向的一种顺承和接受。客观地讲，台阁体文学作品中确实有粉饰太平、歌功颂德的意味，风格也较为婉约柔弱，但其代表人物在思想上大多都体现着复古主义倾向。宋濂是明初台阁体文学的早期代表，他在《答章秀才论诗书》中提道：

然谓其皆不相师可乎？……近来学者，类多自高，操觚未能成章，辄阔视前古为无物，且扬言曰：曹、刘、李、杜、苏、黄诸作虽佳，不必师；吾即师，师吾心耳。故其所作，往往猖狂无伦，以扬沙走石为豪，而不复知有纯和冲粹之音，可胜叹哉！

宋濂在这里批评时人自以为才能卓绝而不师古人，其隐含的意思便是希望时人能够师法古人，学习古人的创作思维。这种观点也正是前七子所提倡的复古思潮的核心。

可以这么说，复古作为弘治、正德年间由前七子提倡的一个以文学为中心的议题，它在释放强劲影响力的同时，也确实面临来自文人学士的种种争议，尤其是它在实践过程中暴露出的这样或那样的问题，自然更容易成为人们关注的焦点和争论的话题。比如，前七子的复古与台阁体文学一向被人们视为两个水火不容的对立面，多数人认为前七子的复古是对台阁体的否定，然而考证台阁体演变发展的相关文献可以发现，明代台阁体文学不应被视为前七子复古的对立，而应被视为明代复古文学的重要组成部分。

身为前七子复古运动领袖的李梦阳在《空同集》的《徐子将适湖湘，余实恋恋难别，走笔长句，述一代文人之盛，兼寓祝望焉耳》中有这样几句诗：

> 宣德文体多浑沦，伟哉东里廊庙珍。
> 我师崛起杨与李，力挽一发回千钧。

从这几句诗中明显可以看出，李梦阳对杨士奇的文学成就持有赞赏态度，并用"伟哉"和"廊庙珍"等词来形容他的作品。诗中的"我师崛起杨与李"表明李梦阳视杨一清和李东阳为师，并在此基础上继续发扬他们的文学传统。而李东阳对茶陵派的诗歌创作有着重要的引导作用，对台阁体文学产生了深远的影响。李梦阳在诗中提到的"力挽一发回千钧"意在强调文学应该具有实际应用价值，这与李东阳的观点是相符的。这首诗揭示了李梦阳对台阁体并非真正反感，李梦阳与台阁体之间是一种继承与发展的关系，他在此基础上发展了复古形式，表现出独特的复古内容。简言之，台阁体主张学习杜甫的风格，而前七子则主张回归秦汉文风。明代的台阁体文学家普遍具有复古情怀，并将其融入创作中，而李梦阳身为前七子复古运动的领袖，以李东阳为师，并对台阁体的诗文风格怀有赞赏之情。

徐朔方等曾指出，明代文学史上引人注目的文学复古运动，在明初即已掀起风潮，却往往为人忽略[①]。无可否认，前七子将文学复古运动推向了高潮，但决不能误认为这就是明代复古运动的开端。前七子派也并不是对台阁体完全否定，而是对台阁体复古倾向的一种顺承和发展。

第二节 以个人抒怀为目的的创作反思

在前七子文学派的核心成员相继离世之后，该学派在弘治、正德年间掀起的复古思潮总体上呈现出衰落之势。尽管如此，前七子的文学影响并未随之消亡，实际的情形是，李梦阳、何景明等诸子的复古趣味在文学圈内仍被广泛传播，其中的后起之秀也有就复古是否应以个人抒怀为中心进行思考的，这无疑也是接受美学理论的重要体现。

一、黄省曾"本于情流"的诗学主张

关于这个问题，可以先分析那些曾与李梦阳、何景明等诸子交往密切且归入其文学派的后起人士。比如，黄省曾与前七子中的李梦阳、康海、王廷相等人都有过交往，他在嘉靖七年（1528年）所作的《寄北郡宪副李公梦阳书》中，大力赞许李梦阳诗文复古"倡兴之力"，表达"不复古文，安复古道"的个人志向。然而，黄省曾虽倾心于李梦阳等人诗文复古之举，却并不意味着在如何复古的一些具体问题上与李梦阳取得了一致的看法。比如，在古体师法目标的选择上，前七子将视线大多集中于汉魏古诗，而黄省曾除汉魏之作外，还将六朝诗歌作为学习效仿的对象，但是真情抒发这一点是黄省曾与李梦阳等人复古的共通点。黄省曾在注重学古的同时表达了个人抒情的特性及求真的重要性，他在《诗言龙凤集序》中有言：

[①] 徐朔方，孙秋克.明代文学史[M].杭州：浙江大学出版社，2006：11.

> 诗者，神解也，天动也，性玄也。本于情流，弗由人造。……古人构唱，直写厥衷，如春蕙秋蓉，生色堪把，意态各畅，无事雕模。若末世风颓，横添私刻，矜虫斗鹤，递相述师。如图缯剪锦，饰画虽妍，割强先露；故实虽富，根荄愈衰。千葩万蕊，不如一荣之真也。……但世人莫省自然，咸遵剽窃。正德以来，古途虽践，而此理未逮；艺英虽遍，而正轨未开；秀句虽多，而真机罕悟。

这显然是在突出诗歌"本于情流"的基本前提下，申明"弗由人造"的抒情以求真的根本原则。在黄省曾看来，立足抒情的特性和坚持求真的原则，实际上是诗之为诗的本质所在，也是评判诗歌作品的重要价值准则。相比而言，今人或后世不是流于雕琢，就是陷入剽窃，丧失了古代诗歌抒发真情的特点。再观李梦阳等人的论诗主张，他强调诗歌的抒情特性，着眼于诗人情感体现和表现的真实性。由此看来，尤其是在诗歌的根本性的价值判断上，黄省曾和李梦阳等人有着更多互为融通的见解，其中既包含黄省曾接受李梦阳、何景明等诸子影响的因素，也体现了他在相关问题上所做出的自我判别。

二、李贽与其"童心说"

李贽是反复古主义的又一位代表人物。他针对当时文坛盛行的复古运动、拟古腐朽文风，提出了"童心说"的观念。这里的"童心"即真心，也就是真实的思想感情。他提倡写作要有真心，要表达个人真情实感，反对矫揉造作、虚情假意。他在《童心说》中明确指出，按照"闻见道理"的规范来写作的文章内容都是假人假事，而童心已被"闻见道理"所蒙蔽的文人，所炮制的文章也不过是儒家传统说教，要想写出美好的文章，作者必须具有童心，只有以童心为文才能写出好文章。此外，他还在论述中对"童心说"的目的做出了进一步的说明：

第六章 后期的美学反思

　　童子者，人之初也；童心者，心之初也。夫心之初，曷可失也？然童心胡然而遽失也？盖方其始也，有闻见从耳目而入，而以为主于其内而童心失。其长也，有道理从闻见而入，而以为主于其内而童心失。其久也，道理闻见日以益多，则所知所觉日以益广，于是焉又知美名之可好也，而务欲以扬之而童心失。知不美之名之可丑也，而务欲以掩之而童心失。失道理闻见，皆自多读书识义理而来也。

　　这段论述阐明了李贽倡导"童心说"的根本目的在于保持人的初心。他认为人的初心本来是纯真美好的，但后来由于"闻见道理"的侵入，人逐渐失去了童心。当童心受到遮蔽时，它在口头上的体现可能会是不真实的言辞，而在文字上则可能表现为不通达的文章。显然，李贽认为"道理"和"闻见"是遮蔽"童心"的外部干扰因素。尽管这种观点存在一定的局限，但他所提到的"道理"特指儒家经典中的传统封建道德观念，而这些观念往往会束缚人们的思维自由和个性发展，因此，就他所指的特定对象来看，这种观点具有深刻的批判意义。"闻见"则是指外部世界的影响，但如果完全排除这些影响，作家的"童心"则可能变成完全脱离现实的纯粹主观状态，这些都使李贽的"童心说"带有一定的唯心主义色彩。

　　与保持童心和抒发个人真情实感相关，李贽又主张"有为而发"，他提倡抒发愤懑和不平，所作文章对社会要有实际作用。比如，他在《杂说》中论述了通过写文章抒发个人的愤懑情感，绝非局限于个人的狭小空间，其真实意图为着眼于现实社会，要求文人对黑暗的现实勇于表明自己的态度，敢于进行批判性的控诉和揭发。

　　总而言之，"童心说"与复古主义的核心差异在于它高度重视创作者的情感价值和个性表达，而复古主义者更多地倾向于模仿，这种模仿可能会压抑和消磨人的真实情感和独特性。因此，李贽的"童心说"美学理论实际上是对当时盛行的复古文艺美学观点的有力反驳。

三、杨慎之性情论

弘治、正德年间，在前七子倡导复古运动之时，因"大礼议"[①]事件被贬至云南的诗论家杨慎对独尊盛唐之论提出疑问，他在《升庵集》（卷三）《李前渠诗引》中曾言：

诗之为教，邈矣玄哉。婴儿赤子，则怀嬉戏抃跃之心；玄鹤苍鸾，亦合歌舞节奏之应……情缘物而动，物感情而迁，是发诸性情而协于律吕，非先协律吕而后发性情也。以兹知人人有诗，代代有诗。

其中"情缘物而动，物感情而迁"是对传统"诗缘情"说的深化。他认为诗文的好坏并不局限于人物、时代，而是是否发乎性情。虽然前七子的"缘情"说也强调真情在文学创作中的重要性，但他们在实际的文学创作中并未真正做到这一点，他们过于专注复古，很难跳出模仿古代的框架。复古派的主要理念是模仿古代诗歌的审美标准，特别是汉魏和盛唐时期的经典作品。但是在"汉魏风骨"和"盛唐气象"两种审美典范之外，其他时期的诗文也有着独特的诗格风韵。杨慎意识到了这一问题，并在《升庵诗话》中对齐梁时期庾信的诗做出以下评价：

庾信之诗，为梁之冠绝，启唐之先鞭。史评其诗曰"绮艳"……余尝合而衍之曰：绮多伤质，艳多无骨，清易近薄，新易近尖。子山之诗，绮而有质，艳而有骨，清而不薄，新而不尖，所以为老成也。

[①] "大礼议"事件是指发生在正德十六年（1521年）至嘉靖三年（1524年）间，围绕明世宗生父献王朱祐杬尊号问题而展开的一场政治论争。在内阁"大礼议"的纷争中，杨廷和与杨慎父子反对明世宗追尊生父为皇考这一打乱皇统的做法，明世宗盛怒，将杨慎贬于云南永昌卫。

第六章 后期的美学反思

庾信的早期诗歌风格受到了齐梁体的影响，表现为过于华丽而失去了实质，语言多而缺乏力度，过于清晰而显得肤浅，过于新颖而显得尖锐。但在南北游历后，庾信领略了各地的风土人情，在修正齐梁体的基础上，形成了一种既华丽又清新的诗歌风格。杨慎认为，庾信的诗不仅代表了齐梁诗的最高审美水平，而且为唐代诗歌的兴盛奠定了基础。总的来说，每个时代都有其独特的审美取向。如果说齐梁诗在总体上不如汉魏诗，那也是因为它过于注重形式、内容过于空洞等，但这并不意味着齐梁的华丽美不如汉魏的刚健美。就像西方美学中的"优美"和"崇高"两种审美范畴，它们只是审美形态的不同表现。

杨慎提出"诗以道性情"，并不主张直言其事，而要求蕴藉含蓄。他在《升庵集》中指出：

《三百篇》皆约情合性而归之道德也，然未尝有道德字也，未尝有道德性情句也。二南者，修身齐家其旨也，然其言琴瑟钟鼓、荇菜茉苢、夭桃秾李、雀角鼠牙，何尝有修身齐家字耶？皆意在言外，使人自悟。至于变风变雅，尤其含蓄。言之者无罪，闻之者足以戒。

杨慎认为讲诗要"约情合性而归之道德"，这仍然不离儒家论诗的本质，但他讲究"意在言外，使人自悟""未尝有道德性情句"是符合艺术审美特征的，特别是他反对宋人论诗的"直陈时事"，更表明了他对诗歌艺术审美特征的透彻理解。他认为宋人以议论为诗，不懂得含蓄蕴藉，实乃诗之"下乘"，与诗的审美特征相背离。与之相较，杨慎将庄周文、李白诗列为上乘，推崇为"神于文者"，认为他们的作品是其胸中磅礴才气的自然流露，所以"非工之所可至也"。此外，杨慎从"诗以道性情"出发，强调诗人为文为人要有爱憎，这也是他主张作诗应本于性情的难能可贵之处。

第三节　为复古而缺少艺术感染力

对于前七子复古理论表示质疑的还有生平"好为古文词，上追秦汉"的夏鍭、林希元等人，他们有的对李梦阳个人古文的写作方法提出异议，有的则面向李梦阳、何景明等诸子及其响应者，并对他们的复古之路做出评判。比如，林希元在嘉靖年间编写的《古文类抄序》中指出：

或曰：文上秦汉，东京而下弗上矣，子取文而及唐宋，以至于今，不亦左乎？予曰：是何言与？夫古之文不能不变而为今，犹今之时不可复而为古也。时既不可复古，文乃不欲为今，其可得乎？……若以文论之，尊孔术，黜百氏，仲舒有功于吾道也。时至韩愈，佛老之害，甚于百氏，昌黎原道德，辟佛老，崎岖岭海，功与齐而力倍之。如此之文，岂下于秦汉乎？卖国外夷，挟君臣虏，秦桧之行，犬马不如。胡澹庵一疏奸雄，气夺紫阳，谓与日月争光，信也。李斯之《逐客》，扬雄之《解嘲》，其文诚美矣，然杀身亡秦，客之功安在？美新投阁，人之嘲谁解？如此之文，能过于唐宋乎？是故文无古今，适用则贵。苟适于用，虽非秦汉，安得而左之？昌黎、澹庵是也。不适于用，虽秦汉，安得而上之？李斯、扬雄是也。今之上秦汉者，安排粉饰，极力模仿，非无一二句语之近似也，然精神气力已远不逮。譬之优孟学叔敖，非不宛然似也，实则优孟耳，何有于秦汉？况辟邪崇正，未能如韩子之辟佛老；黜夷扶华，未能如胡子之斥奸桧。使果如秦汉，犹在所遗，况不如乎？

应该指出的是，林希元并未一味反对学习秦汉古文，他曾表示"秦汉之文雄浑典则，而得于自然，变化飞动，不可捉摸也"，以为其自有可学之处。但令他深为不满和忧虑的是，今人之学秦汉古文，偏重的是模仿，追求的是近似，结果造成艺术感染力的缺乏，离秦汉古文的"精神气力"相差甚远。不仅如此，在林希元看来，比起学古定向，是否"适用"更显重要，应当将此作为衡量文章的一条重要准则。在此前提下，所谓"文无古今"也就成了顺理成章的论断，假如不具有"适用"的性质，虽为秦汉之文，也可置之于一旁。

虽然李梦阳、何景明等人极力思索如何处理模拟与变化的关系，但他们在理论上的期望却并未在诗文创作的实践中得到体现，于是古体为尊、可以模拟等问题，仍难以避免地凸显于他们的创作之中。

一、唐宋派领袖王慎中的艺术追求

需要特别指出的是，在前七子复古主义大潮席卷文坛时，唐宋派诗文领袖王慎中也勇敢地举起反拟古大旗，并结合自己的文学实践，提出了"道所欲言""自为其言""变化自得""文道合一"等重视艺术感染力的文学理论，推动了我国古典文学创作的进一步发展。唐宋派文论的基本主张是取法唐宋，规抚秦汉，这种观点主要来源于他们对文学发展规律的认识。他们认为，唐宋诸家的文学创作是对秦汉文学优秀传统的继承和发展，而且较之于秦汉文学有着更高的艺术成就，其主要表现为以下两个方面：一是语言力趋平易自然，并形成了多种多样的艺术风格；二是在艺术法则方面，与秦汉文学的不自觉性相比，更显得规范化，因而更加成熟。

王慎中本是前七子的追随者，但他从推崇秦汉转向取法唐宋，主要与他受王阳明学说的影响有关。王慎中曾在《曾南丰文粹序》中有言：

由西汉而下，（文章）莫盛于有宋，庆历、嘉祐之间，而桀然自名其家者，南丰曾氏也。观其书，知其于为文，良有意乎折衷诸子之同异，会通于圣人之旨，以反溺去蔽而思出于道德。信乎能道其中之所欲言，而不醇不该之蔽，亦已少矣。视古之能言，庶几无愧，非徒贤于后世之士而已。

王慎中认为，只有抒发作者内心思想情感的文章才能称得上好的作品，这是王慎中文学观点较为直接的表述，也是王阳明"心学"的主要体现。王阳明在文艺的本源和创作上强调"心"的重要作用，认为文艺的源泉在于人的心，文艺创作应当尽量真实地再现人的内心世界，从而为批判复古主义文学思想提供了理论根据。王慎中将王阳明的哲学思想应用到文学上，提倡为文应"道其中之所欲言"，在文章中融入作者的内心感受，这样写出的文章才有真情实感、有血有肉。这无疑是有利于诗文创作的，充分发挥了王阳明"心学"对文学理论影响的积极作用。

为强化诗文的艺术感染力，王慎中追求"变化自得，求文之神"，这是王慎中对待取法古人的态度。他强调文学创作要有变化，对前人的学习不是对原著的一味抄袭，而是在吸纳古人成文之法、借鉴前人的行文风格特点的基础上追求神似，而不是停留在形似的层面上。

王慎中还试图将"文"与"道"融为一体，以摆脱盲目仿古所造成的缺乏艺术感染力的弊病。他将"文"的本体追认为"道"，并充分肯定了文学创作的存在价值。尽管他也试图对"文"的表现内容加以规范，将"文"纳入"道"的领域，却并不以"道"取代"文"，同时十分重视"文"自身的特征。比如，他在《曾南丰文粹序》中的论述：

以彼生于衰世，各以其所见为学，蔽于其所尚，溺于其所习，不能正反而旁通。然发而为文，皆以道其中之所欲言，非掠取于外，藻饰而离其本者。故其蔽溺之情，亦不能掩于词，而不醇不该之病所由以见。而荡然无所可尚、未有所习者，徒以其魁博诞纵之力攘窃于外，其文亦且怪奇瑰美足以夸骇世之耳目，道德之意不能入焉，而果于叛去。以其非出于中之所为言，则亦无可见之情，而何足以议于醇驳该曲之际？

这一论述体现了王慎中的一种微妙的矛盾心理：他既强调文章的道德属性，又想在此基础上突出创作主体的真切体验，却又谨慎地遵循传统的思维模式，不肯明朗地表达出对文学创作的真实体会。尽管如此，他强调创作主体的自身体验，依然是对传统的"文以明道"思想的重大突破。主体角色的介入打破了"文—道"的简单创作模式，文章不再只是要对理道负责，还要体现出创作主体的心灵体验，从而转变为一种"文—心—道"的创作模式。从王慎中的文章来看，他很少单纯地探讨义理，往往是结合具体的事件来阐发事理。即便是主要用来探讨义理的文章，王慎中同样有自己的独到见解，这便是他强调创作主体的自身体验。

二、王世贞对前七子美学取向的反思

王世贞对前七子复古流弊的认识和反思是非常深刻的，从艺术美学角度分析，他不仅提出"意至而法偕"的诗文观念，主张由"法"而"悟"，谋求"意"与"法"的和谐，还认为格调始于情实，承认"情"是"格调"的基础。他认为诗文应追求变化，表现出对前七子模仿因袭的批判，并将"师匠宜高，捃拾宜博"作为自己基本的诗学原则，扩大了诗学审美取向的范围。

（一）意至而法偕

王世贞论诗文以"法"为要旨，他认为诗文应该遵守既定的法则，也就是说，他倡导文人应按照文章体式规范的要求创作诗歌，对诗"法"的恪守是他诗歌美学的基本特征。但王世贞并不执着于成法，他还认为"法极无迹"，法的最高境界是无迹可寻，只有达到这种境地才能使文章通达而不拘束，文体工整神合。关于"意"与"法"的关系，他认为"意"是较为丰富的，但"法"是有其固定体式规范的，"意"本身是令人难以捉摸的，但表达出来是很容易的，"法"看起来好像很容易，但细细研究起来有其可推敲之处，故得出"意至而法偕"的观点。

王世贞非常重视诗文情景交融的艺术境界，将有无境界作为评判诗歌好坏的标准。比如，他认为徐凝的"千古长如白练飞，一条界破青山色"只有直白的景物描写,没有情感的融合,不属于上等佳作。实际上,王世贞所处的时代普遍强调事不必太切题,议论不必太明了,诗文的美妙之处就在于有意无意之间、可解不可解之间。前七子复古派论诗主要偏重于"法",而王世贞认识到守法就必须以"悟"来调节"法",来救"法"之弊。他在《艺苑卮言》(卷一)中提道:

> 首尾开阖,繁简奇正,各极其度,篇法也;抑扬顿挫,长短节奏,各极其致,句法也;点掇关键,金石绮彩,各极其造,字法也。篇有百尺之锦,句有千钧之弩,字有百炼之金,文之与诗,固异象同则。孔门一唯,曹溪汗下后,信手拈来,无非妙境。

由此可见,王世贞对于"法"和"悟"关系的论述与前七子相比,更为通融,更为灵活。王世贞以文学形式为出发点,以格、调、法为标准衡量古今诗文,抨击排斥宋文的格调低下,向儒家传统文学观提出挑战,力图营造新的美学趣味,为文学争取自身的独立地位。就这一点而言,王世贞建立的以形式为中心的文艺批评体系,为体现文学本身的艺术特性做出了应有的贡献。

(二)格调根于情实

王世贞虽然继承了前七子注重"复古"与"格调"的核心审美理念,但不再强调机械拟古,而是强调自然地用文辞表达"情实"。比如,他在《汤迪功诗草序》中曾言:

> 自先生之壮时,天下之言诗者已争趋北地、信阳,而最后济南继之。非黄初而下,开元而上,无述也。殆不知有待诏氏,何论先生?虽然,声响而不调,则不和;格尊而亡情,则不称。就天下之所争趋者,亟读之,若可言;徐而核之,未尽是也。先生与文待诏氏之调和矣,其情实谐矣,

第六章 后期的美学反思

又安可以浮向虚格,轻为之加,而遂废之?

王世贞在《艺苑卮言》(卷一)中认为"情实"是"格调"的基础:

才生思,思生调,调生格。思即才之用,调即思之境,格即调之界。

他认为诗的格调决定于诗人的才,这里的才,不仅指才能,而且包括诗人自身的个性特征。"才生思,思生调,调生格",离开才和思,也就无所谓格与调。这样,格调因人因事而异,既不是固定不变的模式,也不能在模拟中求得。而"思即才之用,调即思之境,格即调之界"则是王世贞从艺术境界深入探讨才思、格调的论说。这里的"境"是一种成熟的艺术构思在适当情况下的表现。意境离不开才思,而不以骋才极思为佳。

在王世贞所处的时代,朦胧的民主意识正在召唤着人们个性的觉醒,人们的文化理念和审美意识正在发生着深刻的变化。从徐渭的意识形态上似乎可以看出这种变换,徐渭强调词曲应真实地表达主体情感,"从人心流出"。因此,他欣赏的已不再是温柔敦厚的儒家传统诗教,而是主张不入世俗、唯求个性真趣的诗文思想。但徐渭的追求更侧重于性、情、意的不和谐美感,与王世贞的"情实"审美理念还是有着明显不同。王世贞认为审美艺术的生机在于自由和真实,但这种"情实"与"法"固有的矛盾性使王世贞渴望追求两者的和谐统一。当热烈追求个性情趣的自由表现对传统的"法"发起挑战时,他强调"法"的重要地位,而当"法"在约束审美艺术的自由时,他便热切呼吁真趣与"情实"。但他又意识到真趣与"情实"的表现不可能不受到种种限制、约束,因此王世贞在《艺苑卮言》(卷八)中感叹道:

古人云:"诗能穷人。"究其质情,诚有合者。今夫贫老愁病,流窜滞留,人所不谓佳者也,然而入诗则佳。富贵荣显,人所谓佳者也,然而入诗则不佳。是一合也。泄造化之秘，则真宰默仇，擅人群之誉，则众心未厌，故呻占椎琢，几于伐性之斧，豪吟纵挥，自傅爱书之竹，矛刃起于兔锋，罗网布于雁池，是二合也。循览往匠，良少完终，为之怆然以慨，肃然以恐。曩与同人戏为文章九命：一曰贫困，二曰嫌忌，三曰玷缺，四曰偃蹇，五曰流窜，六曰刑辱，七曰夭折，八曰无终，九曰无后。

显然，王世贞最终清楚地认识到，宁牺牲审美艺术的自由，也不能违背传统的伦常规范。但他仍追求真情与自由，强调"真我"才是创作的主体，认为创作主体的个性化对于创作有着决定性的重要作用。他在讨论"格调"问题时，反对把自我表现迁就古人格调的"用于格者"，主张根据自我表现汲取古人格调的"能用格者"，从而提出了"盖有真我而后有真诗"的观点。王世贞虽是从格调的继承与创新的角度明确提出的这个观点，但提出这个观点的基础是他对于整个文学史的历史经验总结，他在《章给事诗集序》中有云：

自昔人谓言为心之声，而诗又其精者。予窃以诗而得其人，若靖节之言，淡雅而超诣；青莲之言，豪逸而自喜；少陵之言，宏奇而饶境；左司之言，幽冲而偏造；香山之言，浅率而尚达。是无论其张门户树颐颊，以高下为境，然要自心而声之，即其人亦不必征之史，而十已得其八九矣。后之人好剽写余似，以苟猎一时之好，思踌而格杂，无取于性情之真，得其言而不得其人，与得其集而不得其时者，相比比也。

王世贞举出陶渊明、李白、杜甫、韦应物、白居易等诸多诗人，指出他们的诗都有着独特的风格，"然要自心而声之，即其人亦不必征之史，而十已得其八九矣"。这里的"心"，即"性情之真"，即"真我"，王世贞认为，它是每个诗人形成自己独特风格的决定性因素。

(三)拟议成变之见解

王世贞可以说是明代"以复古为通变"的集大成者,他论诗文,不是泥古不化的,他在《刘侍御集序》中指出:

自西京以还,至于今千余载,体日益广而格则日以卑,前者毋以尽其变,而后者毋以返其始。呜呼!古之不得尽变,宁古罪哉!今之不能返始,其又何辞也矣。明兴,操觚而树门户者非一家,而称能返古者,北地之后毋如历下生。历下之于变,小有所未尽;而北地之所谓尽,则大有所未满者。

王世贞认为自己所处的时代几乎没有人能够在诗文创作中"尽其变"以恢复始盛之时的高格,拯救此时的格卑。他在文中抬高了李梦阳(北地)和李攀龙(历下)的地位,但又指出他们二人的不足,即没有透彻领悟到"变"的重要价值。他不仅对李攀龙诗文创作的剽窃模拟进行了尖锐的批评,还对他不知革新创造的理论提出异议:

李于鳞文,无一语作汉以后,亦无一字不出汉以前。其自叙乐府云:"拟议以成其变化。"又云:"日新之谓盛德。"亦此意也。若寻端拟议以求日新,则不能无微憾。(《艺苑卮言》卷七)

于鳞居恒谓"富有之谓大业""日新之谓盛德""拟议以成其变化"为文章之极则。余则以"日新"之与"变化",皆所以融其"富有""拟议"者也。间欲与于鳞及之,至吻瑟缩而止,不意得绝响于足下也。(《屠长卿》)

由拟议而求日新、求变化,其结果仍然局限于拟议,所以李攀龙的拟古乐府如同临摹古帖一样。王世贞则与之不同，他将日新和变化放在第一位，并用日新和变化来融会富有与拟议，如此一来，突出了"变"的重要地位，将复古纳入"通变"的道路上，这也是他对前七子复古理论修正与反思的重要成果。

（四）师匠宜高，捃拾宜博

"师匠宜高，捃拾宜博"是王世贞提出的拟古原则，即师承取法的范本要高，学习的面要广博。他在《艺苑卮言》卷一中有云：

> 篇法之妙，有不见句法者；句法之妙，有不见字法者。此是法极无迹，人犹能之。至境与天会，未易求也。有俱属象而妙者，有俱属意而妙者，有俱作高调而妙者，有直下不偶对而妙者，皆兴与境诣，神合气守使之然。

学习诗学，师承要高，范围广博无疑能够丰富自己的才学，取法前人优秀的创作也是对前七子复古理念的继承和发展。王世贞既强调主体的表现，又追求和谐优美，神气合一；既偏重主体情感的自由抒发，又求境与天会；既以专诣为境，又以饶美为材；既注重个性特色，又倡师匠宜高，捃拾宜博；既有艺术的自觉追求，又视法极无迹为创作的自由境界，这是一种极高的格调。

第四节　审美风格上的南北差异和交融

至明代中后期，由于文化习俗的不同，不同地区形成了各具特色的地域诗学。从地域范畴和大文化圈来看，明中后期，文学界的流派繁多，大致可分别归属于齐、楚、吴三大地域，因此诗坛整体呈现出三类不同的风格：齐气健，楚风幽，吴声柔。

从明代中期开始，诗坛的主导风格是前后七子的"齐气"与公安、竟陵派之"楚风"，两者都试图通过其深厚的文化背景来压制或融合"吴声"。这场文化竞争吸引了大江南北的众多文人参与。尽管如此，在江南地区，仍有许多文人不受"齐气"和"楚风"的影响，一直保持独立的"吴声"特色。而晚明的诗坛实际上是在这三种地域性诗学风格的相互竞争、对立和融合中不断发展和进化的。

一、"齐气"独霸与"楚风"崛起

以李梦阳、何景明为代表的前七子高扬复古大旗，以河朔贞刚之风横扫诗坛，标举秦汉之文、盛唐之诗，起衰救弊，改变了明中期停滞不前的诗坛局面。自此，之前优雅而懒散的台阁风格逐渐消失，被北方的雄浑风格所取代。其后至嘉靖、万历时期，以李攀龙、王世贞为首的后七子承继前七子，使诗坛的风格由河朔狂飙之风转为齐鲁雄浑之气，明代诗坛逐渐进入充满活力的发展高峰。

然而前后七子诗风正盛的同时，也流露出明显的缺陷。清初理学名臣熊赐履对七子诗文的缺陷，在《经义斋集》中做出如下总结：

> 往往以饾饤为能，雕绘为工，填塞典故，不顾其安，如土偶衣文绣，灵气绝无。

他认为前七子、后七子过于注重形式，缺乏鲜活的气息。他将前七子、后七子的诗比作穿着华丽衣裳的木偶，虽然外观精美，却没有生命的活力。尽管前七子的复古风格打破了台阁体的单调，但他们过于模仿盛唐，这就导致后期的一味模仿和抄袭，使得他们的诗歌变得千篇一律，因而受到诗坛的广泛批评。

正当七子流弊自身不能克服之际，"楚风"取代"齐气"逐渐崛起，开始成为诗坛的主流。以袁氏三兄弟（袁宗道、袁宏道、袁中道）为宗的公安派首先向七子发出责难之声，他们反对仿古，主张"独抒性灵，不拘格套"。公安派对七子复古风气的批判并不是单纯地反对向古人学习，而是提倡师心独创精神。他们主张"诗穷新极变"，力求文学创作有创新意识，要求文学作品的内容与形式要有趣、新奇。其后以钟惺、谭元春为代表的竟陵派崛起。虽然竟陵派也与公安派一样反对复古风，强调诗歌创作的独创性和真性情，但是竟陵派主张"孤怀静寄"的文学观，这使他们在创作上笔走偏锋，形成瘦硬简奥的风格。

公安派和竟陵派均为楚地作家群，他们有意识地将对地方文化强烈的认同感体现在诗文创作中，以"楚风"抵抗前后七子的诗学宗旨。可以说，公安派扫除了前后七子拟古对文坛的负面影响，直抒胸臆，简洁明朗，将雄迈豪放的风格转变为清新轻俊的风格。但此时"齐气"并未完全消退，而是与"楚风"形成相互抗衡、相互影响的局势。

齐、楚诗学争霸之时，江南吴文化受到巨大冲击。邬国平在其著作《竟陵派与明代文学批评》中指出："徐祯卿、王世贞与李梦阳、李攀龙等人结盟，包含着使南、北文学合流的企望，那么袁宏道把'楚风'引入吴中，则标志着长江中、下游文学的一次交融。"这说明，不论是"齐气"还是"楚风"，都在努力用其文化影响力去融合"吴声"，并希望将其纳入自己的文化版图。

二、齐楚争霸与"吴声"窘境

"吴声"以"柔"为显著特征，在齐、楚之间保持其独特的文化特色，实属不易。早在台阁重臣、茶陵派主导诗坛时，吴地的吴宽、王鏊等台阁大臣就努力提掖蔡羽、沈周、祝允明、史鉴、唐寅、文徵明等多位吴学后进之士，有意识地在台阁体之外维系"吴声"的独特意蕴。即便在前七子的影响力达到顶峰时，归有光、唐顺之等吴地的"唐宋派"仍坚守唐宋的传统，与前七子保持独立。尽管吴地人徐祯卿是前七子的核心成员，但他并未放弃"吴声"的传统。

前七子核心人物李梦阳曾劝说徐祯卿完全走向复古之路，然徐祯卿仍未摆脱其固有的文化属性，他的诗中仍然有江南的文化特色，他坚持情感是文学创作的核心，认为诗歌的形式应该基于情感，而情感因人而异。因此，徐祯卿的诗歌并非模仿盛唐，而是结合多种风格，形成了与其他几位不同的特色。这也解释了为什么"吴声"在诗坛的变迁中始终能够独立存在。

文化的根深蒂固，使得具有清丽特征的徐祯卿与倡导粗豪俊逸的李梦阳、何景明反复辩难。对于华美清丽文风的钟情，徐祯卿与李梦阳在文学观念上始终存在一定差异。王世贞在《黄淳父集序》中所提到的"今吴下之士与中原交相诋"，正反映了吴人与前七子在诗学上存在明显的分歧。这种争论背后不仅是文学观念的差异，还涉及地域和个性等因素。因此，吴与齐之间的冲突不只是简单的文学观念之争，更是北方"齐气"对江南"吴声"的影响与"吴声"对其传统的坚守，这是两种不同地域文化的交锋。仍以徐祯卿为例，他后期的作品尽管更趋向于古朴和简约，但仍然保留了早期的柔美特点，这与李梦阳、何景明的风格截然不同。也正是因为徐祯卿诗中吴文化的自然流露，江南"吴声"本色犹存，所以其诗风与李梦阳、何景明相异其趣。对此，钱谦益认为，徐祯卿"未化"的"江左风流"是其诗歌价值的所在。徐祯卿在接受"齐气""楚风"的同时，吴中华美的才情仍被毫无意识地带入复古的文学创作中。吴地尚情的文化特色也给前七子复古思潮造成一定程度的冲击和影响。对于李梦阳而言，他晚年在《弘德集序》中所提出的"真诗乃在民间"的文化醒悟可能也正是源于自己对"吴声"传统的反思。这也在一定程度上说明了地域文化交流和融合的双向性。

三、对吴声的弘扬

虽然唐宋派很快在后七子的诗学风潮中失去了声势，但它的出现确实展现了吴文化的坚韧与深厚。在嘉靖、万历时期，后七子继承了前七子的诗学传统，弘扬了汉魏的文风和盛唐的气韵。王世贞作为前七子的继承者，他的影响力使他成为继李攀龙后的后七子的领军人物。但王世贞的作品中依然充斥着吴音流韵，其吴声本色终难消解。他对"齐气"的复古风和"吴声"的柔美风都持有批判的态度，他试图在两者之间找到平衡，既维护"齐气"的权威，又保持自己的文化特色。他多次提到"天下之文，莫盛于吾吴"，展现了他对自己文化的骄傲。面对齐文化的挑战，王世贞提出了一种南北融合的策略，即将吴地的文化特色与北方的风格相结合。王世贞批评吴下之习与中原齐气相互抵触、相互苛责的现象，而称赞徐祯卿能够调和齐、吴之风气。这表明王世贞不仅坚守自己的文化传统，还希望找到一种新的表达方式。在创作中，他努力将"吴声"与"齐气"相结合。但是，尽管王世贞做出了努力，他的"调和"策略也并未完全成功。晚年的王世贞更偏爱吴诗的细腻与婉约，这也证明了吴文化的持久魅力和活力。

许多吴地的文人都从地域文化的角度来阐述"吴声"的合理存在。例如，王穉登在《与方子服论诗书》中分析了李梦阳和徐祯卿的诗风差异，他认为：

盖李君之才，产于北郡，其地土厚水深，其民庄重质直，其诗发扬蹈厉。吾吴土风清嘉，民生韶俊，其诗亦冲和蕴藉。

王世贞在《亟野诗集序》中也指出，南北的自然和人文环境的差异导致了南北文学的不同风格。他们都强调了文化的多样性，不必追求一致性。尽管"吴声"在声势上可能不如"齐气"或"楚风"那样浩渺，但其柔和、清新的特质在文学、绘画、书法等艺术领域都有所体现。从这个角度看，"吴声"在晚明的文化艺术中起到了推动多样性和繁荣的作用。从这一角度来看，"吴声"间接引领了晚明文化艺术众芳争艳、多姿多彩的辉煌局面。

结　语

　　自弘治至万历年间，明前七子崛兴并主导文坛，倡扬诗文复古活动，在明代文学史上留下了十分醒目的印记。综观这一场文学活动，它之所以引发人们的广泛关注并在文坛掀起层层波澜，不仅在于其秉持归向古典的基本立场，而且在于其相对注重从本体艺术的层面探讨和实践诗文领域的变革。横亘弘治、万历年间文坛的这一复古举措所产生的实际影响，远未随着前七子文学活动的落幕而休止，围绕于此，认可与推扬、质疑与訾诋，成为交织在明清文人圈之中而显得十分复杂的一种文学认知。

　　李梦阳、何景明、徐祯卿、边贡、康海、王九思和王廷相七人提出"文必秦汉，诗必盛唐"的复古口号，不断思考、探究诗文中的美学特征。他们的文学实践创作虽未能达到以复古而求创新的高度，但他们注重诗文中真情的流露，追求诗文中的格调美学，对"文"与"道"的辩证关系重新进行梳理，因此可以看出，他们对于诗文创作有着不同的审美追求。比如，徐祯卿在《谈艺录》中论诗重情贵实，主张"因情立格"，王廷相提出了"文以阐道"的诗文美学观念。在这样的美学观念指导下，他们的诗文创作体现了他们对意境这一古典美学范畴的深度考量。例如，何景明《明月篇》中体现的哀怨意境，王九思《短歌行》中体现的悲壮意境，边贡诗文中体现的风骨神韵兼具的审美思想，等等。他们将自己的主观情思与客观景物相互交融，创作出了浑然一体的艺术境界。此外，他们在政治上敢与权臣、宦官做斗争，其诗文创作中不乏诸如李梦阳、何景明《玄明宫行》，王九思《马嵬废庙行》，王廷相《西山行》等以宦官横行不法、骄奢淫逸为创作题材，以揭露宦官专权的丑恶行径，直面现实、揭露社会黑暗的优秀作品。因此，他们的美学思想和文学实践具有重要的现实意义，同时对其后的诗文创作及美学思想产生了十分深远的影响。

在新时代背景下，从诗歌美学的角度来研究中国古代诗学和美学史演变的重要组成部分——前七子的文学活动，仍然具有重要的现实意义和学术价值。基于这样的认识，笔者希望通过对文学复古运动的研究为当代文艺工作提供借鉴。

参考文献

[1] 郑利华. 前后七子研究 [M]. 上海：上海古籍出版社，2015.

[2] 郝润华. 李梦阳生平与作品考论 [M]. 北京：人民出版社，2019.

[3] 李小钰. 中国古代文学多元化研究 [M]. 长春：吉林大学出版社，2019.

[4] 王有景. 历史背景下的明代文学创作研究 [M]. 北京：中国书籍出版社，2018.

[5] 潘黎勇. 中国美育思想通史：明代卷 [M]. 济南：山东人民出版社，2017.

[6] 孙学堂. "前后七子"并称与"前七子"塑造之完成：以钱谦益《列朝诗集小传》为重点 [J]. 文史哲，2022（4）：142-155，168.

[7] 孙学堂. 康海落职与"前七子"的初步塑造：关于弘、正复古思潮的一个原发性问题 [J]. 文学遗产，2022（2）：118-131.

[8] 孙学堂. 康海的文学态度与"复古俗"指向 [J]. 苏州大学学报（哲学社会科学版），2021，42（3）：136-146.

[9] 徐江，赵义山. 王九思以杜诗入曲现象探微 [J]. 求是学刊，2020，47（6）：142-154.

[10] 王汉鑫. 何景明诗歌"俊逸"风格论 [J]. 绥化学院学报，2020，40（8）：62-65.

[11] 雒雨薇. 明代文学的复古思潮 [J]. 青海师范大学民族师范学院学报，2020，31（1）：41-43.

[12] 王汉鑫.何景明《明月篇》序中的诗学观[J].焦作大学学报,2019,33（2）：22-24,30.

[13] 杨遇青.论"古学渐兴"与复古诗学的原初意义[J].文学遗产,2019（3）：118-131.

[14] 王立.以复古求革新——何景明诗学对儒家诗学的接受[J].宁夏大学学报（人文社会科学版）,2018,40（4）：48-51,57.

[15] 王春晓.浅析边贡诗歌风格变化中的地域文化因素[J].长春师范大学学报,2018,37（1）：127-130.

[16] 伍美洁,韩云波.论前七子以复古抵制宋儒理学对文学的侵入[J].重庆师范大学学报（哲学社会科学版）,2017（3）：31-37.

[17] 牛慧.论王九思的乐闲遣怀之曲[J].广西科技师范学院学报,2017,32（3）：61-64,96.

[18] 李双华.徐祯卿与明代复古主义诗风[J].苏州科技大学学报（社会科学版）,2017,34（2）：30-35,107.

[19] 郑雅宁.论王九思诗歌的诗史意义[J].太原师范学院学报（社会科学版）,2017,16（2）：56-60.

[20] 夏咸淳.论康海与王九思咏园散曲[J].西华师范大学学报（哲学社会科学版）,2017（1）：22-30.

[21] 师海军.明代"前七子"正义之一：以"前七子"诸人聚合、交游及其文学主张为考察中心[J].湖北社会科学,2016（12）：126-131.

[22] 王松景.徐祯卿诗学地位再评价[J].哈尔滨学院学报,2016,37（5）：50-56.

[23] 司马周,陈书禄.茶陵派与"前七子"关系考论[J].文艺研究,2012（9）：50-56.

[24] 李启迪.何景明对李白诗歌的接受[J].重庆科技学院学报（社会科学版）,2012（9）：103-105.

[25] 邬国平.复古与抒情双重协奏：论徐祯卿《谈艺录》[J].文艺研究,2012（2）：59-68.

[26] 温世亮，丁放. 吴中士人自适心态与徐祯卿诗歌创作[J]. 北方论丛，2012（1）：77-81.

[27] 师海军. 康海的文学成就及其在明代中期的文学地位[J]. 西北大学学报（哲学社会科学版），2012，42（1）：62-68.

[28] 林冬梅."格调说"与弘治时期前七子个体意识的觉醒[J]. 文艺评论，2011（4）：120-124.

[29] 闫霞. 李梦阳、何景明诗"调"之争的审美解读[J]. 电影评介，2010（14）：106-107.

[30] 崔秀霞. 徐祯卿"因情立格"说之理论内涵、背景及意义[J]. 中国文化研究，2010（2）：67-75.

[31] 王真. 简论何景明诗歌创作[J]. 资治文摘（管理版），2010（2）：150，136.

[32] 郭平安，高益荣. 论明代前七子李何之争[J]. 西北大学学报（哲学社会科学版），2008（4）：64-68.

[33] 雷磊. 前七子派的兴起及其发展的阶段性[J]. 求索，2007（12）：186-188.

[34] 邓新跃. 王世贞对前七子诗学辨体理论的发展[J]. 船山学刊，2006（3）：118-120.

[35] 刘竞. 明中期南北文风交融与徐祯卿文学观[J]. 湖南大学学报（社会科学版），2006（1）：101-104.

[36] 史小军. 论明代前七子的关学品性[J]. 文艺研究，2005（6）：79-86，159.

[37] 邓新跃. 前七子的诗学思想及其批评史意义[J]. 船山学刊，2005（2）：132-133，102.

[38] 邓新跃. 李、何之争的诗学内涵[J]. 唐都学刊，2005（2）：124-126.

[39] 黄卓越. 前七子文复秦汉说的几个意义向度[J]. 中国文化研究，2005（1）：50-67.

[40] 章伟. 文论往来高义伸：论明七子的文学复古运动[J]. 中山大学学报（社

会科学版），2003（1）：15-19，121-122.

[41] 纪锐利.边贡的诗学理论与创作[J].东岳论丛，2001（5）：114-117.

[42] 杨德贵.关于李梦阳与何景明的文学论争[J].中州学刊，1998（6）：108-110.

[43] 金荣权.何景明的复古理论与文学思想[J].信阳师范学院学报（哲学社会科学版），1998（2）：94-97.

[44] 许金榜.边贡的文学成就[J].济南大学学报（综合版），1993（3）：8-12.

[45] 石麟.李梦阳何景明诗论诗风比较谈[J].咸宁师专学报，1992（1）：57-61.

[46] 廖可斌.关于李梦阳的"晚年悔悟"问题：前七子文学理论研究之一[J].文艺理论研究，1991（2）：69-74.

[47] 范志新.何景明的诗歌理论：兼论何李之争[J].信阳师范学院学报（哲学社会科学版），1988（3）：28-36.

[48] 刘国盈.论何景明的文艺思想[J].信阳师范学院学报（哲学社会科学版），1986（2）：53-59.

[49] 郭预衡."前七子"的"复古"与何景明的文风[J].信阳师范学院学报（哲学社会科学版），1985（3）：26-29.

[50] 戴园园.王廷相及其诗歌研究[D].长沙：湖南大学，2012.

[51] 郭平安.李梦阳研究[D].西安：陕西师范大学，2009.

[52] 王春晓.边贡及其诗歌探析[D].济南：山东师范大学，2009.

[53] 高宏洲.以李梦阳、何景明为典型的前七子复古诗学的文化阐释[D].西安：陕西师范大学，2008.

[54] 魏强.康海文学研究[D].兰州：西北师范大学，2005.